쿤룬 지음 — 진실희 옮김

살인마에게
바치는
청소지침서

한스미디어

* 일러두기 : 모든 각주는 옮긴이 주입니다.

찬호께이(추리소설가)

　나는 PTT[*]에 가입하지는 않았지만 RSS^{**}서비스를 통해 해당 웹사이트의 일부 게시판을 구독하며 새 글이나 소식을 가끔씩 들여다보곤 한다. 어느 날 그곳에서 흥미로운 제목의 소설을 발견해 첫 화를 본 뒤 바로 이야기에 빨려들었는데, 일이 바빴다. 그 글을 다시 찾아봤을 때에는 이미 이야기가 한참 진행된 상태라 줄거리를 따라잡기 버거워 그냥 뒀다. 2년 후, 우연찮게도 출판사의 지인이 추천할 만한 작품이라며 보내 준 신간이 바로 예전에 읽었던 그 소설, 그러니까 당신이 지금 손에 들고 있을 『살인마에게 바치는 청소지

---

* 대만에서 가장 활성화된 익명 토론 커뮤니티. 『살인마에게 바치는 청소지침서』는 이 커뮤니티 창작소설 게시판에 연재되었다.
** 어떤 사이트에 새로운 콘텐츠가 올라왔을 때 해당 사이트에 방문하지 않고도 한 곳에서 여러 콘텐츠를 모아 볼 수 있게 해 주는 서비스.

침서』다.

엽기성을 내세우거나 감각적인 쾌감을 자극해 독자를 끌어들이는 스릴러 소설은 서점가에 흔하다. 물론 『살인마에게 바치는 청소지침서』는 그런 기준으로 평가해도 결코 다른 작품에 뒤지지 않는다. 살인, 시체 훼손, 혹독한 형벌, 학대 장면들의 묘사는 오싹하고 생동감 넘친다. 하지만 이 작품은 블랙코미디와 추리 요소를 동시에 지녔을 뿐만 아니라 두 특성이 모두 훌륭히 표현되었다.

주인공 스녠의 살인 수법은 깔끔하고 야무지다. 끔찍한 살해 현장을 터무니없는 이질감으로 채우는 그의 결벽증에, 작가가 설정한 특이한 배경이 더해져 어두운 이야기는 구석구석에 익살을 부여받는다. 여주인공 샤오쥔의 '사축社畜'* 신세는 이 시대 직장인의 고달픈 현실을 반영하고 있어, 독자들은 그녀가 맞닥뜨리는 비애와 잔혹한 현실에서 공감의 쓴웃음을 짓게 된다. 또 작가는 이야기 속에 서스펜스 요소를 빈틈없이 깔아 뒀다. 스녠의 과거, 살인마들 각각의 행동, 정보판매상과 여의사의 사건 개입 등 모든 에피소드가 교차하다가 결말에서 마침내 한 폭의 완전하고 합리적인 구조도를 그리며 진상이 드러난다.

---

* '회사에서 기르는 동물'이라는 뜻으로 박봉과 긴 노동시간, 고용불안 등의 현실에 놓인 직장인을 빗댄 신조어.

무엇보다 작가가 캐릭터 세부묘사에 매우 공을 들였다는 점이 특히 눈여겨볼 만하다. 모든 인물의 온갖 사소한 행동은 많든 적든 캐릭터의 성격을 반영하고 있다. 이들이 모두 복선이라고 할 수는 없지만, 세심하게 관찰한다면 그 요소들이 작품의 재미를 한껏 끌어올린다는 걸 알아챌 수 있다. 이는 작가로서 감탄해 마지않을 수 없는 부분이다. 스릴러 혹은 추리소설 마니아라면 이 작품을 절대 놓치고 싶지 않을 것이다.

차례

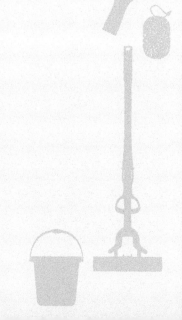

1

주기적으로
청소하지 않으면
피해자에게 큰 실례입니다.

태풍의 습격 때문에 타이베이시의 여러 회사와 학교가 마비되었다. 하지만 샤오쥔曉君은 유감스럽게도 집에서 쉬기는커녕 여느 때와 똑같이 야근하다 밤 10시가 넘어서야 회사를 나섰다.

서늘한 거리에 가느다란 빗방울이 나부꼈다. 타이베이는 태풍의 영향을 심각하게 받지는 않았지만, 이따금 불어오는 강풍이 곧 우산을 망가뜨릴 것만 같았다. 샤오쥔은 영 부자연스러운 자세로 걸었다. 종일 사무실에 앉아만 있던 탓이다. 좀처럼 일어나 움직이는 일이 없으니 근육이 뻣뻣하게 굳고 몸 여기저기가 저린 것도 당연하다.

샤오쥔은 피곤한 한숨을 내쉬었다. 다행히 내일 휴가까지 빼앗기지는 않았으니 모처럼 영화를 보기로 마음먹었다. 팝콘을 마구 먹어치우고 가슴속까지 시원한 콜라를 들이켜면서, 태풍이 몰아닥치는 날에도 억지로 출근해야만 했던 비참한 영혼을 스스로 달랠 작정이다.

매표소의 줄은 짧기는커녕 평소보다도 길게 늘어서 있었다. 샤오쥔은 끈기 있게 기다렸지만 발뒤꿈치가 욱신거리고 아팠다. 처음부터 형편없는 싸구려 하이힐이었긴 해도 아쉬운 대로 버텨 왔는데, 결국 이렇게 사람을 난처하게 만들고야 만다.

아쉬운 대로 버티기. 지금 다니는 직장도 아쉬운 대로 버티는 중이다. 집세와 생활비를 합하면 딱 떨어지는 수준의 급여를 받고 있어서 저축액은 언제나 0에 수렴한다. 대표는 뭣 같고, 동료는 엿 같고, 거래처는 거지 같다. 설상가상으로 그녀는 회사 내에서 경력이 가장 보잘것없는지라 공공연하게, 또는 은근히 괴롭힘까지 당하고 있었다. 가장 치가 떨리는 순간은 괴롭힘을 당하고도 웃으며 인사해야 할 때다. 그럴 때면 정말 참기가 힘들어 눈물을 꿀꺽 삼킨다.

샤오쥔은 양 볼을 찰싹 두드렸다. 어쨌든 퇴근했으니 우울한 생각은 그만두고 영화나 제대로 즐기는 편이 낫겠다고 생각했다. 엔딩 크레디트가 올라가고 상영관에 어스름한 노란색 조명이 켜지자, 긴 꿈에서 막 깨어난 것만 같았다. 샤오쥔은 눈물을 훔쳤다. 결말이 조금 슬펐다.

꿈에서 깨어나 현실로 돌아온 그녀는 인파에 밀려 극장을 나섰다. 낡은 오토바이를 몰고 가랑비를 맞으며 집으로 향했고, 좁은 골목에 오토바이를 세웠다. 새벽 2시의 골목은 어두침침하고 인적이 드물었다. 갓난아기의 울음소리를 닮은 발정 난 고양이의 처량한 울음소리만 멀리서 들려왔다.

샤오쥔은 헬멧과 핸드백을 손에 들고 밑창이 딱딱한 하이 힐을 질질 끌면서 피곤한 발걸음으로 주차한 곳을 떠났다. 뜨끈한 물에 몸을 담그고 싶다는 생각뿐이었다. 씻고 나선 이불 속으로 뛰어들어 내일 밤까지 계속 자고만 싶었다. 몸과 마음 모두 너무 힘들고 너무 무거웠다. 금방이라도 눈꺼풀이 감길 것 같았다.

그때 등 뒤에서 갑자기 우악스러운 손이 나타나 샤오쥔의 코와 입을 막았다. 그 손에는 괴상한 냄새를 풍기는 헝겊이 쥐어 있었고, 그 냄새를 맡은 샤오쥔은 순간 눈앞이 핑 돌아 비틀거렸다. 낯선 손아귀에서 벗어나려고 발버둥 치다 오른쪽 구두 굽이 뚝 하고 부러졌다.

샤오쥔은 의식을 잃기 직전에 생각했다. '어쩌자고 이런 진부한 드라마 같은 일이 내게 벌어진 걸까? 역시 최악의 순간 같은 건 따로 없나 봐. 살면 살수록 이전보다 더 끔찍한 일들이 계속 벌어지니까 말이야……'.

* * *

천보陳伯는 낡은 소파에 몸뚱이를 파묻고 누리끼리한 눈동자로 텔레비전 화면을 뚫어져라 바라보다 멍하니 채널을 돌려댔다.

예능 프로그램에서는 연예인이 나와 철 지난 저속한 농담을 던지며 정신이상자처럼 웃고 있었다. 우르르 앉은 다른 연예인들도 분위기를 맞추려 덩달아 깔깔 웃어댔다. 천보는 채널을 돌렸다. 시사토론 프로그램에서 유명 논객이 이번 태풍 피해는 여당이 책임져야 한다고 격양된 목소리로 주장했다. 다시 채널을 돌렸다. 사회에 불안과 공포를 조장하길 즐기는 미디어는 태풍이 할퀴고 간 자리의 참상을 신이 나서 연이어 보도했다. 기자의 유도질문 수준이 보통내기가 아니다. 과연, 공장에서 찍어내듯 뉴스를 양산하는 모범적인 생산직다운 모습이다.

천보는 계속 채널을 돌렸다. 돌리고, 돌리고 또 돌리는데 초인종이 울렸다. 그는 현관 쪽으로 느릿느릿 몸을 움직이면서도 채널을 돌리는 손동작은 멈추지 않았다.

초인종이 다시 울렸다. 천보는 드디어 리모컨을 내려놓고 일어나 방문자를 맞으러 갔다. 문밖에는 헬멧을 쓴 젊은 피자배달부가 서 있었다.

"안녕하세요. 피자 배달 왔습니다!"

"피자랑 잔돈은 문 앞에 두세요."

천보는 꾸깃꾸깃한 500타이완달러(약 2만 원) 지폐를 주머니에서 꺼내 철제 방범문 틈에 꽂아 밖으로 내밀었다. 현관문을 열어 줄 생각은 없었다.

배달부 청년은 지폐를 받고 피자와 잔돈을 문 앞에 둔 뒤

떠났다.

천보는 배달부의 발소리가 멀어지고 나서야 문을 열었다. 따뜻한 피자 상자를 막 들어 올리려는데, 목 언저리에 서늘한 기운이 퍼지면서 정체를 알 수 없는 액체가 몸에 튀겼다. 적당히 따뜻한 그 액체는 곧 피자 상자 위에도 쏟아져 내렸다.

방울방울 맺힌 선홍색 액체를 보자 천보는 현기증이 일어났다. 고개를 숙여 보니 러닝셔츠도 붉게 물들고 있었다. 너무 갑작스러워서 무슨 일이 일어난 건지 파악할 수도 없었다. 천보는 여전히 빨리 피자를 가지고 들어가 식기 전에 먹어야겠다는 생각뿐이었다. 이웃이 훔쳐 가지 않도록 잔돈도 잘 챙겨 둬야 하는데……. 하지만 그는 아무것도 집을 수 없었고, 천천히 뒷걸음질 치며 집 안으로 들어가다 풀썩 주저앉고 말았다.

피가 멈추지 않았다. 천보는 그제야 목 부분의 갈라진 상처에서 오는 통증을 느꼈다. 하지만 이 모든 일이 아직도 너무나 비현실적이었다. 그는 빈손으로 주먹을 쥐어 보았다. 채널을 계속 돌리고 또 돌리고 싶었다.

그때 문밖에서 낯선 얼굴 하나가 쑥 들어와 주위를 두리번거렸다. 얼굴의 주인공은 하얀 피부 때문인지 두 눈동자가 유난히 새카매 보였다. 천보와 딱 마주친 소년의 눈동자엔 빛이라고는 조금도 없었다.

소년은 피자 상자를 안고 집 안으로 들어와 문 옆에 내려놓고는 피 묻은 단도를 붉게 젖은 상자 위에 올려놨다. 그제야 무언가 퍼뜩 깨달은 천보는 '왜 하필 나를 골랐느냐'고 묻고 싶었다. 하지만 모든 질문은 벌어진 상처에서 공기가 내뿜어지며 나는 '쉭쉭' 소리로 바뀔 뿐이었다.

소년은 죽어가는 천보에게는 눈길도 주지 않고 배낭에서 걸레와 고무장갑을 꺼냈다. 천보는 처음부터 검은 가죽장갑을 끼고 있던 소년이 그 위로 고무장갑을 덧씌우는 모습을 유심히 지켜봤다.

'장갑을 두 겹으로 끼는 이유가 뭐지?' 천보는 이해할 수 없었지만, 곧 추위가 엄습하기 시작해 깊은 생각을 할 수가 없었다.

소년이 태연하게 문 앞 계단에 묻은 핏자국을 닦았다. 그 동작은 능숙하면서도 장인의 손길처럼 섬세했다.

"욕실 좀 쓰겠습니다."

붉게 물든 걸레를 들고 소년이 말했다.

천보는 자기도 모르게 손가락으로 욕실을 가리키며 혹시 저 남자가 자신을 위해 구급차라도 불러주지 않을까 기대했다.

소년은 손잡이를 돌려 닫힌 욕실 문을 열었다. 손으로 더듬어 전등 스위치를 켜고 세면대에서 걸레를 빨기 시작했다. 그때, 샤워 커튼 뒤쪽에서 뭔가 기척이 느껴졌다. 소년은 무심코 커튼을 젖혔다.

양손을 수도꼭지에 묶인 여자가 욕조를 채운 물에 몸이 반쯤 잠겨 있었다. 입안에 더러운 헝겊을 가득 문 채 온몸이 흠뻑 젖은 여자는 겁에 질려 고개를 저으며 "우우……" 하는 소리를 냈다. 구조를 요청하는 것 같기도 하고, 자비를 구하는 것 같기도 했다.

소년은 아무것도 보지 못한 사람처럼 샤워 커튼을 닫아두고 걸레를 빠는 데 열중했다.

샤워 커튼 뒤의 여자가 본격적으로 발버둥 치는지 첨벙거리는 물소리가 들려왔다. 소년의 출현으로 이곳에서 탈출할 수 있다는 희망을 품은 모양이었다.

하지만 빨래를 마친 소년은 걸레를 꼭 짜더니 세면대 아래 놓인 대야에 물을 가득 받았다. 그러고는 대야를 들고 욕실 불을 끄고는 문도 닫고 나가 버렸다. 안타깝게도 여자는 다시 컴컴한 욕실에 혼자 남게 되었다.

현관으로 돌아온 소년은 대야에 받은 물에 걸레를 적셔 남은 핏자국을 말끔히 닦았다. 그러고선 배낭에서 방향제를 꺼내 피비린내가 없어질 때까지 계단실에 뿌렸다. 마지막으로 현관문에 피가 튄 흔적은 없는지 다시 한 번 꼼꼼하게 확인하고 나서야 조용히 문을 닫았다.

이제 천보의 몸은 완전히 오그라들어 더러운 바닥에 얼굴이 바짝 붙어 있었다. 이 각도에서도 텔레비전 화면이 보였다. 지금은 무슨 프로그램을 방송 중일까? 그리고 욕실의 그 여자는 어떻게…….

안타깝다. 텔레비전 시청을 욕심내기보다 빠르게 움직였어야 했다.

소년은 실내를 둘러보다 천보의 얼굴에 시선을 고정했다. "평소에 청소하는 습관이 없습니까?"

천보가 힘없이 고개를 저었다. 그는 당장 소파로 돌아가 몸을 파묻고 익숙한 온기에 빨려 들어가고 싶었다.

소년은 별안간 대청소를 시작했다. 제집 치우듯 대범하게 빗자루를 들어 바닥의 종잇조각을 쓸어내고, 소파 주변에 흩어진 빈 음료수 캔과 컵라면 용기를 한곳에 모았다. 천보는 정말 오랜만에 아무것도 놓여 있지 않은 말끔한 테이블을 보게 되었다.

"주기적으로 청소해야 합니다. 그렇지 않으면 피해자에게 큰 실례입니다." 소년은 천보에게 그렇게 말하며 직접 제조한 얼룩 제거제를 배낭에서 꺼냈다. 가방 속에는 종류별로 가지런히 정리된 물건이 빼곡히 들어차 있었다. 전부 청소도구였다.

소년은 천보가 마지막 한 방울의 피를 흘릴 때까지 참을성 있게 기다렸다. 그는 언제나 인내심을 가지고 끈질기게 기다린다. 천보를 목표로 점찍은 후에도 한 달 가까이 잠복했고, 조금 전 마침내 기회를 잡을 수 있었다.

피자배달부가 계단을 내려오면서 숨어 있던 소년을 스쳐 지나갔지만, 그는 소년이 당연히 이곳 주민인 줄 알았다. 소년은 피자배달부의 발소리를 방패삼아 천보의 주의를 끌지 않고 현관문 옆에 몸을 숨겼던 것이다. 그리고 문이 열리자마자 망설임 없이 빠르고 정확한 동작으로 천보의 목을 칼로 그었다.

천보는 낚싯바늘에 걸려 뭍으로 끌려 나온 생선처럼 입술을 연신 뻐끔거렸고, 소년은 계속 기다렸다.

"혈흔을 찬물로 미리 닦아 두면 뒤처리가 쉽습니다." 소년이 갑자기 무언가 생각났는지 일깨워 주듯 말했다. "그런데 당신이 그 문제를 고민할 필요는 없겠군요."

천보는 텔레비전에선 지금 무슨 프로그램이 나오고 있을까 하는 궁금증을 안은 채 죽었다. 망연한 그의 시선은 신호가 끊긴 텔레비전 화면 같았다.

소년은 잠자코 난장판이 된 바닥을 청소하기 시작했다.

* * *

샤오쿤은 후회했다.

곧장 집으로 가지 않고 심야 영화를 본 일을 후회했다. 추위에 정신이 들었을 때 그녀는 어둠 속에 있었고, 자신이 가슴 아래까지 물에 잠겨 있다는 사실을 깨달았다. 손목은 끈으로 묶여 몹시 아팠다. 차가운 물보다 더 시리고 단단한 물체가 두 손에 닿았다. 한참 더듬고 나서야 그게 수도꼭지란 걸 알 수 있었다.

'그렇다면 이곳은 욕실일까?'

입을 억지로 크게 벌려 놓은 탓에 턱관절이 뻐근했다. 입 안에는 땀 냄새 나는 헝겊이 잔뜩 들어 있었다. 아무에게도 발견되지 못할지도 모른다는 걱정이 절망으로 바뀌었고, 그때부터는 더욱 안절부절못했다. 온갖 두려운 상상이 샤오췐의 머릿속으로 미친 듯이 기어들었고, 마침내 눈물이 흘러내렸다.

죽고 싶지 않다.

가뜩이나 '삶의 질' 같은 배부른 고민은 할 여유도 없는 재수 옴 붙은 나날을 보내고 있는데, 어째서 이런 끔찍한 일까지 당해야 하는 걸까? 샤오췐은 화가 치밀기도 하고 속상하기도 했다. 자신은 평범한 회사원일 뿐이다. 특별히 착한 일을 한 적은 없지만 그렇다고 남에게 피해를 준 적도 없다. 그런데 왜 이토록 운수가 사나운 걸까?

그때 불이 켜졌고, 겁에 질린 샤오췐은 반사적으로 눈을 감았다. 욕실에 들어온 사람이 무언가를 세탁하는 소리가 샤워 커튼 너머로 들리자 불안해서 벽에 몸을 바짝 붙였다. 마침내 주변 사물을 볼 수 있게 된 그녀의 눈에 들어온 건 곰팡이가 빽빽하게 덮인 천장이었다. 곰팡이가 얼룩진 모양이 일그러진 사람 얼굴 같았다.

그때 샤워 커튼이 걷히면서 소년의 말간 얼굴이 불쑥 튀어나왔다. 놀란 샤오쥔은 그를 똑바로 쳐다봤다. 악의는 없어 보이는 표정이었지만 피가 뚝뚝 흐르는 걸레를 들고 있었다.

샤오쥔의 마음에 막 솟아난 안도감은 이내 흩어졌다. 흐느끼며 살려 달라고 애원했지만, 무정한 소년은 샤워 커튼을 닫고 계속 빨래를 하더니 나가 버렸다.

어떤 경고나 예고도 없이 사방은 다시 암흑으로 뒤덮였다. 울먹임을 멈출 수 없어 샤오쥔의 얼굴은 눈물과 콧물로 뒤범벅이 되었지만, 거친 헝겊이 입을 틀어막고 있어서 목 놓아 울 수도 없었다. 할 수 있는 일이라곤 공포에 떨며 자신의 최후를 추측해 보는 것뿐이었다.

그때 욕실 등이 다시 한 번 예고 없이 켜졌고, 아까 그 소년이 커튼을 젖히고 다시 나타났다. 소년은 죄라고는 지어 본 적 없을 것 같은 얼굴로 샤오쥔을 빤히 쳐다보며 손에 든 상자를 열어 보였다. 피자였다.

"먹을래?" 소년이 물었다.

2

피자에는
피가 묻지 않았어.

샤오쥔은 잠자코 피자를 먹었다. 옷이 흠뻑 젖은 채였지만 방 안이 후텁지근해 차라리 시원했다. 물론 한시바삐 이곳을 떠나는 게 우선이지만, 소년의 정체를 모르니 일단은 경거망동 않고 얌전히 협조하다가 기회를 봐서 도망치기로 했다.

피자는 고전적인 하와이안 스타일이었다. 새우와 파인애플이라는 괴상한 조합이 제법 괜찮은 풍미를 냈다. 샤오쥔은 처음에는 눈치를 보느라 조금씩 베어 먹었지만, 납치를 당하는 바람에 종일 아무것도 넣지 못한 배 속에 피자를 집어넣고 나서야 자신이 얼마나 굶주려 있었는지 깨달았다. 손에 든 피자가 순식간에 사라졌다.

샤오쥔은 더 먹고 싶었지만 뭐라고 말을 꺼내야 할지 몰랐다. 하지만 피자에서 파인애플 조각을 골라내는 데에만 열중하던 소년은 뜻밖에도 꽤 자상했다.

"난 배고프지 않으니까 마음껏 먹어."

그 말에 샤오쥔은 마음 놓고 두 번째 조각을 해치웠고, 이내 세 번째 조각을 집어 들었다. 부주의한 트림이 나올 때까지 먹어대고는 얼굴을 붉히며 창피한 듯 고개를 돌렸다.

하지만 소년은 전혀 신경 쓰지 않았고, 파인애플을 골라낸 피자를 아무렇게나 쓰레기통에 던지고 물티슈로 손을 닦았다. 그러고는 손바닥에 손 세정제를 부어 알코올이 날아갈 때까지 문지르고 나서야 다시 검은 장갑을 꼈다.

'쟤 결벽증 있나?' 샤오쥔은 호기심이 생겼다.

샤오쥔이 소년을 힐끔 바라봤다. 그는 명백히 그녀의 생명의 은인이다. 그런데 저 소년은 어쩌다 이곳에 오게 됐을까? 샤오쥔의 직감은 소년이 이 집의 주인이 아니라고 강력하게 주장했다. 지나치게 깔끔한 저 소년과 음습하고 지저분한 이 집은 도무지 어울리지 않는다. 샤오쥔은 사람이 환경을 만든다는 말을 믿는 편이지만, 그게 저 소년이 납치와 무관하다는 증거가 될 순 없었다.

샤오쥔은 현관 옆에 놓인 지나치게 크고 눈에 띄는 자루를 주목했다. 범죄 영화에서 종종 등장하는 시체가 담긴 자루 같았다. '경찰에 신고해야 하나? 그가 이젠 나를 해코지하면 어떡하지?'

생각에 잠겼을 때 소년이 벌떡 일어났고, 겁먹은 샤오쥔은 엉겁결에 말했다.

"나…… 아무 말도 안 할게요. 진짜 아무 일도 없던 것처럼 할 수 있어요!"

하지만 소년은 들은 체도 않고 텔레비전 옆에 놓인 냉장
고 문을 열었다.

"콜라 마실래?"

"차가워요?"

샤오쥔이 반사적으로 물었다. 냉장고 안, 콜라 옆에는
비닐봉지에 담긴 고깃덩어리가 좋지 않은 냄새를 풍기고
있었다.

소년은 유리컵을 가져와 소독용 알코올로 닦고는 다시
물로 헹궜다. 샤오쥔은 그가 유난스럽다고 생각했지만, 그
유리컵은 확실히 지문이 덕지덕지 묻어 뿌연 안개가 낀 듯
더러웠다.

그가 건넨 콜라를 받아들자 손끝에 짜릿한 냉기가 전해
졌다. 샤오쥔은 그 느낌을 만끽하며 단숨에 잔을 비웠고, 찬
맥주를 들이켤 때처럼 통쾌한 탄성을 뱉은 후 저도 모르게
시원스레 트림을 했다.

"죄송." 샤오쥔의 얼굴이 또 한 번 벌게졌다. 그녀는 얼마
간 침묵을 유지하다 용기를 내어 제안했다. "그런데 빨리 여
기서 나가는 게 좋지 않을까요? 그놈이 돌아오기라도 하
면……."

"그놈은 아까부터 여기 있었어." 소년이 그녀의 빈 잔에 콜
라를 다시 가득 부어 주었다.

"예에?"

샤오쥔이 놀라 펄쩍 뛰는 바람에 손에 든 콜라가 사방으로 튀었다. 소년은 미간을 약간 찌푸렸다. 조금 전에 깨끗하게 걸레질을 마친 바닥이다.

"아무것도 모르는 척해. 납치당한 적 없는 것처럼 굴어. 이제 무사하니까 아무 일도 일어나지 않은 셈 치면 되잖아." 소년이 샤오쥔을 바라보자 둘의 시선이 처음으로 부딪혔다.

샤오쥔은 물론 소년의 말뜻을 정확히 이해했다. 하지만 정말 경찰에 신고하지 않아도 괜찮을까? 납치범이 유유히 법망 밖을 빠져나가도록 내버려 둔다면 훗날 피해자가 더 생길지도 모른다. 하지만 소년에게 발견되지 않았더라면 자신이 지금쯤 어떻게 되었을지 상상만 해도 소름이 끼쳤다.

샤오쥔은 다시 차근차근 생각해 봤다. 소년이 사람을 시켜 납치한 후 구해 주는 척 연기를 했다면? 목표물이 경계심을 완전히 풀었을 때 해치려는 속셈이라면? 가학적 변태들은 다양한 방법으로 피해자를 농락한다는데, 그런 가능성도 완전히 배제할 수는 없었다. 그렇다면 그녀는 단숨에 천국에서 지옥으로 추락할 것이다.

소년이 너무도 침착해 경계하지 않을 수가 없었다. 대학생처럼 보이지만 또래 남자 특유의 어설프거나 건방진 모습이 없었고, 이상할 만큼 신중한 태도는 마치 파동 없이 잔잔한

호수 같았다. 새카만 눈동자는 티끌만 한 이물질도 섞이지 않은 흑옥 같았다.

'예쁘다.' 샤오쥔이 소년을 처음 보고 내린 한줄평이다. 하지만 그는 결코 유약해 보이지는 않았다. 소년의 껍데기 아래 감춘 진짜 속마음이 무엇일까 생각하자 샤오쥔은 두려웠다. 그가 굉장한 미남인 탓에 오히려 쉽게 믿음이 가지 않았다.

생각의 갈피가 오만 방향으로 뻗어 나가자 샤오쥔은 결국 떠보는 셈 질문을 던졌다. "내가 끝까지 경찰에 신고하는 편이 낫다고 생각한다면요?"

"바보 같은 짓 하지 마." 소년이 말했다.

"신고는 대놓고 네 정체를 폭로하는 짓이야. 놈들은 금세 너를 찾아내 감금하고 오늘 겪은 일들을 말하라고 협박할 거야. 그땐 너도 저 냉장고의 비닐봉지 속 고깃덩어리 신세가 되는 거지."

'놈들? 고깃덩어리?' 샤오쥔이 멈칫했다.

"저거 인육이거든."

샤오쥔은 하마터면 그 자리에서 토할 뻔했다. 그렇다면 자신은 방금 냉장고에 인육과 함께 보관된 콜라를 마셨다는 말인가? 그녀는 손에 든 컵이 꿈틀대는 바퀴벌레라도 되는 듯 기겁해 바닥에 컵을 떨어뜨렸다. 피자 상자에 묻은 희미한 핏자국도 그제야 눈에 들어왔다.

샤오쿤은 입을 틀어막고 허겁지겁 화장실로 달려가 요란하게 토악질을 했다.

'그래서 저 자식은 입도 대지 않은 거였어!'

샤오쿤은 수없이 입안을 헹군 뒤 무척 화난 채로 돌아와 고개를 똑바로 들고 소년에게 따져 물었다. "야! 너 나한테 피 묻은 피자를 먹인 거야? 내가 만만해 보여?"

"배고파 보여서."

소년은 다시 한 번 피자를 먹지 않겠냐고 권하며 순진한 표정으로 샤오쿤을 바라봤다.

샤오쿤은 무너진 이성으로 소년에게 마구 말을 퍼부었다.

"아무리 배고파도 이딴 건 못 먹어! 저거 사람 피잖아. 먹고 전염병에라도 걸리면 네가 책임질래? ……왜 나한테만 이렇게 재수 없는 일이 생기는 건데? 태풍이 몰아닥쳤는데 야근을 하질 않나, 영화 한 편 보고 나니 납치를 당하고 있질 않나. 이제 인육 옆에 있던 콜라까지 마셨네? 야! 내가 콜라를 얼마나 좋아하는지 네가 알기나 해? 앞으로 다시는 콜라를 못 마시면 어쩔 거야……. 으흐흑……."

억울함이 몰려온 샤오쿤은 결국 두 손으로 얼굴을 가리고 통곡했다. 어째서 재수 없는 일은 전부 자신에게 몰리는지 알 수가 없었다.

"피자에는 피가 묻지 않았어. 내가 확인했어." 소년은 소파 뒤에서 샤오쿤의 쇼퍼백을 집어다 건네며 태연하게 말했지만, 샤오쥔은 우느라 그를 거들떠 볼 정신도 없었다.

소년이 일러 주듯 말했다. "이제 갈 시간이야."

아무리 닦아 내도 눈물이 끊임없이 쏟아졌다. 샤오쥔은 소년의 손에서 가방을 홱 낚아채 뒤도 돌아보지 않고 현관 문을 박차고 떠나려 했다. 그러다 현관 앞에 놓인 커다란 자루에 발이 걸렸다. 그녀는 물컹한 감촉을 느끼는 순간 자신의 추측이 틀리지 않았음을 확신했다. 자루에 든 건 틀림없이 시체다.

소년은 생각보다 훨씬 위험한 사람이었다. 도망쳐야만 한다.

샤오쥔은 뛰기 시작했다. 건물 밖으로 튀어 나가자 바깥 세상의 햇빛이 쏟아져 눈을 뜰 수가 없었다. 눈물이 멈추지 않았다. 오랫동안 어두침침한 곳에 있다가 갑자기 빛의 자극을 받았기 때문이거나, 탈출 후의 허탈함 때문일 것이다. 납치 사건이 끝나 다시 현실로 돌아오자 마치 영겁의 시간을 통과한 것만 같았다.

샤오쥔은 허겁지겁 택시를 잡아타고 출근길 교통체증을 이루는 자동차의 물결 속으로 사라졌다.

* * *

소년은 한 손에 대걸레를 들고 쏟아진 콜라를 닦았다. 다른 한 손에는 휴대전화를 들고 번호를 눌렀다. 벨이 세 번 울리자 전화를 끊었고, 5초 후 똑같은 번호로 다시 걸었다.

통화는 연결됐지만 휴대전화 저편에서는 아무 소리도 들리지 않았다.

"한 구." 소년이 선언하듯 말하고 천보의 집 주소를 대자 상대는 곧바로 전화를 끊었다.

기다리는 동안 소년은 인육이 담긴 비닐봉지를 냉장실에서 꺼내 천보의 시체가 든 자루에 함께 담았다. 그제야 욕실의 지저분한 거울이 생각났다.

하지만 막상 거울 앞에 서서 그 속에 비친 모습을 마주하자 그는 미친 사람처럼 거울을 잡아떼 욕조에 힘껏 던졌다. 부서진 거울 파편이 사방으로 흩어졌다. 모든 조각에 거꾸로 비친 소년의 모습이 들어 있었다.

소년은 아무 일도 없었다는 듯 욕실에서 나왔다. 거실로 돌아가니 기다리던 사람이 도착했다. 현관문 밖에 야구 모자를 눌러 쓰고 택배기사 유니폼을 입은 건장한 남자가 서 있었다.

둘은 굳이 인사를 나누지 않았다. 남자는 말없이 커다란 종이상자를 집 안으로 옮겼다. 그 안에는 종이상자와 비슷한 크기의 금속 상자가 들어 있었다. 종이상자는 외관을 위장하는 용도였다. 남자는 민첩한 동작으로 천보가 들어 있는 자루를 끌러 재빨리 시체를 금속 상자에 욱여넣고 셀

로판테이프를 꼼꼼히 둘렀다. 뼈가 부러지는 소리가 선명히 들렸다. 안에 든 물건이 시체만 아니었다면 영락없이 배달업체의 '찾아가는 서비스'로 부친 특급 택배로 보였을 것이다.

시종일관 침묵하던 남자는 상자를 안고 역시 인사를 생략한 채 사라졌다. 소년도 아무 말 하지 않았다. 합의된 호흡을 맞추는 두 사람에게 말은 필요 없었다. 소년이 통지하면 남자는 물건을 찾으러 올 뿐이다.

남자가 막 떠났을 때 소년의 휴대전화가 울렸다.

"업자 도착했어?"

"왔다 갔어요."

"역시 빠르군. 목표물에 착오는 없었지?" 전화를 건 남자가 웃었다. "대답하려 준비 중인 게 아니라면 좋겠군. 내가 제공하는 정보는 늘 정확하니까. 스넨$^{+年*}$, 목표를 달성하려면 시간이 얼마나 필요할 것 같아?"

'스넨'은 목표를 달성하는 데 예상되는 시간이 아니라 소년을 부르는 유일한 호칭이었다. 소년은 이름이 없다. 태어나자마자 버려져 출생신고도 하지 않은 고아에겐 이름이 있을 수 없다.

스넨이 대답했다. "시간과 비용을 정해 두진 않았어요."

* 10년이라는 뜻.

"정보는 계속 제공할게. 내 정보력이 신통한지 아니면 네 직감이 더 예민한지 무척 궁금하거든. 너는 언제나 놈들의 다른 점을 구별해 내잖아."

"눈으로 구분하는 거예요. 그놈들은 딱 봐도 다르니까요."

"그게 바로 타고난 능력이라는 거야. 신이 내린 선물이지."

남자는 장난스럽게 말하고 전화를 끊었다.

스넨은 천보의 집을 떠나기 전 그 집에 있는 유일한 데스크톱 앞에 앉았다. 전원을 끄지 않은 모니터에는 평범한 웹페이지가 나타났지만, 자세히 들여다보면 일반적인 사이트가 아님을 금세 알 수 있었다.

이건 다크웹이었다.

다크웹에 관한 소문은 무성하다. 무질서와 혼란이 가득한 이 공간에서는 살인마와 해커가 활보한다. 라이브 살인 쇼, 암거래, 인신매매, 사이비 종교 의식…… 그 밖에 모든 상상할 수 있는, 또는 상상을 초월하는 무시무시한 일들이 여기서 이뤄진다. 이곳에 접속하려면 특정한 절차가 필요하다. 브라우저 아이콘을 클릭하면 사이트로 연결되는 일반적인 방식과는 완전히 다르므로, 그 방법을 아는 사람만 진입할 수 있다.

빛을 봐서는 안 되는 모든 괴물이 이곳 다크웹에서는 종횡무진으로 활동한다.

스넨이 웹페이지의 어떤 링크를 클릭하자 브라우저 배경이 검은색으로 전환됐다. 커다랗고 붉은 글씨가 나타났다.

WE ARE JACK.

3

WE ARE JACK

스넨은 천천히 눈매를 일그러뜨리며 눈을 가늘게 떴다. 붉은 글씨가 사라지자 메인 화면이 나타났다. 화면 정중앙에 최근 업데이트 영상의 섬네일과 'RipforLove'라는 게시자의 아이디가 보였다.

사랑을 위해 배를 가른다니. 이런 병적인 닉네임은 '그들'의 전형적인 스타일이다.

스넨은 영상 링크를 클릭했다.

화면 속 장소는 좁은 방이고, 촬영자의 시점은 고정되어 있다. 벌거벗은 곱슬머리 서양 남자가 양손이 쇠사슬에 묶인 채 높이 매달려 있어 마치 도살장의 돼지처럼 보였다. 남자의 뒤쪽 벽면에는 줄톱, 쇠망치, 니퍼, 낫, 다양한 크기의 송곳 등이 걸려 있었고, 도구마다 각기 다른 정도의 진갈색 얼룩이 묻어 있었다. 말라붙은 혈흔일 것이다.

남자의 손목에 채운 쇠사슬 틈새로 붉은 피가 흘러나왔다. 살고 싶은 본능은 남자가 끊임없이 팔을 흔들게 했다.

이런 헛되고 무의미한 몸부림이 한 가닥 생의 기회를 가져다줄지도 모른다고 생각하는 모양이다.

몇 초 후, 복면을 쓴 키 작고 다부진 체격의 남자가 프레임 밖에서 걸어 들어와 카메라를 등지고 서양 남자에게 다가갔다. 화질이 선명하진 않지만 그가 손에 쥔 서늘한 빛을 뿜는 물체는 충분히 눈에 띄었다. 톱니 모양 칼날의 단도였다.

몸을 웅크린 서양 남자가 발악하며 뒷걸음질 쳤지만 쇠사슬이 그의 이동 범위를 제한했다. 남자는 끝내 도망치지 못했고, 목이 졸리는 동시에 서늘한 단도가 그의 복부에 파묻혔다.

서양 남자가 울부짖었다. 비명은 복부가 조금씩 더 갈라짐에 따라 점점 더 처절해졌다.

칼을 든 남자는 모든 과정을 음미하듯 심혈을 기울이며 천천히 움직였다. 칼은 이따금 멈췄다가 사악한 장난을 치듯 좌우로 움직였다. 가지런히 베인 단면은 금세 곤죽이 되었고, 커다란 구멍이 난 복부는 수도꼭지처럼 붉은 피를 콸콸 쏟아내 서양 남자의 하반신을 선명한 붉은색으로 물들였다.

칼날은 그대로 하복부까지 그어져 내려갔고, 방광이 찢어지며 피 섞인 오줌이 허벅지를 타고 흘렀다. 흐물흐물해진 생식기도 재앙을 면치 못하고 뿌리까지 베어졌다. 몸에서 분리된 생식기가 입에 쑤셔 넣어진 탓에, 서양 남자의 입 주변에 선명한 피가 흥건히 묻었다. 그 모습이 꼭 과장되게 립스틱을 바른 광대 같았다. 서양 남자가 억지로 물게 된 살덩어리를 악당의 바로 앞에 토해낼 때, 악당은 커튼을 젖히듯 양손에 힘을 줘 갈라진 뱃가죽을 벌렸다.

피범벅인 창자가 바닥에 통째로 쏟아지며 가느다란 핏방울이 튀었다. 괄약근이 힘을 잃자 남자의 분변이 바닥에 흘렀고, 머리통은 더 이상 목에 붙어 있지 못하고 무력하게 꺾였다. 마침내 비명이 멎었다.

영상이 끝났다.

영상 하단에 영어와 기타 몇 가지 외국어로 달린 댓글이 몇 개 보였다. 다크웹에는 원래 별별 인간 군상이 모여 있고, 세계 온갖 곳에서 사용자가 몰려드니 타이완이라고 해서 예외일 수는 없을 것이다. 예외가 있었다면 천보의 컴퓨터 화면이 이런 페이지에 멈춰 있지도 않았을 것이다.

토막 영상은 스녠을 충격에 빠뜨리진 못했다. 그는 동요하기는커녕 다른 영상들도 차례로 탐색했다. 피해자 유형은 남녀노소 할 것 없이 범인의 개인 취향에 따라 다양했고, 피해자의 개인정보와 학대 감상문을 첨부한 놈도 눈에 띄었다.

어떤 영상물의 게시자는 군이 눈물범벅이 된 피해자와 함께 기념사진을 찍었다. 두려움에 떠는 어린 남자를 품에 안고 웃으라고 강요했고, 그렇게 찍은 사진을 올리고 본문은 분홍색 하트 모양 이모티콘으로 도배했다.

스넨은 눈매를 약간 일그러뜨렸을 뿐 별다른 표정 변화를 보이진 않았다.

다크웹에서 나와 천보의 컴퓨터에서 다른 자료를 찾다가 마침내 숨겨진 폴더를 찾아냈다. 폴더를 열자 여러 피부색과 핏빛으로 뒤섞인 사진 수백 장이 스넨의 눈앞에 펼쳐졌다. 갈라진 복부, 토막 난 신체와 절단된 사지, 머리……. 전부 천보의 걸작이다.

원래는 온전한 사람의 일부였을 그것들은 이제 지리멸렬하게 토막 나 두 번 다시 원래의 모습으로 끼워 맞출 수 없는 인육 블록이 되었다. 이토록 대담하게 증거를 컴퓨터에 남긴 점으로 보아, 천보는 자신의 범죄에 자신감이 넘쳤을 것이다. 절대로 잡힐 리 없다고 생각했겠지.

타이완에서 해마다 실종되는 인구는 2만 명이 넘는다. 하루 평균 50명이 넘으니 절대 적지 않은 수이다. 그렇다고 해도 어딘가에서 사람이 하나 사라지는 일일 뿐이라, 무슨 대단한 문제라고 취급되지는 않았다. 그것도 천보가 겁없이 행동할 수 있던 이유 중 하나였을 터이다.

진짜 문제는 천보 같은 인간이 존재하는 한 죄 없는 불특정 다수가 언제든 재앙을 입을 수 있다는 점이다.

평범한 사람들의 일상을 햇빛을 흡수해 반사시키는 바다 표면에 비유한다면, 천보는 해수면과 무광층의 경계에 존재하는 컴컴한 해역이다. 그런 자들은 어둠에 매복한 채 햇빛 아래 사는 이를 무작위로 사냥한다.

하지만 스넨은 다르다. 그는 무광층에서 태어난 암흑의 기저 그 자체다. 천보가 평범한 사람을 사냥한다면, 스넨은 천보 같은 부류의 생물을 포획한다.

스넨은 숨은 폴더와 다크웹 프로그램을 삭제하고 본체를 열어 하드디스크를 분리했다. 업자에게 이것까지 가져가도록 맡겼어야 했다는 생각이 들었지만 이미 늦었다. 하는 수 없이 우선 스스로 보관하고 나중에 기회를 봐서 폐기하기로 했다.

오후의 석양이 골목길에 연노랑 음영을 남겼다. 천보의 집을 나선 스넨은 장갑을 벗어 가지런히 접어 넣었다. 지금은 장갑이 등장할 계절은 아니다.

행인과 자동차로 붐비는 거리를 걷는 스넨은 어디서나 볼 수 있는 대학생 같았다. 누구도 그가 방금 전 사람을 죽였다는 걸 알 리 없었다. 하지만 스넨의 사람 보는 안목은 확실히 특별하다. 그는 본능 또는 지나치게 예민한 여섯 번째 감각에 의존해, 두 손이 깨끗한 보통 사람과 피에 손을 담가 스스로 빼낼 수 없는 사람을 구분할 수 있다.

스넨의 눈엔 그 극도로 세밀하고 작은 차이가 보인다. 정상인과 미치광이는 한 끗 차이에 불과하지만, 그 한 끗이 완전히 다른 두 세계를 가른다.

스넨은 별생각 없이 걷는 듯 보이지만, 실은 감정을 드러내지 않고 침착하게 모든 행인을 주의 깊게 관찰하고 있다. 천보와 같은 종류의 인간을 구별해 내기 위해서다.

모퉁이를 돌아 편의점에 들어간 한 남자가 스넨의 시선을 끌었다. 스넨은 단박에 그자가 예사롭지 않다는 걸 알아채고 뒤를 따랐다. 주름투성이의 낡은 회색 폴로셔츠를 입은 남자는 손등의 뼈마디가 또렷이 보일 만큼 깡말랐고, 머리카락은 막 잠자리에서 일어난 것처럼 헝클어져 있었다.

스넨은 남자가 냉장고 앞에서 상품을 고르는 동안 소리 없이 그의 곁으로 다가갔다. 과자의 칼로리를 따져 보는 척하며 곁눈질로 티 나지 않게 남자를 관찰했다. 50대쯤 되어 보이는 남자의 피부는 오랫동안 햇볕을 쬐지 못한 듯 병적으로 창백했다.

남자는 냉장고의 과일 젤리를 싹쓸이해 품에 가득 안고 계산대에 올려놨다. 다른 손님들이 의아한 눈빛으로 쳐다봤지만, 점원은 전혀 놀라지 않았다. '단골손님일까?' 스넨은 남자보다 먼저 편의점을 나왔고, 남자가 계산을 마치고 나오자 멀리서 다시 미행했다.

편의점 비닐봉지를 든 남자가 재개봉 전용 영화관으로 들어가자 스넨도 따라갔다.

노후한 영화관 로비에서 희미한 곰팡내가 났다. 네 귀퉁이가 둥그렇게 말린 영화 포스터가 더러운 먼지를 뒤집어쓴 채 벽에 붙어 있었다. 표를 파는 중년 부인의 안색도 남자보다 썩 나아 보이지 않았다. 낡고 썩은 기운이 가득한 이곳의 모든 물체는 생의 희망을 포기한 것같이 보였지만, 마침 여름방학 시즌인 데다 표 값이 신작 영화보다 저렴해 관람객이 제법 몰려들었다.

남자는 표를 사지 않고 곧바로 2층으로 올라갔다. 스넨은 입장을 기다리는 관람객인 척 그의 뒤를 따르면서 남자에게서 시선을 떼지 않았다. 남자는 영화를 보러 온 게 아닌지 거리낌 없이 구석에 연결된 통로로 진입했다. 직원만 출입할 수 있는 관계자 전용구역이었다.

스넨은 모든 상황을 눈에 담아 두고 일부러 벤치에 앉아 차분히 기다렸다. 여자 아르바이트생이 다가와 물었다.

"몇 시 영화 관람하세요? 4시 영화라면 지금 입장하시면 됩니다!"

"기다리는 사람이 있어서요."

스넨의 무해해 보이는 미소는 그를 모르는 사람들의 경계심을 풀게 하기 충분했다. 하지만 스넨의 눈에는 조금도 웃음기가 없었다. 미소는 일종의 도구일 뿐이다.

아르바이트생이 따라 웃으며 농담처럼 물었다.

"여자 친구요?"

스넨은 고개를 저으며 적당히 쓸쓸한 미소를 짓고 말했다.

"그랬으면 좋겠네요……. 근데 여기서 일하면 스트레스 많이 받나 봐요?"

아르바이트생은 갑자기 받은 질문이 당혹스럽다는 듯 고개를 갸웃했다.

"조금 전 어떤 사람이 과일 젤리 한 보따리를 들고 저쪽으로 들어가더라고요. 스트레스를 많이 받으면 단 음식이 당긴다고 하잖아요?"

스넨은 직원 전용구역으로 통하는 작은 복도를 가리키며 말했다.

여자는 퍼뜩 생각난 듯 말했다.

"우리 영사기사 아저씨 말이군요! 과일 젤리 먹는 사람이라면 그 아저씨밖에 없어요. 저는 그런 거 안 먹어요! 단 거 먹으면 금방 살찌는 체질이거든요."

'훌륭하군.' 수시로 장착 가능한 순한 미소 덕분에 스넨은 손쉽게 필요한 정보를 얻었다. 그는 여자와 얼마간 한담을 나누며 더 많은 단서를 식은 죽 먹기로 획득했다. 과도하게 외향적인 아르바이트생은 신이 나서 수다를 떨었고, 급기야 스넨의 라인 메신저 아이디를 물어보기까지 했다. 훈훈한 외모에 다정하기까지 한 괜찮은 남자를 만났다고 생각하는 것 같았다.

스넨은 조금 미안해하며 말했다.

"미안하지만 저, 휴대전화가 없어요."

스녠의 대답을 장난이라고 여긴 여자가 자신의 페이스북 계정을 열어 내미는 사이, 스녠은 재빨리 자리를 빠져나갔다.

여자가 이미 많은 힌트를 줬지만 더 많은 정보가 필요했다. 그래서 전화를 걸었다. 상대의 신분과 거주지를 알면 일을 훨씬 쉽게 진행할 수 있을 터였다. 통화가 연결되자 스녠은 군더더기 없이 단도직입적으로 말했다.

"사람 하나 알아봐 주세요."

"그러지."

목소리에 자신감이 가득한 전화 속 남자는 업자가 떠난 후 스녠이 통화했던 사람이다.

스녠은 재개봉 영화 전용 상영관과 영사기사의 특징을 대강 알려 주고 입을 다문 채 대답을 기다렸다.

"린쥔성林峻生. 53세. 미혼. 동거인 없음……."

전화기 저편의 그가 상세한 개인정보를 줄줄 읊었다.

스녠은 묵묵히 이를 기억에 새기며 얻은 정보와 영사기사를 한 덩어리로 겹쳤다. 그러고선 머릿속으로 차근차근 계획의 얼개를 짜기 시작했다.

4

오늘의
유일한
심야 영화입니다.

혼자 살기에 넉넉한 스무 평 남짓한 아파트였다. 가지런히 쌓인 자질구레한 물건들이 어수선하기는커녕 놀랍도록 조화로워 보였다. 오후의 햇살이 하얀 커튼을 투과해 방안을 환히 비추고 있지만 바닥에는 먼지 하나 보이지 않았다. 모든 가구는 정확하게 있어야 할 위치에 있었고 티 없이 깨끗했다.

자물쇠가 돌아간 뒤 들어온 사람은 스넨이었다.

스넨은 우선 바닥 매트에 신발 밑창을 문질러 흙이며 모래를 털어 낸 뒤 배낭을 벗어 늘 보관하는 자리에 두었다. 옷을 모두 벗어 세탁기에 던져 넣고는 곧장 욕실로 들어갔다. 불을 켜지 않아도 햇빛이 들어와 충분히 밝았다. 욕실에는 거울이 없었고, 이를 고정했던 나사못만 타일 벽에 알몸을 드러내고 있다.

샤워를 마치고 나니 밀물처럼 졸음이 몰아닥쳤다. 스넨은 샤워기를 끄고 마른 수건으로 몸을 닦은 후, 벌거벗은 채 거실을 지나 침실로 들어갔다. 더블침대 위에 덮어 둔 먼지 방지용 덮개를 걷어 가지런히 접은 뒤 수납장 위에 놓고, 침대에 기어올라 눈을 감고 잠에 빠져들었다.

방의 오른쪽 벽에는 남녀가 함께 찍은 사진이 가득 붙어 있었다. 남자는 모두 동일인물이지만 여자는 사진마다 다르다. 사진 속 남자는 스넨이 아니다. 또 다른 습관적 살인마, 천보와 똑같은 취향을 가진 놈이자 이 집의 진짜 주인이다.

남자와 함께 사진을 찍은 저 여성들의 결말은 말할 필요도 없을 것이다.

사진 속 남자는 외모도 제법 괜찮고 돈도 많아 인기가 좋고 사람들과 잘 어울렸다. 그는 유혹에 속아 넘어온 여자들을 집으로 데려와 죽였고, 시체는 토막 내 삶아 먹고 뼈는 곱게 갈아서 화초의 비료로 썼다. 베란다의 화분들이 하나같이 무성한 잎을 뻗은 비결은 인골 분말이다.

집주인은 숨이 끊어지기 직전까지도 흥미로운 것을 말해 주지 못해 안달이 난 듯 자신의 요리법을 스넨에게 공유했다.

"손가락은 밀가루를 입혀서 튀기는 게 좋아. 충분히 바싹하게 튀기면 감자튀김 맛이 나거든. 내가 가장 즐기는 요리법이야."

그의 괴상한 취향 때문에 스넨은 청소뿐 아니라 솥에 가득 담긴 인육 곰탕과 오븐 안에서 반쯤 익은 인육 갈비를 처리할 방법까지 생각해야 했다.

그나마 그가 주방을 자주 정리했다는 점이 유일하게 스녠을 기쁘게 했다. 그러지 않았으면 혈흔을 없애는 일보다 묵은 기름때 지우기에 시간과 품을 더 들일 뻔했다.

집주인을 처리하고 난 뒤 스녠은 아예 거기서 눌러 살기로 했다. 물론 그가 심혈을 기울여 대청소하지 않았다면 이토록 먼지 하나 없을 리 없다. 스녠은 집을 사거나 세 들어 살진 않지만, 살인마를 처리할 때마다 새집에서 살 수 있으니 주거 환경은 질릴 틈 없이 만족스러운 편이다.

세간살이도 거리낌 없이 사용할 수 있었다. 죽은 자는 돈을 쓸 수 없지만 살아 있는 스녠은 돈 쓸 일이 많다. 갑자기 현금이 필요한 상황에 대비해 목표물을 협박해 현금카드 비밀번호를 알아 두기도 한다. 절도 행위이긴 하지만 누군가가 실종되었다는 사실이 밝혀지기까지는 시간이 꽤 걸리고, 가끔은 끝까지 알려지지 않을 때도 있어 지금까지 별일은 없었다. 스녠의 목표물들은 알려지면 곤란한 비밀을 숨기고 있기 때문에 보통 일부러 사람들과 소원하게 지내는 편이다. 덕분에 스녠이 일을 처리하기가 수월했다.

스녠은 라인 계정을 가지고 있지 않지만, 죽은 살인마의 계정으로 접속해 사직서를 제출하거나 친구들에게 안부를 전하는 등 계정 주인이 갑자기 없어진 것 같은 느낌이 들지 않도록 하는 데 능숙하다. 다행히 현대인은 SNS나 인스턴트

메신저로 연락을 주고받는 것에 익숙해 여러모로 고충을 덜 수 있었다.

심지어 스녠은 페이스북 계정을 통해 집주인의 근황을 전하기도 한다. 여행용 트렁크 사진을 올리고 한동안 해외여행을 다녀오겠다고 올리면 "부럽다", "좋겠다", "어디 좋은 데 가는 거야?" 같은 댓글이 줄줄이 달릴 뿐 아무도 의심하지 않으니 정말 편리하다. 사람들은 아이디와 비밀번호만 맞으면 당연히 본인이 계정을 사용한다고 믿는 걸까?

본론으로 돌아와, 스녠의 신분은 전혀 확인할 방법이 없다. 그는 호적 관리 시스템에 존재하지 않으므로 유령이나 마찬가지인 사람이다. 하지만 스녠에게 그 사실은 그리 중요한 게 아니다. 천보 같은 부류의 살인마를 차근차근 뿌리뽑을 수 있다면 그걸로 충분하다. 목표가 뚜렷하고 단순한 인생이야말로 스녠과 딱 어울린다.

잠깐 쪽잠을 자다 저절로 눈이 떠져 일어나니 창밖이 어느새 어스름한 푸른색으로 물들어 있었다. 스녠은 이른 저녁을 해 먹었다. 요리할 때는 냉장고에 보관된 인육을 음식 재료로 착각하지 않도록 조심했다. 살인마 대부분이 인육을 냉장고에 두지만 이는 보존을 위해서다. 시체가 부패해 악취를 풍겨 이웃의 의심을 받지 않기 위해서일 뿐, 인육을 먹는 놈은 소수다.

스녠은 집 안을 다시 한 번 구석구석 청소했다. 어느 한구석도 놓치지 않았고, 머리카락 한 올 용납하지 않았다.

샤오쥔의 추측대로 스녠은 중증 결벽증 환자다. 모든 물건을 얼룩이나 티끌이 보이지 않을 때까지 반복적으로 닦고 문질러야 직성이 풀리는 통에, 종종 멈출 수 없는 청소 지옥에 빠지곤 한다.

청소가 끝났다. 이제 출발할 때가 왔다.

* * *

린췬성이 냉장고를 열자 눈을 부릅뜨고 입을 쩍 벌린 머리통이 그를 맞이했다.

그와 마주보고 있는 건 플라스틱 백에 담긴 사람의 머리통이었다. 아주 어린 여성이다. 대입 시험의 구렁텅이에 빠질 준비를 하거나, 인문계와 실업계 사이에서 고민할 풋풋하고 설익은 나이로 보인다. 하지만 그녀는 이제 무엇이든 선택할 필요가 없어졌고, 그녀가 가졌던 모든 가능성 또한 린췬성의 손안에서 죽어 버렸다.

피가 엉겨 붙은 헝클어진 머리칼이 이목구비의 일부를 덮었지만, 차마 감지 못한 텅 빈 두 눈마저 가리지는 못했다. 린췬성은 냉장고에 고이 보관해 둔 소녀의 머리통을 옆으로 조금 밀고 과일 젤리를 봉지째 올려놨다.

"오늘의 유일한 심야 영화를 널 위해 준비했어. 영화관을 통째로 전세 내는 특별대우는 아무나 누릴 수 있는 게 아니야."

린쿼성은 머리통을 향해 친근하게 중얼거리며 귀여워 죽겠다는 듯 시체의 콧잔등을 살짝 잡아당겼다. 마치 사랑스러운 연인이라도 대하는 것 같았다.

냉장고를 닫은 그는 차를 한 잔 끓여 마시며 자신만의 작은 세상을 둘러봤다. 냉장고 한 대, 침대 하나, 그리고 욕실을 겸한 도료 작업실이 있다. 이곳은 명목상 직원 기숙사지만 방은 한 칸뿐이다. 예전에는 영사기사들이 2교대로 근무했고, 심야 상영을 맡는 날에는 종일 영사실에 붙어 있어야만 했다. 회사는 영사기사들의 편의를 위해 방을 마련해 주었고, 새벽에 퇴근한 영사기사들은 여기서 잠을 청했다. 하지만 근무일수가 조정되면서 영사기사들도 퇴근 후 집에 갈 수 있게 되었고, 그 후 린쿼성은 오래 일한 선배임을 내세워 기숙사를 차지했다. 그의 상사도 상영 일정표에 지장을 주지만 않는다면 아무래도 상관없기에 이를 본체만체했다. 덕분에 린쿼성은 원래 사는 셋집 외에도 또 다른 아지트가 생긴 셈이 되었다.

기숙사 밖 널찍한 영사실에서 영사기 몇 대가 각자의 상영관으로 영화를 송출하고 있었다. 시대가 변해 35밀리미터 필름용 영사기는 진작 도태됐고, 고장률이 낮고 조작도 편리한 디지털 영사기로 교체되었다.

린췬성은 모든 상영관을 순찰하면서 영화가 이상 없이 상영되고 있음을 확인한 후, 느릿느릿 사무용 책상 앞에 앉아 눈을 감았다. 그는 참을 수 없는 흥분으로 몸을 가볍게 떨며 다가올 심야 상영 시간을 기다렸다.

기다리기 초조해진 린췬성은 영사실을 나가 영화관 내부를 할 일 없이 어슬렁거리며 대상을 물색했다. 무엇을 고르고 있는지는 설명할 필요도 없이 자명하다. 그와 눈을 마주치는 아르바이트생들은 모두 어색하게 고개만 까닥여 인사했다. 다들 린췬성의 괴상한 성격을 잘 알았기에 친해지려는 사람은 거의 없었다. 직원들은 대부분 그를 어려워하며 멀리했다.

'쟤는 뚱뚱해서 안 돼. 쟤는 너무 말라서 카메라발이 받지 않을 테고. 쟤는 질리게 생긴 데다 패션 감각도 엉망이야. 가만, 저기 남자애는 곱상하게 생겨서 영상도 예쁘게 찍히겠는걸! 그런데 장갑을 끼고 있는 건가? 희한한 놈이군.'

린췬성은 영화감독이 최적의 배우를 물색하듯 턱을 괴고 구석에 서서 관객을 한 명 한 명 훑었다. 그는 기회만 된다면 자신의 작품을 대형 스크린에 옮기고 싶었다. 분명 세상을 깜짝 놀라게 할 걸작이 탄생할 것이다.

드디어 모든 영화가 끝났다. 린췬성은 영사실로 바삐 달려가 곧 사용할 한 대를 제외한 모든 영사기를 껐다. 밖에서 근무 중인 사람들에게는 오늘은 자신이 자리를 지킬 테니

청소를 마치는 대로 퇴근하라고 지시했다. 직원들은 의아하게 생각했지만, 상사의 말에는 언제나 무게가 실리는 법이라 린퀀성에게 굳이 여기서 밤을 새우는 이유를 묻지는 않았다.

모든 관객과 직원들이 상영관을 떠난 걸 확인한 린퀀성은 기다렸다는 듯 철문을 내렸다. 이제 여기 들어올 수 있는 사람은 없다.

때가 왔다. 가장 특별한 심야 영화 시간이 시작되었다.

린퀀성은 기대에 가득 차 자신이 제작한 영상을 틀었다. 그러고는 도입부에 검은 화면이 뜰 때 재빨리 냉장고 문을 열고 과일 젤리와 소녀의 머리통을 안고서 기숙사를 나와, 불 꺼진 긴 복도를 질주해 그 품에 안기듯 상영관으로 들어갔다.

그는 정중앙의 가장 쾌적한 자리에 앉았다. 냉기를 뿜는 머리통을 허벅다리에 올려놓고 소녀의 공허한 눈동자가 스크린을 똑바로 바라볼 수 있도록 세심하게 위치를 조정했다.

영화가 시작됐다. 커다란 스크린에 울어서 빨갛게 부은 두 눈을 한, 투명 테이프로 온몸이 칭칭 감긴 소녀가 나타났다. 반듯한 평상에 고정된 소녀의 모습은 실험대에 큰 대자로 고정된 개구리 같았다.

"봐, 내가 널 얼마나 예쁘게 찍었는지!"

린퀀성은 자랑스럽게 말하며 떠먹는 과일 젤리를 꺼내 포장을 죽 찢고는 단숨에 후루룩 마셔 버렸다.

"나다! 저거 나야! 내가 등장했다고!"

그는 감격해선 뚫어 버리기라도 할 듯 스크린을 향해 손가락질하고는 과일 젤리를 입안에 마구 쑤셔 넣었다. 입꼬리를 따라 흘러내리는 부서진 젤리가 마치 덩어리진 타액 같았다.

화면 속 린쥔성은 신실한 신도마냥 두 손바닥을 모으고 천천히 렌즈 가까이 다가갔다. 소녀가 문어처럼 몸을 꿈틀거렸다. 린쥔성이 낫을 치켜들자 소녀는 눈을 커다랗게 뜬 채 필사적으로 고개를 흔들었다. 린쥔성은 날 끝을 소녀의 뽀얀 가슴팍에 대어 한층 격렬한 몸부림을 유도했다.

낫이 천천히 살을 파고들자 신선한 피가 분수처럼 뿜어져 나왔다. 소녀는 극심한 고통을 감당하느라 요란하게 몸을 떨었고, 두 눈동자가 위로 뒤집혔다. 린쥔성은 낫 놀림을 멈추지 않고 막 부풀어 오른 작고 예쁜 유방을 함부로 움켜쥐어 붉은 손톱자국을 몇 줄 냈다.

그 장면을 보는 린쥔성은 음험하고 기괴하게 웃으며 품에 안은 머리통을 꽉 붙잡았다. 그의 손가락은 스스로 제어할 수 없게 된 것처럼 소녀의 부릅뜬 두 눈동자를 찔렀고, 눈구멍 내부를 아무렇게나 휘저었다. 눈동자는 짓이겨져 곤죽이 되었다. 눈두덩을 따라 피가 몇 줄기 흘렀다. 마치 머리통이 피눈물을 흘리는 것 같았다.

"울지 마! 걸작으로 다시 태어난 너는 정말 아름다워. 사람은 죽고 시체는 썩지만 영상은 영원히 남는단다. 이제 넌 영원히 사는 거야!" 린췬성이 광적인 웃음을 터뜨렸다.

의기양양하게 고개를 이리저리 흔들던 린췬성은 불현듯 몇 자리 건너에 누군가 앉아 있는 걸 발견했다. 조금 전에 배우를 물색하면서 봤던 장갑 낀 미소년이었다.

'분명 몇 번을 확인했는데…… 어떻게 상영관에 들어왔지? 거기다 쥐도 새도 모르게 옆에 앉아 있었다니!' 린췬성은 어안이 벙벙했다.

"벨벳 원단을 씌운 의자에 묻은 과자 부스러기를 치울 때는 모가 단단한 솔을 이용하는 게 좋습니다. 걸레는 추천할 만한 도구가 아닙니다. 귀찮다고 손으로 툭툭 터는 건 더욱 용납할 수 없죠. 그러면 부스러기가 거의 그대로 남으니까요." 소년이 말했다. "붉은 천이니 피가 묻어도 눈에 잘 띄지 않을 수는 있습니다만, 그래도 양이 많으면 반드시 티가 납니다. 색이 확실히 부자연스러워지죠."

'뭐랑 뭐를 쓰라고? 이놈 지금 뭐라는 거야?' 놀람 그 이상을 겪고 있는 린췬성은 완전히 얼이 빠졌다.

"이 영화를 직접 제작하셨습니까?" 소년이 이어서 물었다.

'예술을 좀 아는 놈인가?' 고개를 끄덕이며 막 자랑을 늘어놓으려는 린췬성에게 소년이 차갑게 말했다. "형편없네."

린췬성은 전기충격이라도 받은 사람처럼 분노로 몸을 떨

며 소년을 향해 머리통을 던졌다.

성난 그가 포효했다. "비판은 허용하지 않아! 이건 내가 심혈을 기울여 만든 걸작이야! 영화제에 출품한다면 황금종려상이든 골든글로브상이든 진마金馬*상이든 떼 놓은 당상이야. 알기나 해? 초현실주의라고 들어는 봤어? 게다가 이 작품은 처음부터 끝까지 원 쇼트로 촬영하는 롱테이크 기법을 사용했다고. 뭘 알기나 해? 네가 뭘 아느냐고?"

소년은 차가운 소녀의 머리통을 군더더기 없는 자세로 받았다. 플라스틱 백에 맺힌 수증기와 섞인 핏물이 잘린 목의 단면에서 뚝뚝 떨어졌다. 스넨은 미간을 찌푸리며 핏방울이 몸에 닿지 않도록 조심했다.

"냉장고는 신경 써서 관리해야 합니다. 특히 악취를 주의해야죠. 레몬과 물을 1:1 비율로 섞어 내부를 닦으면 악취 제거에 효과적입니다. 남은 레몬은 그대로 냉장고에 보관해도 좋고요. 천연 과일 향은 인공 방향제보다 훨씬 효과가 좋습니다. 문을 열 때마다 악취가 풍긴다면 사람들에게 발각되는 것도 시간문제죠. 선반에 오랜 시간 굳은 핏자국은 지우기 좀 까다롭습니다만……."

소년은 잠시 말을 멈췄다. "하지만 당신은 그런 걱정은 하

---

* 1962년에 처음 만들어진, 타이완에서 개최하는 중화권 영화상이다. 중국 대륙의 진지(金鷄)상, 홍콩의 진샹(金像)상과 더불어 중화권 3대 영화상으로 꼽힌다.

지 않아도 될 것 같습니다." 그러고선 린쉰성을 바라보며 더 이상 말이 없었다. 다만 그를 쳐다보고 또 쳐다볼 뿐이었다.

격노해 벌떡 일어선 린쉰성이 갑자기 힘없이 풀썩 주저앉았다. 보이는 모든 풍경에 끈적한 잔상이 남았다. 머리는 누군가에게 잡혀 사정없이 흔들리는 듯 어지러웠고, 천장과 땅이 뒤집힌 듯 주변이 한바탕 빙빙 돌았다. 린쉰성은 이내 맥이 탁 풀리면서 바닥에 쓰러져 죽은 듯 정신을 잃었다.

"약이 모자랐나?" 소년은 잠시 생각하다 린쉰성의 옷을 벗겼다. 과연 오른쪽 가슴팍에 칼로 그은 흉터가 나타났다.

J.

그건 천보의 몸에 있던 것과 빼다 박은 듯 닮은 모양이었다.

5

살아 있는 건
안 받아.

영화관 건물 밖 비상계단에 스넨이 홀로 서 있다.

과하게 발랄한 여자 아르바이트생 덕분에 상영관에 대한 크고 작은 정보를 쉽게 얻을 수 있었다. 이 비상 통로는 영업이 끝나도 항상 열려 있고, 상영관으로 통하는 비상문도 잠그지 않는다. 마지막 근무자가 퇴근할 때 복도 등을 전부 꺼 스넨은 어둠 속을 더듬으며 앞으로 나아갔다. 검은 후드 티를 입은 그는 어둠과 거의 한 몸이 되었고, 소리 없이 상영관에 잠복해 린쿼성이 나타나길 기다렸다.

"저 영사기사 아저씨는 좀 괴짜예요. 툭하면 영사실을 팽개치고 로비에 서서 드나드는 손님을 관찰하거든요. 우두커니 서서 아무 말도 하지 않으시니 다가가 물어보기도 좀 그렇잖아요. 그나마 다행인 건 영화가 끝날 때쯤 되면 알아서 영사실로 들어간다는 거죠." 스넨은 아르바이트생이 토로한 불만을 통해 린쿼성이 영화 상영 직전까지 한 곳에 서서 사람들을 관찰하고, 영화가 거의 다 끝날 때까지 영사실로 돌아가지 않는다는 사실을 알아냈다.

물론 스녠은 영사기사가 목표를 물색하고 있다는 걸 간파했다. 영화는 아무리 짧아도 한 시간 넘게 상영하니 미리 기숙사에 잠입해 과일 젤리에 약을 주입할 시간은 충분했다. 주입할 약물도 그곳에서 얻었다. 인육을 먹는 집주인은 침대 밑 트렁크에 은밀하게 약을 숨겨 뒀고, 스녠은 바로 그 약으로 가해자를 기절시켰다.

스녠은 영사기사를 처치하는 김에 약효도 테스트해 보고 싶었다. 약이 충분한 효과를 발휘하지 못한다면 소매에 감춰 둔 단도로 마무리할 수 있을 터였다. 발작 시간이 생각보다 조금 늦긴 했지만, 약효는 나쁘지 않은지 린쿼성은 인사불성이 되었다. 바닥에 고꾸라진 그는 입을 반쯤 벌리고 부서진 과일 젤리 조각과 혼탁한 타액을 줄줄 흘렸다. 스녠은 욕지기가 치밀어 고개를 돌리고선 더는 린쿼성을 거들떠보지 않고 상영관을 빠져나왔다.

지금까지 모든 행동이 순조로웠다 해도, 상대는 사람의 가죽을 뒤집어쓴 미치광이 괴물이다. 그러니 스녠이 가진 기술이 다양하면 다양할수록 위험한 상황을 오히려 자신에게 유리하게 바꾸기도 쉬워진다. 린쿼성의 필체를 모방해 작성한 사직서를 사무용 책상에 던져 놨으니, 내일 직원이 영사기사가 출근하지 않은 사실을 깨달을 즈음 사직서도 발견될 것이다. 이런 식으로 시간을 끄는 방법이 허점투성이란 사실은 스녠도 잘 알고 있다. 단 한 번도 손바닥으로 하늘을 가릴 수 있다고 생각한 적은 없지만, 그래도 시간은 가능한 오래 끌수록 좋다.

다행히 시체가 발견되는 날은 영원히 오지 않을 것이다.

안에서만 열리는 비상문을 열고 나온 사람은 커다란 종이 상자를 안은 업자였다. 오늘도 택배기사 차림이었고, 상자 안에는 물론 린쥔성의 시체와 끔찍하게 유린당한 소녀의 머리통이 들어 있을 터였다. 업자가 가져간다면 시체는 이 세상에서 사라진다고 봐도 좋다.

하지만 업자는 상자를 바닥에 내려놓아 스녠의 궁금증을 자아냈다.

"살아 있는 건 안 받아."

아뿔싸. 약효 테스트에 정신이 팔려 꼭 해야 할 일을 잊었다. 스녠도 가끔 실수할 때가 있다.

그는 두 손으로 린쥔성의 머리를 잡고 힘껏 비틀었다.

우두둑.

정신을 잃은 린쥔성은 조금도 저항하지 않았고, 머리통은 정확히 180도 회전했다. 그 모양이 영 보기 좋지 않아, 스녠은 머리를 다시 180도 돌려 얼굴이 정면을 바라보게 했다.

"이제 죽었어요." 스녠이 장갑 위로 소독용 알코올을 바르며 임무의 종결을 알렸다.

업자는 상자를 닫더니 무게가 거의 나가지 않는 물건을 들듯 가볍게 어깨에 둘러멨다.

"그 젤리에 약 탔어요. 너무 많이 먹으면 안 돼요." 스넨이 귀띔했다. 업자의 건장한 팔뚝에 먹다 남은 과일 젤리가 담긴 봉지가 걸려 있는 모습이 눈에 들어왔기 때문이다.

업자는 대꾸 없이 비상계단을 내려갔고, 이윽고 어둠 속으로 사라졌다.

* * *

샤오쿤이 깨어났을 때 사무실에는 아무도 없었다.

눈에 아직 졸음기가 남은 그녀는 휴대전화 액정을 보자마자 잠이 확 깼다. 놀라 의자에서 벌떡 일어나는 바람에 책상에 딸린 철제 서랍에 무릎을 세게 부딪혔고, 그 아픔에 다시 털썩 주저앉고 말았다. 샤오쿤은 아픈 무릎을 연신 문질렀다. 12시가 넘었을 줄이야. 정오가 아니라 자정이란 말이다!

샤오쿤은 대표가 퇴근한 뒤 야근으로 쌓인 피로를 조금이라도 풀어보려 쪽잠을 청했다. 동료들이 기다렸다는 듯 고자질할까 봐 신경이 쓰였지만, 며칠째 계속되는 야근 때문에 도저히 버틸 수가 없었다. 그런데 이렇게 오래 자 버릴 줄은 몰랐다. 늦잠을 잤을 뿐만 아니라 일도 끝내지 못했다.

울고 싶었지만 눈물이 흐르지는 않았다. 횡포를 부리듯 책상에 쌓여 있는 보고서 뭉치를 보니 딱 죽고 싶었다. 퇴근하며 아무도 깨워 주지 않았다니, 동료들이 야속했다. 하지만 텅 빈 사무실을 바라보고 있자니 오히려 속이 후련해졌다. 차라리 지금처럼 매일 사무실에 아무도 없다면 얼마나 좋을까.

늦잠을 잤을지언정 한 번 손댄 일은 끝을 보는 샤오쥔은 오늘 밤을 꼬박 새워서라도 일을 마치겠다고 결심했다. 월말이니 쌓인 결산보고서들을 모두 정리해야만 했다.

그녀는 무심코 커피를 마시려고 컵에 입술을 댄 후에야 커피가 한 방울도 남지 않았다는 걸 깨달았다. 영혼의 양식 없이는 일을 시작할 수 없다. 게다가 저녁도 먹지 못했다. 샤오쥔은 무릎이 또 수난을 당하지 않도록 조심하며 일어났다. 기지개를 켜 뼈마디와 근육을 늘리고, 찢어지게 하품을 한 뒤 지갑과 사무실 열쇠를 챙겨 들고 먹을 것을 찾아 밖으로 나갔다.

대로변이지만 깊은 밤이라 차와 사람이 드물었다. 샤오쥔은 조금 긴장했다. 납치 사건이 발생한 지 일주일도 지나지 않았으니 두려운 게 당연했다. 그때 무사히 살아서 빠져나올 수 있었던 건 정말 천운이었다.

경찰에 신고는 하지 않았다. 스녠의 충고가 무척 위협적이었기 때문이다.

"신고는 대놓고 네 정체를 폭로하는 짓이야. 놈들은 금세 너를 찾아내 감금하고 너한테 일어난 일들을 모두 말하라고 협박할 거야. 그땐 너도 저 냉장고 속 고깃덩어리 신세가 되는 거지."

'놈들'은 누굴까? 범죄 집단일까? 샤오췐은 몸소 겪고 나서야 세상이 생각보다 안전하지 않다는 사실을 깨달았다. 하지만 집에서 꼼짝 않고 숨어 지낼 만한 돈이 없으니, 먹고 살기 위해 어쩔 수 없이 출근해야 했다. 요즘 그녀는 퇴근 후 매일 주차장을 지날 때마다 신경을 곤두세워 근처를 둘러보고, 누군가 이쪽으로 다가오면 몰래 상대방을 주시하며 언제든 도망칠 수 있도록 준비 자세를 취한다.

샤오췐은 지금도 아쉬운 대로 버티는 중이다. 어차피 죽지도 않았으니 버티고 볼 일이다. 그녀는 강인한 정신력을 지닌 자신을 칭찬이라도 해야 하는 걸까 하고 고민했다. 아니, 반대로 혼자 순해 빠져서 당하고 사는 건지도 모르겠다.

그렇다. 아무래도 당하고만 사는 것 같다. 그날 그놈 얼굴에 피자를 뭉개 줬어야 했다. 콜라도 머리에 들이부어 줬어야 했다. 괘씸한 놈. 사무실의 고수들이야 그렇다 쳐도, 처음 만난 어린놈까지 자신을 얕잡아봤다.

샤오췐은 저도 모르게 소리 내어 스스로에게 물었다. "내가 진짜 만만해 보이나?"

밑도 끝도 없는 생각이 꼬리를 무는데 맞은편에서 누군가 다가왔다. 샤오쿼는 이내 긴장하며 거리를 두려 했다. 그런데 멀리 보이는 실루엣이 어쩐지 그 괘씸한 녀석과 닮았다. 그 녀석처럼 예쁘고 멀끔한 남자가 다가오고 있었다.

남자와 거리가 좁혀지자 샤오쿼는 저도 모르게 소리쳤다.

"어? 진짜네?"

소년은 여전히 티끌만큼의 사악함도 없는 얼굴을 하고 있다.

"배고파 보이네." 소년이 말했다.

* * *

늦은 밤. 썰렁한 맥도널드에 손님 몇 명이 듬성듬성 테이블을 차지하고 있다.

샤오쿼는 스녠과 어깨를 맞대고 창가 자리에 나란히 앉아 스위트 앤 사워 소스가 잔뜩 묻은 치킨너깃을 먹었다. 두 번 속지 않기 위해, 이번에는 각별히 주의를 기울여 몇 번이고 음식을 살펴 피가 묻지 않았다는 걸 확인하고 먹었다. 스녠이 너깃을 샀으니 혹시 무슨 함정이라도 있을지 걱정하지 않을 수 없었다.

"정말 나 미행한 거 아니야?" 샤오쿼이 의심을 잔뜩 품고 물었다. 솔직히 스녠을 만나니 그날의 공포가 다시 떠올라

당장 도망치고 싶었다. 그런데도 스녠의 대접에 응한 이유는 그가 하자는 대로 따르지 않으면 뭔가 수작을 부릴까 봐 두려웠기 때문이다.

"아니야."

"맹세할 수 있어?"

"거짓말이어도 맹세한다고 내가 벌을 받진 않아."

샤오쥔은 당당할 뿐 아니라 논리적이기까지 한 스녠 앞에서 바보가 된 것 같아 잠자코 입을 다물었다.

스녠은 감자튀김에 묻은 소금기를 털어내는 데 열중할 뿐 딱히 그녀와 대화하고 싶은 눈치가 아니었다. 그런 분위기를 견딜 수 없어 샤오쥔이 먼저 침묵을 깼다. "날 납치했던 놈이 누군지 넌 알지?"

"많이 알면 다쳐." 스녠이 충고하듯 말했다.

"나라고 속속들이 알고 싶진 않아. 하지만 보복당할까 두렵단 말이야. 그러니까 알아야겠어."

"놈들이 복수할 일은 없어."

샤오쥔은 천보의 집에서 허겁지겁 나올 때 발에 치였던 커다란 자루를 떠올렸다. 분명 사람이 들어 있는 것 같았다. "설마…… 네가 그놈을?"

스녠은 같은 말만 반복했다. "많이 알면 다쳐."

"어떻게 신경 안 쓸 수가 있냐? 납치당한 건 네가 아니잖아! 요 며칠 내가 얼마나 무서웠는지 알아? 이렇게 네 옆에 앉아 있으면서도 그 자루 속 사람 신세가 될까 봐 무섭다고. 너는 이렇게 신출귀몰하는데 나는 숨을 곳도 없잖아. 이 밤중에 어떻게 하필이면 널 만났겠냐고?" 샤오쥔이 저도 모르게 소리 높여 외치는 바람에 사람들의 눈길이 이쪽으로 쏠렸다.

"너, 처음부터 날 가지고 논 거지? 네가 진짜 숨겨진 살인마지?" 샤오쥔은 치킨너깃을 쟁반에 던지며 적의 가득한 눈을 부릅뜨고 스녠을 노려봤다. 툭 건드리면 금세 울음을 터뜨릴 것 같았다. "내가 그렇게 만만해 보여? 그렇게 쉽게 속아 넘어갈 것 같았어?"

"전부 우연이야." 스녠은 거짓말을 하고 있지 않았다. 영화관에서 나오자마자 우연히 샤오쥔을 만날 줄 누가 알았겠는가. "나쁜 뜻 없어. 정말로 내가 모든 걸 계획했다면 그날 네 입을 막았겠지. 그편이 네가 거리를 활보하게 두고 그날 일을 세상에 폭로할 위험부담을 지는 것보다 내게 훨씬 유리하지 않을까?"

스녠의 분석은 흠잡을 데가 없었다.

"내 목표는 네가 아니야. 처음부터 넌 끼어들면 안 되는 사람이었어. 그러니까 깊이 알려고 하지 마. 널 납치한 건 어떤 조직의 구성원이야. 놈들은 조직원 중 한 사람이 널 노렸다는 사실도 모르고, 네 존재도 몰라. 그러니까 보복을 해도 나한테 할 거야. 내가 알려 줄 수 있는 상황은 여기까지야."

샤오췬은 스녠이 어떻게 이토록 침착할 수 있는지 이해가
가지 않았다. "너는 어떻게 아무렇지도 않을 수 있어? 사람
을 죽였잖아……."

"그놈들도 자신들이 저지른 짓을 아무렇지도 않게 생각해.
정확히 말하면 오히려 즐기고 있지."

"그래서 너도 즐긴다는 거야?" 샤오췬은 이 모든 일에 대
해 머리끝까지 화가 났다.

"재미로 이러는 거 아냐. 한 번도 그런 적 없어."

샤오췬은 차가운 콜라를 벌컥벌컥 마시고는 머리를 감싸
쥐며 고통스러운 듯 신음했다.

"세상엔 미친놈이 너무 많아……."

* * *

너깃을 다 먹고 나니 딱히 할 말이 없었다. 그렇다면 이제
떠날 시간이다.

나가기 전에 스녠은 다른 자리에 앉은 낯익은 얼굴을 발
견했다. 촘촘한 스트라이프 무늬의 검은 슈트를 입고 팔목
엔 심플하지만 값비싼 명품 시계를 찬, 눈초리의 주름살마저
사람을 매혹하는 성숙미가 물씬 풍기는 남성이다. 겸손과
절제의 미덕이 느껴지긴 하지만, 성공한 사람들이 풍기는 특

유의 자신감은 감출 수 없었다.

남자는 전문적으로 정보를 사고파는 평범하지 않은 사업을 경영하고 있다. 또한 스녠의 정보 제공자이기도 하다. 남자도 스녠과 마찬가지로 본명 대신 고급 담배 브랜드 이름인 '다비도프'를 닉네임으로 사용한다.

다비도프도 스녠을 발견했다. 아니, 실은 진작부터 창가에 앉은 두 사람을 주시하고 있었다. 다비도프가 의미심장하게 웃어 보였다.

스녠은 그에게 대답하듯 고개를 끄덕였다. 일을 순조롭게 진행할 수 있는 건 모두 다비도프의 지원 덕분이다. 다비도프가 파는 정보는 시장에서 고가에 거래되지만, 그는 스녠에게 한 번도 대금을 청구하지 않았다.

"영화는 인생의 축소판이야. 물론 진짜 인생이 백배는 더 흥미진진하지만." 언젠가 다비도프가 그렇게 말한 적이 있다. 그는 스녠에게 무료로 정보를 제공하고, 어떻게 행동할지는 전적으로 스녠의 자유의지에 맡긴다. 다만 영화를 관람하듯 곁에서 지켜본다. 철저히 방관자가 되겠다는 입장을 확실히 밝힌 셈이다.

사실 다비도프가 맥도널드에 나타난 건 상당히 기이한 일이다. 이곳은 그의 분위기와 전혀 어울리지 않기 때문이다. 그래서인지 그는 마치 호기심으로 서민 체험 중인 귀족처럼 보였다. 맞은편에는 다비도프의 매력에 조금도 뒤지지 않는 여자가 앉아 있었다. 정교하게 재단된 검은 시폰 블라우스와 단아한 은 목걸이가 보기 좋게 조화를 이뤘고, 흰 피부는 잡티 하나 없이 깨끗했다. 여자는 스벤과 정면으로 시선이 마주치자 눈인사를 건네며 미소 지었다. 그녀의 딱 알맞게 옅은 화장처럼 선을 지키는 모습이었다.

스벤은 여인을 은근히 신경 쓰면서, 그 모습을 기억에 새겼다.

6

내겐

정상적인

친교 집단이 없어.

깊은 잠에 빠진 맹수를 닮은 도시의 밤에는 마력이 있다. 군더더기 소리는 이 맹수의 피와 살에 파묻혀 버렸고, 여전히 남아 떠도는 소리는 기억에 대한 화답이다. 도로는 혈관이고, 시멘트로 지은 빌딩들은 살덩어리다. 인간은 이 거대한 맹수의 육신 안에서 함께 잠든다. 하지만 모두가 빠짐없이 그 규칙에 간히는 건 아니다.

규칙을 벗어난 스녠과 샤오췬은 나란히 거리로 나섰다. 정확히 말하면 스녠이 샤오췬보다 한 발짝 앞서 걷고 있다.

맥도널드에서 나온 뒤 두 사람은 아무 말도 하지 않았다. 침묵이 잠시 그들 사이의 유일한 언어가 되었다. 이따금 자동차가 폭발할 듯한 엔진 소리를 내며 거대한 어둠 저편으로 빠르게 사라지고, 곧 정적이 엄습한다. 자동차가 도로 끝으로 사라진 뒤에는 반짝이는 노란 불빛만 남는다. 그 모습이 마치 하나씩 하나씩 무한정 이어서 타오르는 촛불 같았다.

갑자기 샤오쿼이 스녠에게 기다리라고 말했다. 스녠이 뒤를 돌아보니 그녀는 벌써 길가의 편의점으로 들어서고 있었다. 스녠은 밤하늘을 바라봤다. 별은 도시의 빛에 살해돼 보이지 않았다. 그는 속으로 1부터 100까지 헤아렸고, 100에서 다시 1까지 거꾸로 셌다. 이렇게 두 바퀴를 돌자 샤오쿼이 음료 두 잔을 들고 나왔다.

"마셔." 샤오쿼이 차가운 카페라테를 건넸다.

스녠은 고개를 주억거려 고마움을 표했다. 우선 휴지로 컵 표면에 맺힌 물방울을 닦고 카페라테를 한 모금 마셨다. 아주 차가웠다.

맥없이 하품하는 샤오쿼의 눈가에 다크서클이 선명하게 보였다.

"제발 이 커피 한 잔이 날 아침까지 버티게 해 주면 좋겠다."

"안 자게?"

"회사에 들어가 봐야 해." 샤오쿼이 피곤한 기색으로 말했다.

"이 시간에?"

"이게 바로 '사축'의 일상이지." 샤오쿼이 자조했다. "야근 하다가 깜빡 졸았는데 깨 보니 자정이더라. 운명을 받아들이고 빨리 일을 따라잡는 수밖에 없어. 월말은 늘 바빠서 일이 한꺼번에 몰아닥치거든. 제때 처리하지 못하면 대표가 자르기도 전에 날 죽일걸." 그녀가 쓴웃음을 지었다.

그러다가 샤오췬은 소년이 보통사람이 아니라는 사실을 퍼뜩 깨닫고 허겁지겁 해명했다. "마지막 문장은 물론 농담이야!"

스녠이 태연하게 말했다. "나한테 맡기면 훨씬 손쉽게 죽일 수 있을 텐데."

그의 말이 끝나기 무섭게 샤오췬은 방어 기능이 있을 리 없는 아이스 카페라테를 보호막 삼아 얼굴을 가렸다. 투명한 뚜껑 뒤로 그녀의 놀란 눈동자가 보였다.

"물론 농담이야."

장난을 그대로 돌려받아 약이 오른 샤오췬은 발을 동동 구르다 커피를 스녠의 몸에 쏟고 말았다. "그런 말을 그렇게까지 담담하게 할 필요가 있니? 난 또 네가 진지하게 말하는 줄 알았잖아!"

"미안." 스녠이 담백하게 사과했다. 그는 또다시 순하기 그지없는 얼굴을 하고 있다.

"순진한 척하지 마. 나 두 번은 안 속는다."

물론 샤오췬도 바보는 아니다. 그녀가 한숨을 푹 쉬며 말했다. "정말이지…… 내가 직접 그런 일을 겪지 않았더라면 널 아주 평범한 사람으로 봤을 거야. 다른 자리에서 널 만났다면, 내가 먼저 작업 걸었을지도 모르지."

"작업을 걸어?" 스녠은 자신이 그 단어의 정의를 잘못 파악하고 있는 것은 아닌지 진지하게 고민했고, 과도한 야근은 정신착란을 일으킬 수 있다는 합리적인 결론을 도출했다. 스녠은 이제 저도 모르게 샤오쥔을 가엾게 여기게 되었다.

"그래. 넌 꽤 좋은 녀석인 것 같단 말이지. 그러니까…… 겉모습만 보면 그렇다는 거야. 조금 아웃사이더 느낌이 나긴 하지만…… 뭐, 나도 타이베이에 친구가 없는걸. 평소에 만나는 사람들도 회사 대표 아니면 상사들이야. 회사에서는 좋은 동료인 척하지만, 퇴근 후에는 전혀 필요 없는 인연이라고 생각해. 없어도 되는 사람들이라고. 정말, 처음부터 그 인간들을 아예 몰랐으면 얼마나 좋았을까 싶어. 너도 회사 다녀? 아니면 학교?"

스녠이 고개를 저었다. 그는 둘 중 어디에도 속하지 못한다. 호적이 없는데 어떻게 학교 입학을 한단 말인가? 또 스녠은 물욕이 거의 없고 죽인 사람들의 집에서 머무니 월세도 따로 나가지 않는다. 공과금을 내지도 않으니 처치한 살인마에게서 얻은 돈이나 현금카드만으로도 충분히 굶어 죽지 않고 살 수 있다.

샤오쥔은 부러운 듯 한숨을 쉬었다. "짜증 나는 상황에 일일이 대응하지 않아도 되니 진짜 좋겠다. 근데 너…… 네 목숨을 걸고 그러는 거 아냐?"

스녠은 뭐라고 대답해야 할지 몰랐다.

샤오쥔은 방어에 무용지물이 된 카페라테를 내려놨다. "난 아직도 모르겠어. 그런 짓을 저지르는 사람이 왜 있는 걸까? 살인이 즐거울 수도 있어?"

"그게 무슨 느낌인지 알아 버리면 너도 똑같은 부류가 돼. 선을 넘으면 두 번 다시 돌아올 수 없어. 그러니 모르는 게 나아." 스녠은 반쯤은 위로 삼아 말했다. 비록 그가 암암리에 하는 행동이 놈들과 똑같은 살인이긴 해도, 스녠에겐 쾌감 따위는 티끌만큼도 없고 애초에 출발점도 다르다. 스녠이 이 사냥 같은 살인을 하는 이유는 정말 이렇게 할 수밖에 없어서다.

"넌 네 안전 걱정은 안 해?"

"놈들을 싹 쓸어 버릴 수만 있다면 아무래도 상관없어." 스녠이 자포자기식으로 목숨을 보잘것없게 여기는 건 아니다. 그는 애당초 생명의 무게가 가볍다고 보는 쪽이다. 인간은 너무도 나약해서 사고나 병으로도 쉽게 목숨을 잃곤 한다. 매일 누군가 죽어서 떠나고, 또 새 생명이 찾아온다. 생명이란 다만 이렇게 오고 감을 반복할 뿐이다.

샤오쥔은 한숨을 쉬었다. "그래도 본인 걱정을 좀 해. 자수하면 감형을 받을 수도 있고, 놈들의 범죄 증거를 경찰에 제공하면 조금은 정상참작을 해 주지 않을까?"

스녠보다 몇 살 위인 샤오쥔은 저도 모르게 누나 같은 말투로 잔소리를 했다. 스녠에게 나쁜 의도가 없음을 확인하고 드디어 경계심을 풀었기 때문이다. 샤오쥔은 자신이 뜻밖에도 스넨을 신뢰하게 된 걸 아직 자각하지 못했다.

"나중엔 생각해 볼게."

샤오쿼의 회사 앞에 도착하자 스넨이 손을 흔들어 작별인사를 했다. 하지만 돌아가려고 걸음을 떼자마자 그녀가 부르는 소리에 다시 멈춰 섰다.

"연락처 물어봐도 돼? 네가 무사한지 틈틈이 확인하고 싶어. 어느 날 너랑 연락이 안 되면 '이제 내 차례가 올지도 모르겠구나' 하고 마음의 준비를 할 수 있을 거 아냐. 물론 네가 무사히 잘 지내길 바라지만⋯⋯." 샤오쿼은 일부러 호탕하게 웃어 보였다. "아니면 어느 불행한 날 또 야근할 때 같이 야식을 먹을 수도 있잖아. 내겐 정상적인 친교 집단이 거의 없거든."

스넨은 '나 같은 사람과 왕래하는 순간 정상적인 사람들과는 정말 멀어질 텐데 괜찮겠냐'고 묻고 싶었지만, 그렇게 생각하면서도 휴대전화 번호를 불러 줬다. 다비도프에게 받은 대포폰 번호였다.

"주기적으로 연락해!" 샤오쿼은 위로 향하는 엘리베이터 문이 닫히기 직전까지 손을 흔들었다.

* * *

다크웹에 새로운 영상이 업로드됐다. 살인 수법은 다르지만 피해자의 흉부와 복부를 절개하는 행위는 조직원들이 빠뜨리지 않고 이행하는 공동 의식이다. 살인마는 교활하게 생긴 토끼 가면을 쓰고 상반신을 벗은 채 오른쪽 가슴의 흉터를 보란 듯 가리켰다. 눈살을 찌푸리게 만드는 알파벳 'J'가 화면을 점령했다.

스넨은 눈에 거슬리는 붉은 켈로이드성 흉터를 뚫어져라 바라봤다. 이제 눈앞에 펼쳐진 광경은 모니터 속 화면이 아니라 기억의 심연에서 떠오른 장면 중 한 토막이다.

아주 연약한 몸이 있다. 어린 새싹처럼 막 발육을 시작한 젖가슴이 봉긋하게 솟아 있다. 두 팔은 가냘파서 조금만 힘을 줘 잡으면 부러질 것 같았다. 그 몸은 눈처럼 희고 매끈해 컴컴한 방 안에서도 스스로 빛을 내는 것 같았다.

지금 자신은 어디에 있는 걸까? 저 여린 몸과 한 공간에 있는 걸까? 아니면 밖에서 훔쳐보고 있는 걸까? 스넨은 알 수 없었다. 방향감각이 고장 나 안개 속에서 길을 잃은 것만 같았다.

눈처럼 하얀 몸이 불안한 듯 움직거렸다. 이때 거대한 검은 그림자가 천천히 다가왔다. 스넨은 무의식적으로 귀를 막고 존재하지도 않는 절규로부터 자신을 단절시켰다.

그리고, J를 봤다.

그때부터 의미를 알 수 없는 그 알파벳이 스넨의 인생에 깊이 눌어붙었다. 뼈를 파먹는 구더기처럼, 암흑 속에 숨은 유령처럼 끊임없이 스녠을 향해 독살스럽게 웃어 보였다. 그 웃음은 스녠에게 죽을 때까지 여기서 벗어날 수 없다는 선고를 내렸다.

'WE ARE JACK'은 살인마 집단 '잭'의 슬로건이다. 이들은 유명한 살인마 잭 더 리퍼[*]를 광적으로 숭배하는 살인마 조직으로, 세계 각지에 조직원이 분포되어 있다. 그들이 납치, 감금, 학살 등 범죄를 일삼는 이유는 오직 잭 더 리퍼를 본받아 신선한 피로 악명 높은 살인마의 전설을 계승하기 위해서다.

스녠이 주시하는 웹페이지가 바로 그 '잭'의 다크웹 거점이다.

갑작스레 튀어나왔던 기억 속 장면은 파도처럼 그를 덮쳤다 물러났다. 스녠의 두 눈은 다시 초점을 되찾았고, 눈앞의 모니터는 여전히 J에 멈춰 있었다. 두려움의 찌꺼기가 아직 그를 맴돌았다. 스녠은 구역질이 났다. 목구멍에서 올라오는 쓴맛을 참기 어려워 거칠게 숨을 헐떡였다. 곧 식은땀이 옷을 흠뻑 적셨다. 기억은 잔혹한 형벌처럼 이렇게 번번이 그를 고문했다.

스녠은 힘이 쭉 빠져 한동안 의자에서 일어나지 못하고 덩

---

[*] 1888년 8월 7일부터 11월 10일까지 3개월에 걸쳐 영국 런던에서 최소 다섯 명이 넘는 매춘부를 잔인한 방식으로 잇따라 살해한 것으로 유명한 연쇄살인범. 희생자들은 복부가 절개되어 장기가 파헤쳐진 모습으로 발견되었다.

그러니 앉아 있었다.

그때 책상에 올려 둔 휴대전화의 진동이 울렸다. 발신자는 다비도프다. 스녠은 손가락을 힘겹게 움직여 겨우 통화 버튼을 눌렀다.

"아까 우연히 마주친 덕분에 네가 안 자고 있을 줄 알았지."

"네." 피곤하고 무력한 상태의 스녠이 짧게 대꾸했다.

"마침 아주 재미있는 정보가 있는데, 잭이랑은 상관없지만 뜻밖에도 너랑 깊은 관계가 있더라고. 네 고향이 어딘지 기억하지? 거기가 경영난으로 강제 매각되었다는군. 곧 철거될 거야."

"고향 아니에요." 스녠이 단호하게 부인했다.

"하지만 네가 거기서 자란 건 사실이지." 다비도프가 손가락을 튕기며 내는 경쾌한 소리가 들렸다. "네가 평범한 사람하고도 놀다니 놀랐어. 그 여자 이름이 샤오쥔 맞지?"

역시 다비도프답게 벌써 정보를 장악했다. 스녠도 이를 전혀 뜻밖으로 여기지 않았다. 샤오쥔 같은 일반인의 개인정보를 얻는 건 밥 먹고 냉수 마시기보다 쉽다. 다비도프의 눈에 샤오쥔은 거의 무방비에 가깝게 노출된 사람이나 마찬가지다.

다비도프가 이어서 말했다. "하루하루 근근이 사는 평범한 회사원이잖아. 그런 여자애라면 네 일상을 상상조차 할 수 없을 텐데? 겁먹고 경찰에 신고하지 말라는 법도 없고. 잭을 사냥하면서 경찰의 수배에까지 걸리면 아무리 너라도 도망치기 어려울 거야."

"걔가 아니더라도 어차피 경찰이 움직이는 건 시간문제예요." 스녠은 그 많은 살인을 저지르고도 법망 밖을 유유히 떠돌 수 있으리라고 기대할 만큼 순진하진 않다. 놈들이 인면수심의 살인범이라는 사실이 스녠에게 면죄부가 될 수는 없다. 언젠가는 모든 단서가 그를 가리키는 날이 올 것이다.

스녠은 자신이 가진 시간이 그리 많지 않다는 사실도 알고 있다.

"그 전에 모든 정보를 넘길게. 물론 업자도 계속 널 도울 거야." 다비도프는 다시 손가락을 튕겼다. "그래도 한 번은 가 보는 걸 추천해. 고향이라……. 갖가지 기억으로 꽉 채워진 상당히 괜찮은 단어 아닌가? 회고하는 셈 쳐. 자라 온 환경은 성격을 형성하는 핵심 요소거든. 기회가 되면 나도 가 보고 싶네. 네가 어쩌다 지금의 이런 모습이 되었는지 정말 궁금하니까."

통화는 끝났지만 다비도프의 말이 계속 스녠의 귓전에 맴돌았다. 그는 마음의 소리를 따라 스스로에게 반문해 보았다.

"나는 어쩌다 이 꼴이 되었을까?"

7

싫어 싫어 싫어 싫어
싫어 싫어 싫어 싫어

욕실에 뜨거운 김이 자욱하다.

벌거벗은 스녠이 샤워 꼭지 아래 우두커니 서서 뜨거운 물줄기가 쏟아지게 둔다. 날렵하고 단단한 몸에는 군살 한 점 없고, 근육의 선은 조각한 듯 날카롭다. 스녠은 떨어지는 물줄기에 저항하듯 억지로 두 눈을 부릅떴다. 정면에 보이는 타일의 검은 무늬를 집요하게 주시하며 자기 몸을 보지 않으려고 안간힘을 쓴다. 하지만 이 몸뚱이는 스녠의 것이 아니다. 진작에 갈기갈기 찢겨 사라졌다. 그는 자신의 주인이 아니었다.

스녠은 몸을 세게 문질러 닦았다. 한 번 또 한 번, 그리고 또 한 번. 엄청나게 혐오스러운 물질이나 어떻게든 제거해야만 마음이 놓일 더러운 오물이라도 붙은 것 같았다. 점점 더 세게 문지르자 벗겨진 살갗이 손톱 사이에 끼었다. 가느다란 핏줄기가 상처에서 배어나오기 무섭게 뜨거운 물에 씻겨 내려갔고, 상처투성이인 피부를 따라 내려와 하수구로 흘러들어 갔다.

몸을 씻어 내는 데 꼬박 두 시간이 걸렸다. 스넨은 마침내 욕실에서 나와 소독약을 몸에 통째로 들이부었다. 살갗이 벗겨진 상처에 알코올이 닿자 수많은 바늘이 살을 파고드는 것 같은 자극이 느껴졌다. 하지만 스넨은 표정 하나 바뀌지 않았고, 치솟는 통증도 개의치 않았다. 이 육체는 그와 아무 관계가 없다.

스넨은 코를 찌르는 알코올 냄새를 풍기며 바닥에 꿇어앉아 타일 바닥을 닦기 시작했다. 바닥은 이미 빛이 반사될 만큼 깨끗했지만, 그는 귀신에 홀린 듯 걸레질을 반복하며 날이 밝은 후에도 청소에서 손을 떼지 않았다.

어떻게 잠들었는지도 몰랐다. 한숨 푹 자고 일어나니 다른 세상에 온 것만 같았다. 그를 비추는 건 햇빛이 아닌 인공조명이었다. 스넨은 형광등 불빛이 이토록 눈부시다고 느낀 적이 없었다. 오랫동안, 정말 오랫동안 그랬다.

그는 필요한 물품들을 하나씩 배낭에 꾸려 넣었다.

멀리 외출을 떠날 시간이다.

* * *

돌아가는 길이다.

스넨은 장거리 시외버스를 타고 가다 일반 버스로 갈아탔다. 목적지에 도착한 그는 버스에서 내려 혹서기의 고온 속으로 발을 디뎠다. 아스팔트 도로에서 뿜어내는 열기로 숨이 턱턱 막혔다.

남은 길은 걸어서 가야만 한다. 외딴 시골길이라 인적이 드물었고, 그가 타고 온 버스가 떠난 뒤로는 차가 한 대도 보이지 않았다. 스녠은 파도처럼 거듭 몰려오는 매미 울음소리와 함께 길 위에 덩그러니 혼자 남았다. 날이 덥다. 땀이 배어나 살갗이 벗겨진 상처에 끼었다. 또다시 찌르는 듯한 아픔이 몰려왔지만, 그는 여전히 개의치 않았다.

마침내 저 멀리 그의 '고향'이 보였다.

그곳은 담벼락 안에 들어선 시멘트 건축물로, 4층짜리 건물 세 동이 디귿 형으로 배치된 구조. 신기루처럼 갑자기 튀어나왔지만 가까워질수록 크게 다가오는 걸 보니 환영이 아니었다. 스녠은 곧 입구에 도착했다.

그의 시선이 철문을 넘고 잡초가 아무렇게나 자란 공터를 넘어 아무도 없는 건물 입구에 멈췄다. 소리도 사람의 숨결도 없는 시멘트 건물은 버려진 지 오래된 빈 도시 같았다. 담장의 철문이 귀에 거슬리는 소음을 내며 열렸다. 바깥세상과 차단된 것처럼 거기서부터 매미 울음소리가 멎었다. 철책 문을 분계선 삼아 세계가 둘로 구분되는 것만 같았다.

추억의 장소를 다시 찾은 스녠은 기뻐하지도 감회에 젖지도 않았다. 이곳의 냄새는 더없이 익숙했다. 유기된 영아였던 그는 애초에 집이 무엇인지도 몰랐지만, 그럼에도 이곳을 집이라고 생각한 적은 단 한 번도 없었다.

스넨은 중앙 건물로 진입했다. 사방은 먼지가 부유하는 소리가 들릴 만큼 고요했다. 1층은 안내데스크와 직원 사무실이지만 텅 비어 있었다. 바닥 곳곳에 쓰레기와 구겨진 종이들이 널렸고, 합성 피혁 소파 표면에는 먼지가 뽀얗게 쌓였다. 사무용 책상 위에 폴더와 볼펜이 아무렇게나 굴러다녔다. 월중 행사표에 적힌 마지막 기록은 한 달 전이다. 이곳은 예고도 없이 갑자기 버려졌는지, 모든 물품이 미처 제자리를 찾지 못한 것 같았다.

로비 정중앙에 걸린 편액 하나만이 예외적으로 단단하게 안정적인 모습으로 제 위치를 지키고 있었다. 설립 당시 개원식에 참가했던 공무원이 증정한 것이다. 〈늘푸른 보육원〉이라는 커다란 글자가 너무 눈에 띄어서 쳐다보지 않을 수가 없었다.

엘리베이터가 작동하지 않아 스넨은 계단을 선택했다. 위층 교실에는 낙서가 잔뜩 그려진 책상과 의자들이 쌓여 있고, 바닥에는 페이지가 떨어져 나가고 표지에 발자국이 찍힌 교과서가 굴러다녔다. 다른 방에는 유행 지난 장난감들이 가득했다. 언제나 아이들이 차지하고 싶어 안달하던 로봇도 팔다리가 떨어져 나갔다. 시커멓고 지저분한 오래된 인형은 불에 한바탕 그을린 것 같았다. 다른 아이들은 이곳에서 글을 읽고 쓰는 법을 배웠지만, 스넨은 예외였다. 그는 선발돼 특별 교육을 받는 아이였다.

스넨은 그 층의 가장 끝 방으로 향했다. 그 방을 통해야만 좌측 건물의 2층으로 갈 수 있기 때문이다. 설계 당시부터 그렇게 만들었다. 좌측 건물은 엘리베이터를 이용해 층간 이동을 하지만, 엘리베이터 버튼에는 2층이 없다. 좌측 건물 2층은 이곳의 금지 구역이기 때문이다.

예전에는 험상궂은 경비원이 입구를 지켰지만, 지금의 스넨은 아무 제재도 받지 않고 그곳을 통과해 차단문을 열었다. 곧게 뻗은 긴 복도에 밖을 내다볼 수 있는 창문은 하나도 없었다. 비상등이 그곳의 유일한 광원이었다.

긴 복도 끝의 좌측, 우측, 중앙에 각각 하나씩 총 세 개의 방이 있다. 역시 창이 없어서 내부를 들여다볼 수 없지만, 스넨은 방의 생김새를 훤히 알고 있다. 그중 하나가 스넨이 어린 시절을 보낸 곳이었기 때문이다. 추억을 떠올릴 마음은 없다. 처음부터 그의 목표는 가운데 방이었다. 목재 방문에 깊이 팬 문양은 이 보육원의 음험하고 어두운 역사와 닮았다.

스넨은 녹슨 손잡이를 돌려 문을 열었다. 얼음장처럼 차가운 공기가 방 안에서 뛰쳐나오듯 쏟아졌고, 짙은 소독약 냄새와 섞여 이곳이 병원이라는 착각마저 들게 했다.

방 안에 빛이 보였다. 스넨은 천천히 눈을 가늘게 뜨며 도망치고 싶은 충동을 억눌렀다.

창문이 없는 방에는 철제 침대가 몇 개 놓여 있었다. 그중 하나에 병세가 깊어 보이는 눈이 퀭한 노파가 누워 있었다. 그녀는 말라붙은 귤껍질처럼 쭈글쭈글하게 오그라들어 있었다. 질병에 시달려 원래 나이보다 훨씬 늙어 보였고, 코에 삽입한 튜브를 통해 산소를 공급받아야만 하는 상태였다. 노파는 의아한 눈으로 느닷없이 찾아온 방문객을 쳐다보더니, 이내 스녠을 알아보고 더욱 믿을 수 없다는 표정이 되었다.

"결국엔 돌아왔구나." 노파가 입을 크게 벌리고 쉰 목소리로 뱀같이 웃었다. "여기로 오거라. 여기 내 침대 옆으로."

입구에 선 스녠은 노파에게 가까이 갈 생각이 없었다. '원장님'에게 접근하고 싶지 않았다.

원장은 눈을 천천히 가느다랗게 떴다. 스녠이 습관적으로 짓는 표정과 똑 닮았다.

"옛날에는 이러지 않았잖니. 얼마나 말을 잘 들었는데. 뭘 시켜도 착하게 해 냈지. 도망치기 전까지는 말이다. 그전까지 너는 제일 착한 아이였어……. 내가 널 얼마나 아끼고 사랑했는지 다 잊은 게냐? 그러면 못써. 왜 도망쳤니? 나는 지난 몇 년간 너를 찾지 못했고, 네 대용품도 찾지 못했어. 얘야, 너는 유일무이했단다. 너도 이제 많이 컸구나. 넌 자랄수록 점점 더 예뻐졌어."

원장은 식탐을 부리는 대머리독수리처럼 집요하게 스넨을 쳐다봤다. 그 탐욕스러운 시선을 받자 스넨은 저도 모르게 팔뚝을 세게 감쌌다. 그제야 겨우 몸의 떨림을 억제할 수 있었다. 스넨은 이를 악물고 대답했다. "아무도 없을 줄 알았어요."

원장의 구겨진 얼굴 가죽이 조금씩 펴졌다. 늘어진 주름은 괴이하고 흉측한 웃음으로 변했다. "난 줄곧 여기 있었단다. 너를 똑바로 보고 싶구나. 자, 예쁜 아가…… 이리 온."

스넨은 역겨운 그 웃음을 견딜 수 없어 바닥에 꿇어앉아 헛구역질을 해 댔다. 겨우 토악질이 멎자 그는 벌떡 일어나 뒤로 돌아 달아났다.

그런데 누군가가 맹렬한 기세로 스넨에게 덮쳐 왔다.

그와 부딪혀 바닥에 넘어진 스넨은 무의식적으로 팔을 들어 머리를 감쌌다. 그자는 작정한 듯 사정없이 스넨을 구타했다. 연속으로 충격이 가해져 스넨은 아픔에 마비가 될 지경이었다. 상대는 그와 비슷한 또래로 보이는 소년이었지만 힘은 훨씬 셌다. 소년은 병원 환자복과 비슷한 낡고 헐렁한 옷을 입었는데, 그 옷에는 09003이라는 일련번호가 수놓여 있었다.

스넨은 그 번호를 기억했다. 상대의 얼굴도 익숙하다. 그동안 저 노파에게 더욱 복종하게 된 것 같았다. 스넨은 정신이 퍼뜩 들었다. 어쩌면 보육원에 남은 사람은 노파와

09003만이 아닐지도 모른다는 생각이 머릿속을 스쳤다.

그 순간 갈비뼈에 큰 충격이 가해지는 바람에 스녠은 더이상 제대로 된 생각을 할 수 없었다. 고통스럽게 큰 숨을 들이마시자 곧 목덜미가 세게 조여 왔다. 스녠은 온 힘을 다해 목을 누르는 커다란 손을 견제하며 약간의 숨 쉴 공간을 마련했다. 과연 스녠의 예상대로 나머지 두 개의 방에서 소년들 몇 명이 튀어나와 즉시 스녠을 겹겹이 둘러쌌다. 노파의 명령에 따라 어떤 아이는 스녠의 두 다리를 잡았고, 어떤 아이는 바짓가랑이에 매달려 옷을 벗기려고 했다. 아이들은 모두 각자의 일련번호가 수놓인 헐렁한 환자복을 입었다.

혼란 속에서 고개를 들었을 때 스녠의 눈에 들어온 건 광기에 가득 차 맹목적인 눈동자들이었다. 스녠은 이들을 잘 알고 있었다. 자기처럼 신분이 없고 이름도 없는 고아들이며, 태어날 때부터 부모에게 양육을 거부당해 어린 시절부터 좌측과 우측 방에 갇혀 사육된 아이들이다.

스녠은 그들을 저지하지 않았다. 그래 봤자 헛수고임을 잘 알고 있기 때문이다. 여러 해 동안 감금된 그들은 진작에 세뇌당해 오로지 원장의 명령에만 복종하는 꼭두각시가 되었을 테고, 그 명령이 합리적이든 아니든 무조건 받들고 실행할 것이다. 그때 도망치지 않았더라면, 스녠은 지금 저 무리 중 하나가 되었을지도 모른다.

스녠을 에워싼 소년들의 앙상한 다리에서 감옥의 철창이

연상됐다.

이곳은 확실히 감옥이었다.

원장은 스넨을 매일 감시했을 뿐만 아니라 원하는 대로 마음껏 착취하곤 했다.

* * *

창이 없는 방 안에 소년 몇이 음침한 모습으로 무릎을 껴안고 벽에 기대앉아 있다. 이곳에는 시계가 없다. 잠이 오는 시간과 정시에 배급되는 식사로 시간을 어림짐작해야 했다.

한 소년이 일부러 문에서 가장 멀리 떨어진 구석에 앉아 있다. 그 아이는 원장의 총애를 받는 소수의 소년 중 하나로, 특별히 글 읽는 법과 산수를 개인적으로 지도받는 아이였다.

방 바깥에서 발소리가 가까워져 온다. 식사를 배급받은 지 그리 오래되지 않았다. 무슨 일이 벌어질지 알고 있는 소년은 불안한 시선으로 문을 주시했다. 발소리가 문밖에서 멈추고 열쇠 소리, 문고리가 돌아가는 소리가 들렸다.

문에서 가장 멀리 떨어져 앉은 소년이 몸을 떨기 시작했다. 지금은 수업시간이 아니란 걸 잘 알고 있기 때문이다. 소년은 황망하게 고개를 숙여 방문자와 눈을 마주치지 않으려 했지만, 곧 자신을 부르는 소리가 들렸다.

소년은 천천히 일어나 형장에 가고 싶지 않은 사형수처럼 느릿느릿 움직였다. 문밖으로 발을 딛고 싶지 않았지만, 방문자의 펜치 같은 손아귀는 소년의 손목을 조이며 억지로 그를 옆방으로 끌고 갔다. 소독약 냄새가 소년의 후각을 뒤덮었다.

"옷을 벗고 침대에 누워." 그 사람이 눈을 가늘게 떴다.

소년은 시키는 대로 했다. 시키는 대로 하는 것 말고 다른 선택지는 없다. 떨고 있던 소년은 벗은 옷을 접어 가지런히 포개 놓고, 전전긍긍하며 교수대와 같은 철제 침대에 기어 올라갔다.

그 사람이 검은 천으로 소년의 눈을 가리자 아무것도 보이지 않게 되었다.

손바닥 한 쌍이 소년의 매끈한 나체를 함부로 활강했다. 소년은 자신이 식은땀을 흘리는 것인지 저 손바닥이 축축한 것인지 분간할 수 없었다. 손길이 닿은 부위의 피부가 끈적 끈적하고 미끄러워졌다. 소년의 마음은 몹시 어지럽고 뒤숭숭했다. 추운 겨울날 연못에 던져진 것처럼, 온몸을 흐르는 피에 온기라곤 남아 있지 않은 것처럼 무척 추웠다.

그 손은 소년의 온몸을 더듬었다. 소년은 몸서리를 쳤다. 우악스러운 손길이 소년의 아랫도리를 꽉 쥐었다. 소년은 입술을 깨물었다. 입안에 피 맛이 퍼졌지만, 이런 미약한 고통은 지금 벌어지는 일에서 주의를 돌리기에는 턱없이 부족했다.

곧이어 그 사람은 체중으로 소년의 몸을 짓누르며 그 위로 가랑이를 벌리고 걸터앉았다. 그 사람의 몸으로 감싸인 소년의 아랫도리는 민달팽이가 지나가듯 축축하고 미끌미끌했다. 소년은 구역감이 치밀어 토하고 싶었지만 입안으로 파고든 혓바닥에 막히고 말았다. 그 혀는 탐욕스럽게 소년의 입안에서 타액을 휘저었다.

소년은 시체처럼 굳어 버렸다. 차라리 이대로 죽었으면 좋겠다고 생각했다.

민달팽이가 움직이기 시작했다. 소년의 하체는 한 번, 또 한 번 축축하고 끈적한 물체의 벽에 닿았다. 세게 주먹 쥔 손바닥에 손톱이 박혔지만 아프지 않았다. 고통이 모자랐다. 지금 자신의 몸에 일어나는 일을 잊기에는 턱없이 부족하다. 부족하다…….

소년은 목욕이 간절했다. 펄펄 끓는 물에 몸을 깨끗이 씻고, 거친 솔로 피부를 몽땅 벗겨 버리고 싶었다. 솔이 없다면 손으로 벗겨 내도 좋다. 더러워진 살갗을 갖고 싶지 않다. 전부 버리고 싶다. 입속에 침입한 혀를 깨물어 끊어 버릴 것이다. 끊어 버릴 거야. 제발 움직이지 마. 싫어.

싫어. 싫어. 싫어. 싫어. 싫어. 싫어. 싫어. 싫어. 싫어. 싫어. 싫어. 싫어. 싫어. 싫어. 싫어. 싫어!

소년의 의식은 텅 빈 곳으로 빠져들었다. 정신을 차렸을 때는 다시 문에서 가장 먼 제자리로 돌아와 있었다. 발소리가 멀어졌다.

무표정한 소년은 소매를 걸레 삼아 바닥을 닦기 시작했다. 닦고 또 닦고, 또 닦았다. 다른 아이들은 다 잠들었지만, 소년은 아직도 닦기를 반복하고 있다. 바닥은 점점 더 깨끗해져 이제 티끌만 한 먼지조차 보이지 않게 되었다.

하지만 소년이 가장 깨끗이 씻어 내고 싶은 건 여전히 자신의 몸이었다.

8

고통의 기억은
사라지지 않아.

"네가 또 도망치도록 놔두진 않을 거다. 너는 영원히 여기 남아야 해." 원장의 목소리가 소년들을 뚫고 들려왔다.

"저놈의 다리를 부러뜨려라!"

스녠의 두 다리는 원장을 맹종하는 소년들에게 잡혀 비틀렸다. 막무가내로 덮쳐 오는 공격에 스녠은 이를 악물고 고통을 견뎠고, 안간힘을 써서 숨겨둔 단도를 꺼내 반격에 돌입했다. 칼끝이 무리 중 한 명의 손등을 찌르자 피가 분수처럼 솟구쳤다. 칼에 찔린 소년이 고통으로 비명을 지르며 손을 거두자 스녠을 제압하던 힘이 조금 줄어들었다.

스녠은 찌르거나 베며 자신을 옭아맨 손바닥들을 하나씩 제거했다. 초반에 나가떨어진 몇몇이 다시금 달려들자 똑바로 서 있을 수가 없어 바닥에 엎드렸고, 접근해 오는 모든 다리, 복사뼈, 발바닥을 베고 찔렀다.

공격당한 소년들은 상처를 끌어안고 속속 무릎을 꿇었지만, 스녠을 잡아야 한다는 생각과 의지만은 그대로였다. 스녠은 난투 속에서도 단도를 정교하게 다뤘다. 마구 밀려드는 손바닥의 중심을 정확하게 찌른 후 뽑았고, 다시 찔러 넣었다. 사방에 흩어진 피가 스녠의 얼굴을 붉게 물들였다. 그는 마침내 피로 물든 길을 트는 데 성공했다.

몰골이 말이 아닌 스녠은 땅을 짚고 간신히 일어섰다. 그는 다친 발의 통증을 참고 절뚝거리며 원장에게 다가갔다.

"많이 아프지? 이리 오렴. 내가 예뻐해 줄게." 뜻밖에도 원장은 웃고 있다. 마침내 스녠이 말 잘 듣는 얌전한 아이로 돌아왔다고 생각하는 것 같았다. 원장의 눈에 스녠은 아직도 반항할 줄 모르는 순한 아이였다.

원장이 손을 뻗어 스녠을 만지려 하자 스녠은 비틀대며 뒤로 물러나 배낭에서 플라스틱 통을 꺼냈다. 뚜껑을 열자 코를 찌르는 휘발유 냄새가 사방에 진동하면서 소독약 냄새를 덮어 버렸다. 스녠은 원장이 반응하기도 전에 휘발유를 모조리 쏟아 부었다.

"아…… 안 돼!"

휘발유에 온몸이 흠뻑 젖은 원장이 날카롭게 소리치며 스녠을 저지하려 손을 뻗었지만, 곧 몸의 중심을 잃고 침대에서 굴러 떨어졌다. 스녠은 원장의 쪼글쪼글한 두 손을 피하며 그녀의 코에 삽입된 튜브를 잡아뗐다. 산소통의 고농도 산소가 즉시 뿜어져 나왔다.

"시트에 묻은 휘발유를 어떻게 제거할지는 고민하지 않는

게 좋습니다. 새것으로 교체하는 편이 효율적이니까요." 스넨을 꺼내 긋는 스넨의 표정은 곧 화장터로 보내질 시체를 바라보듯 덤덤했다. 그는 냉혹하게 선언하듯 말했다. "다만, 당신이 그 걱정을 할 필요는 없을 것 같군요."

원장이 애원했지만 스넨에게는 전혀 통하지 않았다. 성냥이 바닥에 떨어지는 동시에 주홍색 불꽃이 피어올랐다. 누출된 고농도 산소가 한층 더 빠른 연소를 도왔고, 불씨는 순식간에 원장의 늙고 부패한 육체를 타고 뻗어 나갔다. 역겨운 탄내가 피어올랐다.

온몸이 타오르는 원장은 바닥에 구르며 절규했다. 불 속에서 미친 듯 손과 발을 휘두르는 모양이 화염과 앙상블을 이루는 춤사위 같았다.

"살려 줘! 살려 줘!" 원장이 처절하게 울부짖었다. 다친 소년들이 연이어 거대한 불길로 기어들어 가 그녀를 화염 속에서 끌어내려 했지만, 오히려 옮겨 붙은 불에 한 명 한 명 차례로 먹혀 버렸다. 그들은 이런 상황에서도 귀신 들린 듯 명령에 순종해 기꺼이 불 속으로 뛰어들었다. 앞사람이 넘어지면 뒷사람이 이어서 몸을 던졌다. 연기가 점점 자욱하게 퍼져 나가 눈앞에 보이는 건 불꽃과 여기저기서 터지는 비명 사이에 끼인 짙은 연기뿐이었다.

스넨은 상처 입은 몸을 가누며 벽을 짚고 한 발 한 발 그곳에서 멀어졌다. 손에 든 플라스틱 통에서 그의 발자국을 따라 휘발유가 흘러내렸다. 스넨은 연기가 뭉게뭉게 피어오르는 방을 마지막으로 한 번 쳐다봤다. 그 안에 두고 온 것은 떨쳐낼 수 없는 어린 시절의 악몽이었다.

기나긴 복도 끝에 드디어 유일한 출구가 나타났다. 다시 돌아갈 길은 이제 없다.

스넨이 보육원을 나설 때 즈음 불길은 이미 멀리까지 번져 건물을 절반쯤 태웠다. 화염은 탐욕스러운 혓바닥을 내밀어 산소를 핥아먹었다. 맑고 푸른 하늘에 누군가 장난삼아 붓질한 듯 시커먼 연기가 그려졌다. 지나칠 수 없을 만큼 눈에 띄었지만, 스넨의 눈에는 들어오지도 않았다. 그는 왔던 길을 따라 그곳을 떠났다. 시골의 넓은 도로는 끝이 보이지 않았다.

스넨은 이 길을 꼭 두 번 걸은 적이 있다. 두 번 다 도망치는 길이었다.

처음 도망쳤을 때 그는 고작 여덟 살이었고, 두 번째로 도망쳤을 때는 열여덟 살이었다. 꼬박 10년이라는 시간이 지나서야 다시 탈출을 감행할 수 있었다. 소년은 그때부터 자신을 '10년', 스넨이라고 불렀다. 그 이름에는 그동안 그가 감내한 고독과 고통이 담겨 있었다. 도망칠 곳이 없었던 그 모든 밤을, 모든 것을 간절히 끝내 버리고 싶었던 수많은 고뇌의 밤들을 오직 완수하지 못한 임무를 위해 견뎌 냈다.

스넨은 분명 보육원에서 탈출했지만, 진정한 자유를 얻었다고 말할 수는 없었다. 보육원과 원장은 불길 속에서 재가 되어 사라졌지만, 고통의 기억은 사라지지 않는다.

스녠은 잊을 수 없을 것이다.

* * *

이제 어디로 가야 할까? 스녠은 어찌할 바를 몰랐다.

그는 침착하게 살인마를 상대할 계획을 세우고 망설임 없이 그들의 목숨을 앗아갈 수 있다. 하지만 보육원 밖에 선지금은 목표를 잃었다. 스녠은 넋이 나간 사람처럼 멍하니 주위를 두리번거렸다. 더는 지니고 살 수 없어 억지로 도려낸 자신의 일부가 화염 속에 잠들었다.

작고 여린 그 몸이 또다시 기억의 저편에서 살금살금 모습을 드러냈다. 눈앞에 나타난 듯 선명해 손을 뻗으면 만질 수 있을 것 같았다. 하지만 아무것도 없었다.

'여러 생각 말고 가자. 죽어 버린 일부는 여기에 남겨 두자. 남겨진 모습이 모자라고 온전치 못해도, 뒤틀리고 변했다 해도 다 가져가자. 아무리 추악하고 더러워도 너의 일부니까.'

'가자. 뒤도 돌아보지 않고 도망쳤던 맨 처음 그날에도 아무 생각 하지 않았잖아? 너는 오직 도망치고 싶었을 뿐이야. 이제 넌 무엇을 갈망하지? 잭의 절멸이다……. 잭 더 리퍼를

숭배하고 피에 환장한 광신도들을 사냥하는 것, 그것이 네게 남은 유일한 삶의 이유다.'

'그래서 네가 살아 있는 거다.'

'가자.'

'다시는 여기로 돌아오지 않겠다. 영원히 오지 않겠다. 이제 너는 원장의 욕구발산을 위해 놀아나던 인형이 아니다.'

'가자. 그만 가자.'

스넨은 무거운 두 다리를 이끌고 절뚝이며 앞으로 나아갔다. 통증이 극심했다. 무릎과 복사뼈를 심하게 삐어 내딛는 모든 걸음이 괴로웠다. 살갗이 벗겨진 상처에 땀과 피가 흘러들었고, 옷과 마찰되자 따갑고 가려웠다. 스넨은 흠뻑 젖은 상의를 벗었다. 강렬한 햇빛 아래 드러낸 피부는 익어 버릴 듯 뜨거워졌다. 그의 발걸음을 따라 방울방울 떨어지던 땀과 섞인 피는 아스팔트 표면에 닿자마자 흔적도 없이 증발했다. 스넨은 끈질기게 몸을 지탱하려 안간힘을 썼지만, 내딛는 보폭은 점점 작아졌다.

멀리서 승용차 한 대가 이쪽으로 다가왔다. 햇살을 눈부시게 반사하는 빨간 차체는 환한 빛을 내며 작열하는 불덩이 같았다. 스넨은 아픈 다리를 질질 끌며 길가로 피해 전봇대를 붙잡고 숨을 헐떡였다. 붉은색 마이바흐가 속도를 줄이고 스넨 앞에 섰다. 스넨은 잔뜩 경계하며 품 안에 숨긴 단도를 살며시 쥐었다.

운전석 차창이 천천히 내려가자 익숙한 얼굴이 나타났다. 얼핏 내성적인 것처럼도 보이지만 은근히 상대를 억압하는 기질이 다분한, 언제나 상황을 장악하는 자신감 넘치는 얼굴을 가진 남자. 다비도프였다.

"참 장관이군." 다비도프는 불바다 속으로 침몰하는 보육원을 힐끔 바라봤다. 농밀한 연기는 몇 킬로미터 밖에서도 선명하게 보였다.

"고향을 자기 손으로 박살 낸 소감이 어때?" 다비도프는 나름대로 분석을 내놓았다. "적어도 네 얼굴에 웃음기가 없는 걸 보면 썩 유쾌하진 않은가 봐? 물론 상심하지도 않았겠지. 저번에 통화할 때 네가 이 보육원을 끝장낼 거라고 예상했어. 어차피 곧 철거될 시설이지만 네가 직접 손을 쓸 것 같았거든. 마침표를 찍고 싶었겠지." 다비도프는 스녠의 상처를 살피며 말했다. "그만큼 대가도 치른 모양이고. 어서 타. 바래다줄게."

이보다 좋은 지원군은 없다. 스녠은 차 문을 열자마자 뒷좌석에 힘없이 널브러졌다. 잔뜩 긴장했던 근육이 드디어 이완됐다. 다비도프는 침착하게 차에서 내려 뒷좌석 문을 닫아주고 다시 운전석에 앉았다. 그는 곧장 출발하지 않고 운전대를 가볍게 두드리며 말했다.

"네게 소개해 주고 싶은 사람이 있는데, 우선 상처를 좀 치료하고 옷도 갈아입어야겠다. 중요한 미팅에서 실례를 범할 수는 없으니까."

스넨은 미약한 목소리로 답하고선 몸을 이리저리 움직여 비교적 편한 자세를 찾았다. 의식이 날아가기 직전, 갑자기 어떤 장면이 떠올랐다. 그해 보육원을 탈출할 때도 이렇게 차에 실려 떠나갔었다. 보육원에 정기적으로 출입하는 화물차에 죽기 살기로 뛰어들어 짐 속에 숨었던 것이다.

그날의 화물칸은 무척 어두웠지만, 스넨은 무섭지 않았다. 보육원의 밤이 그보다 훨씬 어두웠기 때문이다.

* * *

다비도프는 정신이 혼미한 스넨을 태우고 타이베이로 돌아가 곧장 양밍陽明산으로 차를 몰았다. 그는 익숙한 길을 지나 높고 웅장한 담에 둘러싸인 산속의 어느 큰 저택에 차를 세웠다.

다비도프가 전화를 걸었다. "나야."

대문이 활짝 열렸고, 차는 넓은 정원으로 진입했다. 내부는 청아하고 조용했다. 나뭇가지에 앉은 개똥지빠귀가 인기척에 놀라 날개를 푸드덕거리며 황혼의 숲으로 사라졌다.

다비도프는 차에서 내리면서 창가의 노인과 눈이 마주쳤다. 흰 수염을 기른 노인은 뜨거운 찻잔을 들고 고요히 앉아 있다가 한참 후에야 천천히 차를 한 모금 마셨다. 다비도프는 모자를 벗는 동작을 취해 노인에게 인사했다. 노인이 옆을 보며 고개를 살짝 끄덕이자, 몇 분 후 집에서 사람들이 나와 아직 깨어나지 못한 스넨을 지하실로 데려갔다.

지하실은 작은 병원처럼 꾸며져 있었다. 어지간한 시설은 모두 갖췄고 커튼으로 공간을 구분할 수 있는 병상이 몇 있었다. 함께 들어온 노인은 어느새 흰 가운을 입고 있었다. 재야의 고수 느낌이 물씬 풍겼다. 노인은 극소수의 고객만 아는 비밀 의사로, 그를 찾는 고객들은 하나같이 거물이었다. 그렇지 않다면 비싼 진료비를 감당할 수 없었다. 스넨은 호적이 없어 일반 의원에서 진찰을 받을 수 없으므로, 노인의 진료를 받을 수밖에 없었다.

옷을 깔끔하게 잘라내자 스넨의 상처투성이 몸이 드러났다. 의사는 곧바로 기본적인 외상 검사를 진행했다. 그는 스넨이 '자가 청결'을 위해 스스로 살갗을 벗겨 내 생긴 크고 작은 상처들보다 다른 흉터에 더 관심을 기울였다. 의사가 울퉁불퉁하게 부풀어 오른 흉터를 유심히 들여다보며 말했다. "아주 독특한 상처군요."

"정말 그렇네요." 다비도프가 동조했다.

스넨의 오른쪽 가슴에 난 흉터를 본 다비도프는 의미심장한 미소를 지었다.

9

정상

찰과상은 큰 문제가 아니었지만 비틀린 두 다리는 얼마간 안정을 취하며 회복해야 했다. 스넨이 지하 의원에서 요양하는 동안 누군가 식사를 가져다줬다. 의사도 매일 저녁 정해진 시간에 나타나 스넨의 상처를 살폈다.

그 밖의 시간 동안 스넨은 대부분 침상에 누워 멍하니 생각에 잠겼다. 그는 보육원의 작은 방을 떠올리지 않기 위해 방 안의 등을 켜지 말아 달라고 부탁했다. 원장을 불태워 죽인 일이 너무도 비현실적으로 느껴졌다. 지금의 감정을 뭐라고 정의하기가 어려웠다. 확실한 건 희열 같은 건 조금도 느껴지지 않았고, 기대했던 해방감도 없었다는 점이다.

스넨은 원장이 불에 타는 모습을 두 눈으로 지켜봤고 방 안에 가득 찬 검은 연기가 시야를 가릴 때가 되어서야 방에서 나왔지만, 원장의 숨이 끊어졌다고 단언할 수는 없었다. 원장에 대한 해묵은 공포심이 뿌리 깊게 박혀 아직 그의 마음을 점령하고 있는지도 모른다.

사람이 죽는다고 해서 연기처럼 사라지는 건 아닌 듯했다. 스녠은 아직 마음속에 자리 잡은 악마 같은 번뇌를 떨쳐내지 못했지만, 언제까지 거기 붙잡혀 있을 수는 없었다. 꼭 해야만 하는 일이 있었다. 다친 다리가 나으면 즉시 여기서 나가 그 일을 계속할 것이다. 행여 떨쳐낼 수 없대도 끝까지 안고 살 작정이었다. 어차피 수년간 그렇게 살아 왔다.

그날은 다비도프가 찾아왔다. 문병 선물은 빨간 사과 한 알뿐이었다.

"넌 좀 쉬어야 해. 당분간 그 살인 중독 집단은 잊어. 실수하면 대가가 엄청난 거 너도 잘 알잖아."

"나한테 소개해 주겠다는 사람이 여기 있어요?" 스녠이 물었다.

다비도프가 고개를 저었다. "커피 자주 마시나?"

이번에는 스녠이 고개를 저었다.

"아예 못 마시는 건 아니지? 카페에서 만나기로 했거든. 그 사람도 잭에 대한 정보를 많이 쥐고 있어서 둘을 만나게 해 주고 싶어."

"저는 돈이 별로 없는데요."

"공짜야. 그쪽은 장사꾼도 아닌데 현찰이 많아. 이 병원도 그 사람 사업체 중 하나지. 의사 집안 출신에 정계 쪽에도 인맥이 든든해. 너도 관계를 잘 맺어 두면 어느 날 운 나쁘게 체포돼도 회생할 여지가 있을지 몰라. 너도 알다시피, 어디든

개가 있고 개는 주인의 눈치만 보면서 일하잖아. 네가 아무리 극악무도한 살인을 저질러도 변죽만 울리고 솜방망이 처벌에 그치게 할 수도 있어."

"잭 조직을 전부 처단하기 전엔 잡힐 수 없어요."

"나도 네가 잡히지 않길 바라. 하지만 잭은 전 세계에 퍼져 있는 조직이야. 너는 타이완의 잭 구성원들만 노리고 있을 뿐인데도, 솔직히 꽤 많은 공을 들여야 했지. 다행히 난 이 일을 정말 즐기고 있어. 네 덕분에 재미있는 구경을 많이 할 수 있었으니까. 그래서 기꺼이 네게 투자하고 무상으로 정보를 제공하는 거야. 난 관전자로 남는 게 아주 만족스럽거든."

다비도프는 매끈하게 깎은 사과를 스넨의 손에 쥐여 줬다. 그는 떠나기 전 스넨을 돌아보고 특유의 모자를 벗는 동작으로 인사하며 당부했다. "의사가 너 아주 잘 회복하고 있대. 이틀 뒤면 여기서 나갈 수 있을 테니까 마음 급하게 먹지 말고 얌전히 요양이나 해. 보육원에서도 그 오랜 시간을 버텼잖아. 며칠 더 기다린다고 안 죽어."

다비도프를 눈인사로 배웅한 스넨은 고개를 숙여 손 안의 사과를 바라보다 무의식중에 미간을 찡그렸다. 그는 망설임 없이 사과를 쓰레기통에 던졌다. 다른 사람이 만지작거리고 행구지도 않은 사과라니. 결벽증 환자인 스넨에게는 손 대기도 끔찍한 물건이었다.

* * *

며칠이 지났다.

약속 장소는 '건반'이라는 카페였다. 내부는 상호에 걸맞게 블랙 앤 화이트 톤으로 장식되어 있었다. 바닥에는 무채색 계열의 모자이크 타일이 깔렸고, 하얀 바에는 원두 그라인더가 몇 대 놓여 있다. 냉장 쇼케이스에는 아름다운 케이크와 주류가 진열되어 있었다. 자루에 담긴 커피콩, 커피 잔, 동그란 접시들도 검은 선반 위에 피아노 건반처럼 가지런히 줄지어 있었다.

천장이 높은 복층 구조의 매장 2층에는 별도의 룸이 마련되어 있었다. 이곳은 특별한 손님에게만 개방한다. 예를 들면 다비도프 같은.

스넨은 다비도프와 마주보고 앉았다. 둘 앞에 놓인 검은 목재 테이블에는 하얀 데이지 꽃이 꽂힌 유리병이 놓여 있다. 스넨은 하늘색 리넨 셔츠와 카키색 스키니 바지를 입고 스웨이드 재질의 캐주얼화를 신었다. 활동성을 중시하는 평상시의 옷차림과는 사뭇 달랐다. 입원한 동안 다비도프가 자기 취향대로 골라온 것들이다. 청소용품을 담는 스포츠 배낭까지 레트로 스타일로 바꿔 놓았다.

다비도프는 고집스럽게 자기주장을 밀고 나갔다. "카페에 갈 때는 문학청년 같은 분위기가 있어 줘야 해. 가식적이라도 상관없어. 입만 열지 않으면 밑천을 드러낼 일도 없으니까." 그는 자신의 작품이 썩 마음에 드는지 스녠을 아래위로 훑어봤다. "근사한 카메라 하나만 메면 딱 어울리겠다."

"난 카메라 셔터가 어디 있는지도 몰라요." 스녠은 이런 차림새가 몹시 성가셨다. 특히 새 가방은 진심으로 보육원과 함께 불살라 버리고 싶은 심정이었다.

벽면의 격자무늬 창을 통해 내려다보면 매장 전체가 한눈에 들어왔다. 아직 이른 시간이라 손님은 드문드문했고, 신선한 커피 향이 서늘한 공기 중에 떠돌았다. 포니테일을 한 여직원이 블루베리 치즈 케이크와 커피를 가져왔다. 막 다림질한 듯 빳빳하고 구김살 하나 없는 그녀의 셔츠가 유난히 스녠의 시선을 끌었다. 블랙커피 두 잔을 주문한 다비도프는 커피가 나오자 딸려 나온 설탕을 신이 나서 입에 들이부었다. 커피는 쳐다보지도 않았다.

스녠은 출입문에서 눈을 떼지 않았다. "소개해 준다는 사람은요?"

"지각은 숙녀의 권리지." 다비도프는 급기야 스녠 몫으로 나온 설탕까지 먹어 버렸다. "호랑이도 제 말하면 오는군."

다비도프의 말이 끝나자마자 문을 밀고 들어오는 여자가 보였다. 스녠은 그녀가 다비도프와 함께 맥도널드에 나타났던 여성임을 한눈에 알아봤다. 그날의 우아한 차림새와 달리 오늘은 깔끔한 검은 팬츠를 입고 있었다.

여자는 가벼운 발걸음으로 계단을 올라와 즉시 스녠의 옆에 앉았다. 은은하고 우아한 향기가 났다. 화장은 옅었지만 그녀가 발산하는 광채 덕분에 여배우 못잖은 오라가 퍼졌다. 여자는 똑 부러지고 노련한 이미지였지만 말투는 상당히 부드러웠다. "정말 미안해. 미팅이 늦게 끝나서 지각했네." 그녀가 깔끔하게 사과했다.

"우리도 방금 왔어." 다비도프가 식어 버린 커피를 홀짝였다.

"젠틀맨 흉내 내는 거 별로야." 여자가 놀리듯 말하며 스녠에게 시선을 돌려 그를 빤히 바라봤다. "야오姚 씨라서 다들 닥터 야오라고 불러. 다비도프한테 얘기 많이 들었어. 스녠이라……. 이름이 참 특이하네." 여자가 손을 내밀자 스녠은 예의를 갖춰 악수했다. 닥터 야오의 손은 깨끗하고 윤이 났지만, 스녠은 나머지 한 손을 주머니에 넣어 무의식적으로 손 세정용 알코올을 찾았다.

"바로 본론에 들어가고 싶겠지만, 잭 조직원의 행적을 파악한 뒤에 어떻게 할 생각인지 알고 싶어." 닥터 야오는 스녠의 손을 놓고 두 손을 천천히 테이블 위에 포갰다. 둥근 모양으로 보기 좋게 관리한 손톱에서 분홍빛이 났다.

스녠은 아무 말도 하지 않았다.

"불편하면 대답하지 않아도 괜찮아. 잭에 대해 얼마나 아는지 모르겠지만, 굉장히 위험한 조직이라는 데에는 동의할 거라 생각해."

닥터 야오는 스넨이 고개를 끄덕이는 모습을 확인하고 말을 이어 나갔다. "조직원들은 악명 높은 살인마 잭 더 리퍼를 숭배해. 왜 그런 행동을 하는지 우리 같은 보통 사람은 이해할 수 없지. 잭이 결성된 후 조직원들은 다크웹에 비정기적으로 스너프 필름을 올려 왔어. 전부 실제 상황이고 연출된 영상은 하나도 없지. 조직원들이 세계 각지에 흩어져 있으니 피해자도 분산되어 있고, 특정 지역에서 피해자가 대량으로 나타나지도 않아. 다크웹의 링크 주소는 비정기적으로 바꾸기 때문에 늘 접속하는 사용자만 입구를 알아낼 수 있어. 그래서 큰 주목을 받지 않을 수 있는 거지. 뭐, 다크웹에 스너프 필름이 올라오는 건 일상다반사기도 하고. 잭 더 리퍼는 영국 사람이지만, 내가 조사한 바로는 조직원들의 활동이 가장 왕성한 지역은 미국이고 그다음이 유럽이야. 아시아에서는 한국이 가장 많고 타이완은 그다음이지. 스넨이 목표로 삼은 건 타이완의 잭 조직이고." 닥터 야오는 의문문이 아닌 긍정문으로 말했다.

"맞습니다. 타이완 회원의 정보만 필요해요." 스넨이 대답했다. 닥터 야오가 말한 내용은 스넨도 다 아는 사실이다. 지금 부족한 건 조직원 개개인에 대한 자료뿐이다.

"개인정보를 얻기가 쉽지는 않아. 그들은 어디에나 있잖아. 어쩌면 이 카페도 잭 회원이 차렸을지 모르지." 닥터 야오가 미소 지으며 아래층 바를 바라봤다. 부지런해 보이는 직원이 자기 일에 열중하고 있었다. "오른쪽 가슴에 있는 흉터를 확인하지 않는 이상 그들을 구별해 내기는 쉽지 않아. 그거 알아? 잭 회원들은 제 손으로 직접 오른쪽 가슴에 알파벳을 새기는 가입 의식을 치러야 해."

"알고 있어요." 스넨이 대답했다. 닥터 야오는 스넨이 다비도프가 '신이 내린 선물'이라 부르는 특별한 감각을 지녔다는 사실을 몰랐다. 스넨은 손에 피를 묻히지 않은 결백한 사람과 살인자를 감각으로 구분할 수 있다. 특히 잭 조직원에게서는 구역질을 유발하는 악취가 난다.

"그들이 왜 잭 더 리퍼를 숭배한다고 생각해?" 닥터 야오가 물었다.

"그건 제게 중요한 문제가 아닌데요." 스넨이 말했다.

그때 다비도프가 끼어들었다. "나는 그 점이 굉장히 흥미로워. 숭배 행위에 자체에 이성이 필요하진 않지만 분명 이유는 있을 거야. 종교나 신앙도 신이 구원해 줄 거라는 믿음에 기인해 어떤 권위를 맹신하는 거 아니야? 그렇다면 어떤 요소가 잭 더 리퍼를 우상으로 만들고 모방까지 하게 만들었을까? 보통 사람들의 세상에서 납치와 살인은 용서받을 수 없는 악행이니 이를 자행하는 잭 조직원들은 비정상이지만, 그들의 세계에선 그게 정상인지도 몰라."

다비도프는 손가락을 튕기며 의미를 알 수 없는 싸늘

한 미소를 지었다. "뭐가 정상인지는 결국 다수가 결정하는 거잖아? 동성애자들은 소수니까 괴상하다고 차별받고 있어. 침묵하는 다수 안에서 목소리를 내는 사람도 이상한 부류로 인식되지. 잭 더 리퍼는 이상한 부류 중에서도 가장 극단적인 자들의 아이콘이 되어 버렸어. 그러니까 숭배하는 거야."

닥터 야오가 빙긋 웃었다. "흥미로운 관점이지만 잭을 합리화해선 안 돼. 원인이 무엇이든 누구도 타인의 생명을 함부로 앗아갈 순 없어. 스녠은 어떻게 생각해?"

닥터 야오는 그를 뚫어지게 바라봤다. 투명하고 날카로운 시선이 스녠의 마음을 꿰뚫어 보는 것 같았다.

스녠은 침묵했다. 뭐라고 변호하거나 논쟁할 생각은 없었다. 지금 가장 중요한 일은 정보를 얻는 것이다. 그가 어떤 방법으로 잭의 조직원을 처단하든 아무도 막을 수 없다.

닥터 야오가 온화한 미소를 지어 보였다. "잭의 존재를 알고 나서부터 나는 그들의 살인 행위의 원인을 추측해 봤어. 조직원들은 잭 더 리퍼를 모방하면서 일종의 나르시시즘이나 쾌감을 얻지 않았을까? 살인을 통해 자아를 채우고, 깊은 곳에 억압된 욕망을 만족시키는 거야. 물론 이상하게 들리겠지. 다비도프가 말한 것처럼 전혀 이성적이지 않으니까. 스녠, 혹시 답을 찾는다면 내게도 가르쳐 줘. 어쩐지 너는 언젠가는 알아낼 것 같아서 말이야."

"그러죠." 정보만 얻을 수 있다면 스넨은 아무래도 좋다. "조직원 세 명의 정보를 가지고 있어." 닥터 야오가 핸드백에서 파일을 꺼냈다. A4 용지로 된 문서와 사진 몇 장이 들어 있었다. 그녀가 사진을 한 장 뽑아 스넨에게 건넸다. "내 판단으로는 직업적인 영향력 면에서 이 사람이 제일 해로워 보여."

"직업적 영향력?" 다비도프가 흥미로운 듯 물었다. "어떤 영향을 말하는 거야?"

"자아 형성." 닥터 야오가 대답했다.

"선생님 말고 다른 답은 없겠군." 다비도프가 자신 있게 말했다.

닥터 야오와 다비도프는 말하지 않아도 통하는 미소를 주고받았다. "심지어 초등학교 교사야."

스넨은 사진을 바라봤다. 조직원은 중년의 남자였다. 사진 속의 그는 인자한 미소를 띤 전형적인 교사 이미지였고, 학부모의 신임과 호감을 한 몸에 얻을 것 같은 인상이었다. 하지만 스넨은 어쩔 수 없이 느껴지는 부자연스러움을 세심하게 관찰했다. 남자의 웃음은 뭔가 잘못됐다. 시선도 어딘가 잘못됐다.

그는 틀림없는 잭의 일원이다.

10

괭장한
맛

스녠은 교사가 근무하는 학교와 주소, 대략적인 일과를 수첩에 적었다. 그의 일과는 매우 규칙적이었다. 그는 기억한 내용을 빠르게 적어 내려가다 갑자기 의문이 들었다. "이 사람들이 잭 조직원이라고 어떻게 확신했죠?"

　닥터 야오가 설명했다. "물론 다비도프를 신뢰하지만, 확신하기 전에 사람을 보내 의심스러운 점이 없는지 조사해 봤어. 그 과정에서 사람 목숨도 여럿 날아갔지. 작은 흥신소에 의뢰해 목표를 조사하도록 했는데, 일주일 사이에 흥신소 직원이 하나둘 실종됐거든. 입을 싹 막아 버린 거지."

　"나 그 흥신소 알아. 업계에서 꽤 유명하잖아. 조사 대상한테 거꾸로 쫓겨도 하나도 이상할 것 없는 멍청이들이야. 전문가에게 다시 조사를 맡겨서 천만다행이지." 다비도프가 거침없이 웃었다.

　대화 중에 소년에서 청년 사이로 보이는 남자 한 명이 케이크 세 접시를 들고 룸으로 들어왔다.

"야오 선생님, 어떻게 연락도 없이 오셨어요?" 그는 케이크를 각자의 앞에 조심스레 올려놓으며 말했다. "특별히 구운 초콜릿 마그마 케이크입니다. 방금 오븐에서 꺼내서 뜨거우니 조심하세요."

전형적인 '햇살미남' 스타일의 청년이었다. 빛나는 미소와 치약 광고를 찍어도 손색없을 희고 가지런한 치아가 돋보였다. 키는 훤칠하게 컸고, 운동을 즐기는 사람 특유의 탄탄한 몸매도 지니고 있었다. 셔츠 소매는 아무렇게나 접어 팔꿈치까지 올렸고, 손목과 손가락은 액세서리 하나 없이 깔끔하게 비어 있었다.

다비도프가 포크로 케이크를 가르자 진한 초콜릿이 흘러 흰 접시에 퍼져 나갔다. 그가 낮은 목소리로 외쳤다. "이거 봐! 내가 케이크 배를 갈랐다!"

"하나도 안 웃겨." 닥터 야오가 구박했다. "소개할게. 이쪽은 카페 지배인 이하오以豪. 이 집 케이크는 전부 얘가 정성들여 직접 구워. 물론 커피 내리는 실력도 일품이지."

"안녕하세요! 저희 카페 마음에 드시나요?" 이하오는 활달한 미소를 지어 보였다.

"물론이죠." 다비도프는 포크로 케이크 한 조각을 찍어 초콜릿을 잔뜩 묻혀서 입으로 가져갔다. "당도가 딱 적당해요."

"이렇게도 한 번 드셔 보세요." 이하오가 앞치마 주머니에서 소금 통을 꺼내 뚜껑을 돌렸다. 작은 소금 알갱이가 액체 초콜릿 위로 쏟아졌다. "심혈을 기울여 고른 장미소금이에요. 초콜릿과 만나면 색다른 풍미를 주죠."

다비도프는 기대로 눈을 반짝이며 케이크를 먹었고, 평소보다 경쾌한 소리로 손가락을 튕겼다. "이거 정말 굉장한 맛인데요?"

"선생님도 도와 드릴게요." 이하오는 닥터 야오의 케이크에도 친절하게 소금을 뿌렸다. 그녀도 고맙다고 인사한 뒤 케이크를 조금 베어 먹고는 흘러내린 머리칼을 귀 뒤로 넘겼다. 그 옆모습은 흠잡을 데 없이 매혹적이었다.

"안 드세요?" 스녠이 포크에 손도 대지 않자 이하오가 물었다.

스녠은 담담하게 고개를 저었다. 그의 신경은 온통 잭 조직원의 정보가 들어 있는 자료 파일에 쏠려 있었다. 스녠이 디저트에 관심이 없어 보이자 다비도프가 재빨리 자기 앞으로 케이크를 가져갔다.

"제가 제일 자신 있게 만드는 케이크인데 아쉽네요. 그럼 저는 일하러 가 보겠습니다. 천천히 드세요. 기회가 된다면 또 놀러 오시고요." 이하오는 웃으며 인사하고 다시 1층으로 내려갔다.

"나 여기 단골 될 것 같아." 다비도프가 말했다.

"나이가 몇인데 아직도 단 걸 좋아해? 애같이." 닥터 야오가 입술에 묻은 초콜릿을 냅킨으로 닦으며 핀잔을 줬다.

다비도프는 기죽지 않고 말했다. "디저트 취향에 나이와 국적을 가리는 건 옳지 않아. 이 맛을 본 사람이라면 느낄 수 있지. 아! 나 갑자기 잭이 무슨 생각인지 알 것 같아. 어쩌면 단맛 중독은 살인 중독과 비슷할지 몰라. 안 그래 스넨?"

"어쩌면요." 스넨은 대충 대답했다. 이하오의 '정상'이 지나치게 완벽해 보였기 때문이다. 그의 말투나 태도, 처신은 흠 잡을 데 없었지만 자꾸만 피어오르는 의문을 멈출 수 없었다. 바 쪽으로 시선을 옮겼을 때 스넨은 마침 고개를 든 이하오와 시선이 교차했다. 곧바로 찬란한 미소가 돌아왔다.

다비도프는 상당히 즐거워 보였다. 작별인사를 하기 전 그는 카페 앞에서 와인색 바탕에 금박으로 'Davidoff'라 쓰인 상자에서 담배를 꺼냈다. 이 담배의 이름도 다비도프다. 그가 한 개비를 뽑아 물고 불을 붙였다. 그 일련의 동작은 경쾌한 리듬의 재즈 선율처럼 매끄러웠다. 다비도프가 코로 연기를 내뿜었다. 스넨은 그가 흡연하는 모습을 처음 봤다.

"혹시 내가 왜 다른 담배는 피우지 않는지 궁금해?" 다비도프는 어쩐지 스넨이 그렇게 물어봐 주길 기대하는 것 같았다. 하지만 스넨은 그가 무슨 담배를 피우든 전혀 관심이 없었다. 다비도프는 그 사실에 조금 의기소침해했다.

"난 먼저 갈게. 예약 환자가 있거든. 스녠, 만나서 반가웠어." 닥터 야오는 스녠에게 악수를 청하고 명함을 내밀었다. "필요하면 언제든 연락해."

스녠은 야오커린姚可麟이라는 그녀의 실명과 직장 주소, 전화번호가 적혀 있는 명함을 받았다. 가장 중요한 부분은 명함 뒷면에 손으로 직접 쓴 개인 연락처였다.

"두 사람이 즐겁게 협력했으면 좋겠군." 다비도프는 담배를 마지막 한 모금까지 빤 뒤 3미터가량 떨어진 하수구에 정확히 골인시켰다. "이제 네가 움직일 차례 맞지? 네 표정을 보니 답을 알겠다. 알아서 몸조심해." 그가 손을 흔들며 천천히 멀어졌다.

스녠은 카페 내부를 유리창 너머로 바라봤다. 커피와 케이크를 즐기는 손님, 부산스러운 종업원, 그윽한 커피 향, 마음을 편안하게 하는 피아노 소리……. '건반'은 흠잡을 데 없이 완벽한 장소처럼 보였지만 스녠은 언젠가 이곳에 다시 올 것만 같은, 그 이유가 절대 케이크와 커피 때문은 아닐 것이라는 이상한 예감이 들었다.

출입문 앞에 선 스녠은 뒷문을 통해 카페로 들어간 택배 기사 유니폼 차림의 남자를 발견하지 못했다.

언제나 그랬듯 커다란 종이상자를 짊어지고 나타난 업자였다.

* * *

숨이 턱 막히는 한여름이다. 멈추지 않는 매미 울음소리는 사람을 더욱 짜증나게 했다. 오후 3시. 공기에 잔류한 무더위가 아직 시멘트 건물들 사이에 갇혀 있었다. 여름방학 기간이라 운동장에는 아무도 없었다. 시간이 흐름에 따라 그림자만 느릿느릿 길어졌다.

듬성듬성 불이 켜진 몇몇 교실은 불 꺼진 다른 교실들 사이에서 유난히 눈에 띄었다. 이따금 수업하는 소리가 들렸다. 극성스러운 학부모들의 성화 덕분에 일부 학급에서는 보충학습을 명목으로 여름방학에도 수업을 계속하고 있었다.

5학년 교실의 학생들이 칠판을 올려다보고 고개를 숙여 필기하기를 반복했다. 네 대의 선풍기가 회전하고 있지만 안타깝게도 바람은 지극히 약했다. 올여름은 더워도 너무 덥다. 타이베이 기온이 섭씨 38도를 넘어선 날이 하루 이틀이 아니었다. 다행히 학생들은 더위가 견딜 만한 모양이다.

수업을 마친 장린칭張霖靑은 교과서를 덮고 칠판에 오늘 몫의 숙제를 적었다. 국어 교과서 본문 외워서 쓰기, 새로 배운 단어 쓰기, 수학 문제 풀기……. 거침없이 몇 줄 써 내려가자 학생들은 참지 못하고 여기저기서 앓는 소리를 냈다.

"선생님, 숙제가 너무 많아요!" 머리를 곱게 땋아 내린 여학생이 항의했다.

"영어 선생님도 외우기 숙제 내 주셨단 말이에요. 내일 영어 시간에 한 사람도 빠짐없이 칠판에 나와 외워서 쓰랬어요!" 또 다른 뚱보 남학생이 맞장구쳤다. 학생들은 불만을 토해 내며 숙제를 줄여 달라고 아우성쳤다. 장린칭은 분필을 멈추고 몸을 돌려 교탁 아래 아이들을 바라봤다.

"제발요. 새 단어 쓰기는 빼 주시면 안 될까요?" 양 갈래로 머리를 땋은 여학생이 간절히 청했다.

"아니면 수학 문제 풀기라도요!" 또 다른 학생이 건의했다. 교실은 어떻게든 숙제를 줄여 보려는 학생들의 간청으로 들끓었다.

장린칭이 마지못해 웃으며 물었다. "숙제가 그렇게 많아?" 그가 교실을 한 바퀴 둘러봤다. 그의 시선은 연신 고개를 끄덕이는 학생들을 무심하게 지나쳐 창가 자리에 앉은 여학생에게 멈췄다.

늘 의젓하고 침착한 저 아이는 또래보다 한참 성숙하다. 아이는 선생님과 눈이 마주치자 조금 망설이다가 친구들을 따라서 고개를 끄덕였다.

장린칭은 나름의 타협안을 냈다. "그럼 오늘은 새 단어 쓰기 숙제는 없다. 대신 영어 본문 잘 외워야 해. 알았지? 영어 선생님께 다 확인할 거야!"

학생들은 환호했다. 장린칭이 수업이 끝났음을 선포하자

아이들은 까불거리며 교과서와 과제물을 정리한 뒤 불룩한 책가방을 메고 복도에 줄을 섰다. 아직도 가방을 정리하지 못한 아이들을 독촉하며 장린칭은 아무렇지 않은 척 의젓한 여자아이에게 다가갔다. 그가 아이의 어깨에 손을 가볍게 올리자 아이는 깜짝 놀라 고개를 들었다. 아이의 양 볼이 수줍어서 발갛게 물들었다.

"새 단어 쓰기는 뺐으니까 이제 할 만하지? 사실 선생님도 너희들한테 숙제를 많이 내 주고 싶진 않았어. 하지만 진도가 급해서 어쩔 수가 없구나. 너희들 부모님과 약속을 했으니까." 장린칭이 다정하게 말했다.

"고맙습니다. 선생님." 의젓한 아이는 조그만 목소리로 대답하며 가방을 계속 챙겼다. 장린칭은 아이가 가방에 넣는 물건 중에서 학원 교재를 발견했다.

"학원 숙제도 있었구나? 지금은 고생스러워도 나중에는 이 시간이 다 가치가 있었다고 생각하게 될 거야. 부모님 말씀 잘 들으렴. 모르는 문제 있으면 언제든 선생님께 직접 물어봐도 돼. 선생님이 도와줄게." 장린칭은 아이의 어깨에서 손을 거두고 아직 감촉이 남은 손바닥을 가만히 움켜쥐었다. 이렇게 하면 영원히 그 느낌을 잡아 둘 수 있을 것 같았다.

장린칭은 교실 밖으로 나와 줄을 정돈하고 아이들이 전부 모이자 데리고 나가 교문 밖까지 인솔했다. 이는 초등학교 선생님들의 중요한 업무 중 하나다. 요즘은 교사 노릇도 녹록치 않았다. 챙겨야 할 잡무도 많고, 학생들도 예전보다 다루기 어려워졌다. 아이들이 천진난만함을 유지하는 시간은 실온에 보관한 우유만큼 짧다. 다행히 그가 맡은 반에는 그나마 말을 잘 듣는 아이들이 모여 있다. 옆 반 담임은 가정폭력에 시달리는 아이와 무단결석이 잦은 아이 때문에 골머리를 앓고 있다. 덕분에 비정기적으로 교무주임과 면담도 해야 하는 모양이다.

장린칭은 교문에 기대섰다. 인파 속에서도 그의 눈은 의젓한 아이를 한눈에 찾아냈다. 아니, 장린칭의 시선이 처음부터 그 아이만 쫓았다고 말하는 편이 맞겠다. 이맘때 여학생들은 남학생들보다 발육이 빠르다. 키가 크고 날씬한 그 여자아이도 옆에 있는 남학생보다 머리 하나는 더 크다. 허리까지 내려오는 긴 머리가 걸음을 따라 살랑살랑 흔들려 장린칭의 마음을 간지럽혔다. 오후 4시의 햇살을 머금은 하얀 교복은 마음이 아리도록 깨끗하고 순결했다. 이 얼마나 아름다운 풍경인가.

바람이 가볍게 스칠 때 장린칭은 아이의 몸에서 풍기는 향내를 맡은 것만 같았다. 그 향기가 폐부에 가득 차도록 숨을 깊이 들이마셨다. 숨이 차오를 때까지 들이마시고 난 뒤 천천히, 아주 천천히 코로 숨을 내뿜었다. 그래. 바로 저 아이다.

장린칭은 교실로 돌아갔다. 아무도 없으니 이제 애써 자연스러운 척 연기할 필요 없이 노골적으로 그 아이의 자리에 갈 수 있었다. 반들반들한 책상에 손바닥을 올리자 의젓한 아이의 풋풋한 몸통을 만지는 것 같았다. 그는 충동을 억누르기 힘들어 눈을 감고 상상에 취했다. 아이의 배는 군살 한 점 없을 터였다. 갈비뼈와 허리의 곡선은 뚜렷하겠지. 유방은 어떤 모양일까? 요즘 애들은 영양 상태가 좋으니 한껏 부풀어 올랐을까? 장린칭은 낮게 신음하며 책상을 잡고 벌떡 일어났다.

아직은 때가 아니다.

아이에게 손을 댈 수는 없다. 도덕적 판단 때문이 아니다. 자기가 가르치는 학생이라는 점도 그에게는 조금도 문제가 되지 않았다. 그저 보기 좋다면, 첫사랑 같은 짜릿함과 아름다운 흥분을 느낄 수 있으면 충분하다. 의젓한 아이는 같은 반 남학생뿐 아니라 다른 반 아이들까지 앞 다투어 잘 보이고 싶어 하는 대상이다. 완전히 자라면 또래 여자아이들의 질투를 받을 만큼 예뻐질 것이다.

장린칭이 지금 당장 손을 쓸 수 없는 이유는 반 학생이 사고를 당하면 담임인 그에게도 책임이 돌아올 수 있기 때문이다. 그는 부자연스러운 의혹을 조금도 남기지 않기 위해 기꺼이 기다리기로 했다. 아이가 졸업해서 중학생이, 아니 고등학생이 될 때까지 참으면 또 다른 맛이 있을 것이다. 장린칭은 그런 기대를 품고 욕망을 억눌렀다. 마지막 순간에 다다를 단 한 번의 절정을 위해서.

그는 직접 아이의 몸을 가르고, 그녀의 눈물과 젖꼭지를 핥을 것이다.

11

선생님이 아니라
맞고 있는
벌레일 뿐이야.

퇴근했지만 장린칭의 업무는 끝나지 않았다.

거실에 앉아 학생들의 숙제 검사를 마친 후 30여 명 몫의 연습문제집을 테이블에 쌓았다. 소파에는 아직 채점하지 않은 시험지 뭉치가 놓여 있었다.

장린칭은 일부러 그 여자아이의 숙제를 먼저 꺼내 검사했다. 공책을 펼치자 또 한 번 흥분이 밀려왔다. 필체가 참으로 아름답다. 아이의 검은 머리칼을 쓰다듬듯, 검은 볼펜으로 빼곡히 적은 글씨를 눈으로 훑었다.

조금만 참자. 서둘러서는 안 된다.

그때 울린 초인종 소리가 장린칭의 환상을 뚝 끊었다. 그는 눈살을 찌푸리고 펜을 내려놨다. 문밖에는 대학생쯤으로 보이는 미소년이 서 있었다. 깔끔하고 점잖아 보이는 인상이다. 장린칭은 그동안 학생을 가르치며 꽤 많은 사람을 만나봤지만, 이토록 깊고 진지한 눈동자는 본 적이 없다.

다행히 소년은 예의가 발라 장린칭의 불쾌함을 한 방에

날려 보냈다. "안녕하세요. 귀찮게 해 드렸다면 죄송해요. 며칠 후에 옆집으로 이사 올 사람인데요, 어머니가 이웃집에 인사부터 전하라고 하셔서요. 약소하지만 선물을 준비했는데……. 받아 주셨으면 좋겠어요." 소년은 스타벅스 로고가 박힌 선물상자를 들어 보였다. 철제 케이스가 보기 좋게 빛을 반사했다.

"뭘 이런 걸 다……. 들어와서 차 한잔할래요?" 장린칭은 인사말을 건네며 친절하게 문을 열었다. 하지만 소년의 다음 행동은 뜻밖이었다. 장린칭은 소년이 어째서 선물상자를 머리 위로 높이 드는지 알 수 없었다.

'퍽!' 장린칭은 반격은커녕 내리꽂히는 철제 상자를 피할 틈조차 없었다. 조금도 위협적으로 보이지 않던 선물상자는 생김새와 달리 엄청난 타격을 주었고, 장린칭은 이내 바닥에 쓰러졌다. 모든 일이 너무 순식간에 일어났다. 당황한 그는 물에 빠진 사람처럼 허공으로 손을 뻗어 허우적대다가 벽을 잡고 일어나려 했다.

그때 소년이 그의 복부를 발로 강타했다. 장린칭은 이번엔 현관 쪽으로 나동그라졌다. 또다시 쓰러졌을 때 바닥에서 핏방울을 발견하곤 허둥지둥 이마를 만져 봤다. 격한 통증이 느껴지는 자리가 축축하고 미끌미끌했다.

장린칭이 겨우 집 안으로 기어 들어왔을 때, 현관문 닫히는 소리와 함께 소년이 가벼운 발걸음으로 다가왔다. 소년은 죽을힘을 다해 소파로 기어가는 장린칭의 등을 무릎으로 찍었다. 장린칭은 등껍질을 눌린 거북이처럼 앞으로 나아가지 못했지만, 다행히 소파 밑에 숨겨둔 전기충격기를 손에 쥐었다.

장린칭은 필사적으로 고개를 돌려 반격을 준비했다. 하지만 높이 쳐든 철제 상자가 또다시 시야에 들어왔다. 구석이 오목하게 찌그러진 상자는 장린칭의 공포심에 화답이라도 하듯 머리 쪽으로 맹렬하게 내리꽂혔다. 그 충격으로 뚜껑이 날아가면서 커다란 돌멩이 몇 개가 쏟아져 내렸다. 이게 바로 소년이 특별히 준비한 선물이었다.

소년은 주먹만 한 돌을 집어 들고 장린칭의 손을 향해 내리쳤다. 단단하고 거친 돌이 살을 짓이기자 전기충격기는 이내 손안에서 미끄러져 나갔다. 하지만 소년은 돌을 내리치길 멈추지 않았고, 통제 불능 상태가 된 소년이 괴성을 지르는 동안 멀쩡하던 장린칭의 오른손은 너덜너덜한 피투성이 고깃덩어리가 되었다. 손가락은 부자연스러운 각도로 부러져 변형되었고, 손등을 뚫고 나온 부서진 뼈가 그대로 드러났다.

장린칭은 이미 원래의 모습이 사라진 오른손을 끌어안고 유린당하는 애벌레처럼 몸을 동그랗게 말았다. 그는 공황에 빠진 와중에도 소년이 이러는 이유를 생각해 보았다. '설마 피해자의 가족이 복수하러 온 걸까? 그런데 지금 몇 시지?

올 시간이 다 됐을 텐데?'

장린칭은 침을 꼴깍 삼키며 협상을 시도했다. "돈이라면 얼마든지 줄 수 있어. 살려만 주면 뭐든 다…… 내 퇴직금을 전부 줄 수도 있어……." 목소리가 떨렸다. 소년이 얼마간 잠자코 아무 말도 하지 않자 장린칭은 살 수도 있다는 희망을 한 가닥 품었다.

'어쩌면 돈으로 쫓아낼 수 있을지도 몰라……. 하지만 정말 이렇게 순조롭다고?'

불길한 한기가 가슴 속을 파고들었다. 그제야 장린칭은 소년의 행동이 매우 기괴하다는 사실을 깨달았다. 소년은 폭력을 가하는 과정에서도, 폭행 후에도 줄곧 침착했다. 이런 행동이 밥 먹고 물 마시는 일만큼 자연스러워 보였다. 저만큼 창창한 나이의 애들은 어쩌면 자기보다 무시무시할지 모른다고 생각하니 심장이 오그라드는 것 같았다.

"청소하는 습관이 있군요. 주변이 비교적 깨끗합니다." 소년은 장린칭이 제안한 거래에는 손톱만큼의 관심도 없는지 뜬금없이 칭찬부터 했다. 집게손가락으로 바닥을 쓸고는 검사하듯 손가락 끝을 쳐다봤다. "먼지가 없네요. 아주 좋습니다. 깨끗한 바닥을 피로 더럽혀서 죄송합니다. 다행히 혈흔을 제거하는 방법은 다양하니 제가 깨끗이 닦아 놓겠습니다. 하지만 당신이 그 문제를 고민할 필요는 없겠죠."

소년은 돌멩이를 집어 빠르게 장린칭의 머리에 내리꽂아

그의 망상을 종결시켰다. 이어서 장린칭의 머리통을 잡고 부자연스러운 방향으로 꺾었다. 장린칭은 뚝뚝 끊기는 신음을 냈다. 목이 더 돌아가지 않자 소년은 조금 힘을 풀었고, 장린칭은 빈사 상태에서 겨우 숨을 뱉을 수 있었다. 하지만 소년은 곧바로 다시 힘을 주었고, 장린칭의 경추는 경쾌한 소리를 내며 부러졌다. 호흡근을 관장하는 중추신경계의 신호가 함께 끊겼고, 장린칭은 호흡곤란으로 서서히 죽어 갔다.

장린칭은 흐트러진 시선으로 검게 변한 눈앞을 멍하니 바라봤다.

'지금…… 몇 시지?'

* * *

스넨은 널브러진 채 움직이지 않는 장린칭의 몸을 뒤집어 피 묻은 셔츠를 벗겼고, 오른쪽 가슴에 있는 잭 조직원의 표식을 확인했다.

장린칭을 목표물로 고른 이유는 닥터 야오의 추천 때문만은 아니다. 싱글인 장린칭은 가족이나 동거인이 없어서 스넨이 행동할 때 방해받거나 불필요한 목격자가 늘어날 염려가 없기 때문이다. 스넨은 장린칭을 며칠간 감시한 끝에 오늘을 행동 개시일로 삼았다.

장린칭을 처리한 후 스녠은 뒷정리를 시작했다. 사방에 흩어진 돌멩이를 주워 다시 스타벅스 상자에 담았다. 조금 무식해 보이지만 돌멩이는 구하기도 쉽고 버리기도 까다롭지 않다. 그래서 상자에 이것들을 담아 '서프라이즈'용으로 삼았던 것이다.

그때, 스녠은 갑자기 신경을 곤두세우고 동작을 멈췄다. 열쇠 돌아가는 소리가 들렸기 때문이다. 현관문이었다.

문을 연 사람은 동작이 아주 빨랐다. 선캡을 쓴 남자아이였다. 아이는 집으로 폴짝 뛰어 들어와 신이 난 목소리로 소리쳤다. "아빠! 나 왔어!" 아이는 체조선수처럼 양팔을 번쩍 들어 한 바퀴 빙글 돌고 반 박자 쉰 후에야 바닥에 쓰러져 일어나지 않는 장린칭과 손에 돌멩이를 든 스녠을 발견했다. 바닥의 피는 아직 그대로였다.

"아빠!" 놀란 아이가 날카롭게 소리쳤다.

스녠은 화살처럼 빠르게 달려가 아이의 옷깃을 잡고 순식간에 제압했다. 하지만 남자아이의 뒤로 여행용 트렁크를 끌고 있는 여자아이가 들어왔다. 집 안의 광경을 보고 기겁한 여자아이는 놀라 떨면서도 메고 있던 가방으로 겁도 없이 스녠을 마구 때렸다.

"놔! 내 동생 놓으란 말이야!"

여자아이의 공격은 아프지도 간지럽지도 않아 스녠을 조금도 흐트러지게 하지 못했다. 그는 여자아이가 막무가내로 휘두르는 가방을 한 손으로 쉽게 잡았다. 혼란 속에서 남자아이가 목 놓아 외쳤다. "누나! 아빠가 죽었어!"

정보에 오류가 있었다. 장린청은 싱글이 아니었다. 남매가 짐을 가지고 있는 걸 보니 여름 캠프라도 참가하느라 며칠간 집에 없었던 듯했다. 그래서 스녠이 그동안 아이의 존재를 발견하지 못한 것이다. 게다가 장린청이 집을 말끔히 정돈한 덕분에 아이들 물건이 눈에 띄지 않아 스녠이 이상한 점을 전혀 느끼지 못한 것이다.

갑자기 목격자가 생겼으니 상황이 까다롭게 되었다. 최악의 경우에는 세 번째 목격자가 나타날 수도 있다. 스녠은 단도를 뽑아 남자아이의 목에 대고 물었다. "엄마 어디 있어?"

"흑흑…… 없어요…… 엄마 없어요……." 거짓말은 아닌 듯했다. 스녠이 이번에는 여자아이를 위협했다. "문 잠가."

여자아이는 동생이 붙들려 있으니 함부로 스녠을 공격하지 못하고 얌전히 문을 걸어 잠근 후 말없이 돌아왔다. 아이들은 도살을 기다리는 양처럼 온순했다. 남자아이는 얼굴이 눈물 콧물로 범벅이 되었지만 감히 소리 내서 울지 못했다. 여자아이는 침착하려 애썼지만 숨이 떨리는지 가슴팍을 들썩거렸다.

"동생은 해치지 마세요……. 제발 동생은 살려 주세요……." 입술이 하얗게 질린 여자아이가 무릎을 꿇고 애원했다.

지금 이 장면이 언젠가 본 듯 익숙한 이유는 무엇일까? 갑자기 원인을 알 수 없는 두통이 밀려왔다.

스녠은 남자아이의 뒤에 서서 아이의 목을 감은 채 목에 칼을 대고 위협하는 중이었다. 그래야 여자아이가 함부로 반항하지 못한다. 유비무환을 모든 행동의 원칙으로 삼는 스녠은 배낭에서 밧줄을 꺼냈다. 여자아이에게 동생의 두 손을 뒤에서 묶게 하고, 꽉 붙들어 맨 것을 확인한 뒤 남자아이를 자리에 앉히고 여자아이를 보았다.

"이제 네 차례야."

아이는 저항을 포기한 듯 얌전히 다가왔지만, 갑자기 스녠의 품 안으로 달려들어 함께 바닥으로 나동그라졌다. "빨리 도망쳐!" 여자아이가 외쳤지만 동생은 어쩔 줄 몰라 멍하니 서서 누나가 목숨을 걸고 만들어 준 탈출의 기회를 망치고 말았다.

스녠은 울부짖는 여자아이를 얼굴이 바닥으로 향하게 제압하고 허리 뒤에서 두 손을 잡았다. "제발 동생은 보내 주세요. 저는 어떻게 돼도 상관없어요⋯⋯." 여자아이는 애원하며 아랫입술을 깨물었다.

"바보 같은 짓 하지 마." 스녠의 목소리가 차가웠다. 사실 두 아이를 해치고 싶은 생각은 없었다. 하지만 역시 입을 막아야 할까? 아니다⋯⋯. 분명 다른 방법이 있을 것이다.

남자아이는 막 초등학교에 들어갔을 나이 정도로 보이고, 여자아이는 중학생쯤 되었을까? 이런 조합을 어디서 본 것 같은 느낌이 들었다. 관자놀이께의 통증이 점점 심해졌다. 여자아이는 힘겹게 고개를 돌리려 애썼고, 절대 굴하지 않겠다고 다짐하는 듯한 눈가에는 눈물이 맺혀 있었다. 정말 낯익은 시선이다…….

스녠은 눈앞의 모든 상황이 아주 멀게 느껴졌다. 강제로 열린 기억이 별안간 눈앞에 펼쳐졌고, 그 가냘픈 몸뚱이가 다시 나타났다. 여린 새싹처럼 막 움튼 봉긋한 가슴이 보였다. 가느다란 양팔은 조금만 힘을 줘 잡으면 부러질 것만 같았다. 어두운 실내에서 그 몸뚱이는 스스로 빛을 내는 발광체처럼 하얗게 반짝였다.

"나는 어디 있는 거지? 여긴 어디지?" 고통스럽게 절규하는 스녠의 얼굴이 백지장처럼 하얘졌다. 스녠은 어디 있는 것일까? 여기는 대체 어딜까? 그 어둡고 좁은 방이다. 사람들은 어디 있지? 기억 속의 그 몸뚱이는 불안한 듯 몸부림쳤고, 거대한 그림자가 성큼성큼 다가왔다.

스녠은 저도 모르게 귀를 막았다. 이어지는 통곡과 절규를 듣고 싶지 않았다. 하지만 그럴 수는 없다. 귀를 막으면 여자아이가 도망갈 터였다. 아직 아이를 묶지 못했다…….

'쨍강!' 단도가 손아귀에서 벗어나 떨어졌다. 스녠은 머리를 감싸고 고통스럽게 소리쳤다. 망치가 뇌를 연신 두드리는 것만 같았다. 그 모습을 본 여자아이는 두려움에 떨었다. 하얀 몸뚱이도 마찬가지였다.

스녠은 자신이 장린칭의 집에 있다는 것을 알고 있다. 하지만 기억 속의 그 사람은 어디로 간 걸까?

여자아이는 스녠을 힘껏 밀치고 동생의 손을 잡은 뒤 현관문 쪽으로 달려갔다. 다시 단도를 쥔 스녠의 손에 예리한 통증이 파고들었다. 그는 주먹을 꽉 쥐고 안간힘을 써 몸을 일으켰다. 이대로 일이 탄로나게 둘 순 없다. 체포되는 일은 더욱 안 된다. 아직 끝나지 않았다. 이렇게 끝낼 수는 없다…….

겁에 질린 여자아이는 현관문을 한 번에 열지 못했다. 공포로 얼이 빠져 발만 동동 구르는 동생의 반바지 사이로 노란 오줌이 흘렀다. 스녠은 단도를 쥐고 서툰 광대가 조종하는 마리오네트처럼 비틀대며 남매에게 다가갔다.

문은 아직도 열리지 않았다. 당황한 여자아이는 본능적으로 손잡이를 마구 돌렸다. 스녠은 한 걸음씩 아이에게 다가가 단도를 높이 쳐들었다.

남매는 부둥켜안고 날카로운 비명을 질렀다.

아빠가 죽으면
너희가 슬퍼할까?

「보육원에 화재, 화마에 희생된 원장」

「아이들아 편히 쉬렴! 따후大湖 공원서 추모집회 열려. 경찰과 노점상도 추모에 나서」

「묻지마 살인으로 잔혹하게 희생된 천 모 씨」

모처럼 업무시간에 틈이 났다. 반쯤 정신이 나간 샤오췐은 인터넷 기사를 몇 꼭지 읽으며 일에 짓눌린 두뇌에 숨 쉴 틈을 만들었다. 그녀는 자연스럽게 「어느 싱글 대디 교사의 잔혹한 죽음. 원한 범죄로 추정」이라는 자극적인 제목의 기사를 클릭했다.

「타이베이시 원산文山구에서 천인공노할 살인사건이 일어났다. 어제 오후 초등학교 교사 장 모 씨(38세)가 집에 침입한 괴한에게 둔기로 머리를 맞아 사망했다. 오른손에 심한 상처를 입었고, 현장에 낭자한 혈흔으로 보아 장 씨에게 원한을 품은 범인이 의도적으로 학대를 자행한 것으로 보인다. 목격자는 피해자의 두 자녀로, 학교에서 돌아와 범인과 직접 마주친 것으로 알려졌다. 목격자는 범인이 20세 전후의 남성이라고 증언했다. 경찰은 범행 장소 주변의 CCTV를 확보했으며, 수사에 총력을 다하겠다고……」

'세상이 어떻게 돌아가는 건지 원……. 집에 가만히 있었는데 흉악범이 쳐들어왔단 말이야?' 샤오쥔은 오늘 집에 돌아가면 현관문 걸쇠가 튼튼한지 살펴보고, 추가 잠금장치가 필요하다면 집주인에게 요청해야겠다고 마음먹었다.

생존자 남매의 인터뷰 영상이 관련기사에 첨부되어 있었다. 자세한 상황이 궁금해진 샤오쥔은 기사를 클릭했다. 화면 속에서 많이 놀란 것 같은 남자아이가 울먹이고 있었다. 눈이 잔뜩 부어 잘 뜨이지 않을 정도였다. 아이는 떠듬떠듬 말했다. "나쁜 아저씨가 저랑 누나를 죽이려고 했어요……. 도망치고 싶었는데 무서웠어요. 그러다 나쁜 아저씨가 자기 머리를 잡고 이상한 말을 하다가 칼을 들고 우리를 쫓아왔는데…… 안 죽였어요. 그러다가…… 나쁜 아저씨가 먼저 문 열고 도망쳤어요."

기자가 마이크를 누나 쪽으로 가져가며 물었다. "살인범이 어떻게 생겼는지 기억나요?"

동생에 비하면 누나는 많이 침착했지만, 그래도 울음이 섞인 목소리로 대답했다. "학생 같았어요. 텔레비전에 나오는 살인범들이랑 달리 전혀 나쁜 사람처럼 안 보였어요. 하지만 그 사람이 우리 아빠를……" 울음이 터진 여자아이는 말을 끝까지 잇지 못하고 얼굴을 가리고 흐느꼈다.

기자들은 아이의 감정은 전혀 배려하지 않고 끝까지 캐물었다. "그러니까 살인범이 점잖아 보였다는 말인가요? 아빠가 돌아가셔서 슬퍼요?" 양 손바닥에 얼굴을 묻은 여자아이는 고개를 끄덕일 수밖에 없었다.

여자아이가 말한 흉악범에 대한 묘사를 듣고 샤오쿼은 놀라서 저도 모르게 소리치고 말았다. "저거 스녠 아냐?" 그바람에 상사의 이목을 끌었고, 성질 나쁜 대머리 상사는 덮어놓고 화부터 냈다. "린샤오쿼 씨! 회사가 피시방입니까? 당장 내 방으로 오세요!"

샤오쿼은 고개를 푹 숙인 채 신발 앞코만 바라보며 20분동안 상사의 잔소리를 들어야 했다. 하지만 상사의 말은 하나도 들리지 않고 스녠 걱정이 앞섰다. 경찰이 움직였다면 스녠은 분명 위험한 처지에 놓였을 것이다.

겨우 상사에게서 해방돼 신선한 공기를 마신 샤오쿼은 곧바로 탕비실로 들어갔다. 스녠에게 상황을 알리기 위해서다. 탕비실은 각종 루머와 뒷말이 오가는 장소지만, 다행히도 지금은 수다스러운 선배들이 없었다. 전화를 걸었지만 들려오는 건 길고 지루한 신호음과 음성사서함 안내 멘트뿐이었다.

"제발 좀 받아라……"

샤오쿼은 휴대전화를 붙잡고 계속 전화를 걸었다.

* * *

'우웅…… 우웅…… 우웅…….' 방치된 철판 공장 안에서는 모든 미세한 소리가 뚜렷하게 들렸다.

스넨은 주머니 속에서 울리는 진동을 무시했다. 그의 발치에는 군데군데 칼로 가른 상처가 있고 가슴엔 피가 흥건한 남자의 시신이 있다. 스넨은 칼을 쥐고 있었다. 아직 온기가 남은 핏방울이 남자의 창백한 볼에 떨어졌다.

목표물은 이미 죽었다.

스넨의 얼굴엔 핏방울이 튀었고, 흠뻑 젖은 앞머리가 이마를 가렸다. 머리카락 끝이 싸늘한 두 눈을 찔렀다. 이번 작전은 신중한 계획을 거치지 않았다. 지금까지 해 오던 방식과도 전혀 달랐다. 칼을 들고 들이닥쳐 목표물을 보자마자 베었는데 예상외로 결과가 좋았다. 어쩌면 광적인 스넨의 모습을 보고 목표물이 공포에 질려 더욱 당황했는지도 모른다.

칼이 목표물의 복부를 찔렀을 때, 스넨은 칼자루에서 전해지는 떨림을 느꼈다. 손에 쥔 회칼은 사람에게도 잘 들었다. 칼은 대상을 식별하지 못하며 망설임도 없으니, 가를 수 있는 것을 가르고 벨 수 있는 것을 벨 뿐이다.

스넨이 칼을 뽑자 목표물은 고통스러운 듯 허리를 굽힌 채 피를 잔뜩 토했다. 바닥에 선혈이 속수무책으로 쏟아졌다. 목표물은 비틀대며 뒤로 물러나다 테이블에 부딪혀 균형을 잃고 쓰러졌다. 스녠은 애써 상처를 누르는 목표물의 두 손을 억지로 떼어 놓고 그의 옷을 젖혔다. 과연 오른쪽 가슴에 J가 나타났다. 스녠은 목표물의 숨이 끊어질 때까지 몇 번이나 가슴을 베었다. 사방으로 날리는 피와 살 조각이 얼굴과 몸에 온통 튀었다.

미치광이와 정상인은 한 끗 차이다. 있는 힘을 다해 이성을 지키던 스녠은 점차 선을 넘었다. 장린칭의 자녀인 남매가 열쇠 역할을 해 깊은 곳에 묻힌 기억의 자물쇠를 열어 버렸다. 비록 조각난 기억들이지만 스녠은 냉정함을 잃었고, 광기의 저편으로 기울기 시작했다.

칼을 쥔 스녠은 외부의 소리가 전혀 들리지 않았다. 뇌리에는 하나의 질문만 계속 맴돌았다. "나는 어디 있단 말인가?"

짧은 혼란에 빠져 있는 동안 공장에 누군가 들어왔다. 민소매 차림에 스포츠머리를 한 남자였다. 정신이 든 스녠은 별로 놀라지 않았다. 스포츠머리 남자도 목표물이기 때문이다. 닥터 야오가 제공한 정보가 틀렸으면 또 어떤가? 적어도 장린칭은 잭 조직원이 맞았고, 방금 스녠의 난도질에 죽은 목표물도 잭 조직원이다. 잭이기만 하면 충분하다. 잭 조직원이라면 무조건 죽일 것이다. 죽이고, 죽이고, 또 죽일 것이다.

스포츠머리 남자는 처음에는 불청객인 스녠의 침입에 놀

랐지만, 스녠 발치의 시체를 보고 경악이 분노로 바뀌어 발광하는 소처럼 덮쳐왔다. 스녠은 물러서지 않고 남자에 맞섰다. 옆으로 몸을 돌려 남자가 휘두른 주먹을 피했고, 곧바로 칼을 휘둘렀다. 하지만 스포츠머리 남자가 스녠을 걷어차는 게 더 빨랐다. 뒤로 나동그라진 스녠은 관성에 의해 시체 바로 옆까지 굴러갔다. 그는 재빠르게 일어나 반 무릎을 꿇은 자세로 시체의 복부에 칼을 꽂으려 했다.

스포츠머리 남자가 눈을 부릅뜨고 큰 소리로 절규했다. "그만둬!"

하지만 그 외침은 스녠을 저지하기는커녕, 보란 듯 시체의 배를 갈라 손을 집어넣고 피가 뚝뚝 흐르는 창자를 집어 들게 했다. 스녠은 창자를 끊어 손에 쥐고 스포츠머리 남자와 간격을 두고 대치했다.

스포츠머리 남자가 처절하게 울부짖었다. 그는 스녠을 갈기갈기 찢어 놓기 전에는 절대 물러설 수 없다는 듯 광분해 날뛰었다. 남자가 쇠망치를 들었다. 가장 먼저 희생양이 된 목제 작업대에 커다란 구멍이 뚫렸다. 남자는 이성을 잃고 마구 소리쳤다. "왜 죽였어? 대체 왜!"

스녠이 칼끝으로 철판 공장의 지붕 쪽을 가리켰다. 그러자 사람으로 보이는 무언가가 강철 대들보에 매달린 모습이 보였다. 목표물은 배를 가른 피해자를 매달아 장식품이나 전리품으로 삼는 괴벽이 있었다.

"나도 알아! 저게 뭐 어쨌다고?" 스포츠머리 남자가 의자를 걷어찼다. 남자 주변의 모든 잡동사니가 부서져 사방에 잔해가 날아다녔다. 남자는 멈추지 않고 스녠에게 다가왔고, 스녠은 뒤로 물러서며 간격을 유지했다. 이런 식으로 빙글빙글 돌다 보니 둘의 자리가 바뀌어 남자가 시체 옆에 서게 되었다.

"그자가 죽기 전에 뭐라고 했는지 알고 싶지 않습니까?"

스포츠머리 남자는 수상쩍은 느낌이 들었지만 대답이 너무나 궁금했다. "뭐? 뭐라고 했는데? 혹시……."

스녠이 피떡이 된 목표물을 의미심장한 눈으로 바라보자 스포츠머리 남자도 시선에 이끌려 시체를 보았다. 차마 눈 뜨고 볼 수 없을 정도로 흉측하게 변한 시체를 보고 남자의 목구멍에서 흐느끼는 소리가 났다. 남자가 한눈을 판 사이 스녠은 칼을 던져 그의 왼쪽 팔에 명중시켰다. 곧바로 붉은 피가 솟구쳤다. 스녠은 칼을 버리는 동시에 남자의 등 뒤로 다가가 창자를 그의 목에 감고 세게 조였다.

스포츠머리 남자는 어쩔 수 없이 쇠망치를 떨구고 자신의 목을 휘감은 창자를 쥐어 숨 쉴 틈을 마련하려 애썼다. 그때 스녠의 두 다리가 공중에 붕 떴다. 남자가 스녠의 몸을 등에 메듯 짊어지고 무서운 속도로 뒷걸음질 쳐 벽에 부딪친 것이다. 하지만 스녠은 끝까지 목을 조른 힘을 풀지 않았고, 악착같이 더 바짝 당겼다.

산소가 부족해진 스포츠머리 남자의 얼굴은 보랏빛이 되었다. 그는 우리에 갇힌 짐승이 몸부림치듯 막무가내로 달려들었고, 스녠의 등은 잡동사니와 부딪치고 날카로운 물건에 긁혀 피가 흘렀다. 하지만 스녠은 결코 손을 놓지 않고 끝까지 버텼다. 평소에는 좀처럼 나타나지 않는 독기가 엿보였다. 스녠을 떨쳐낼 수 없을 것 같자 남자는 방법을 바꿔 팔꿈치로 스녠의 갈비뼈를 수차례 찍어 눌렀다. 한 번, 두 번……. 스녠은 결국 손을 놓고 뒤로 물러났고, 남자는 가쁜 숨을 쉬었다. 그때 예리하고 번쩍이는 서늘한 빛이 남자의 복부에 정확하게 꽂혔다.

스포츠머리 남자는 고통스러워하며 상처 부위를 눌렀지만, 손가락 틈으로 줄줄 흐르는 암홍색 피를 멈추게 할 수는 없었다. 스녠은 남자를 걷어찬 후 그의 몸에 박힌 단도를 뽑아냈다. 언제나 몸에 지니고 다니는 비상용 무기다. 마지막 확인을 위해 남자의 민소매 티셔츠를 갈랐다. 맨살이 드러난 가슴에는 아무것도 없었다.

그는 잭 조직원이 아니었다.

"저 남자가 살인하는 걸 두 눈으로 봤는데도 아무렇지 않았습니까?" 스녠은 그렇게 질문하면서 스포츠머리 남자의 왼쪽 눈에 칼을 꽂았다. 남자가 처참한 비명을 질렀다.

스녠은 천천히 칼을 뽑았다. 무참히 공격당한 스포츠머리 남자의 왼쪽 눈두덩은 피가 고인 커다란 구멍이 되었다. 이

번에는 칼을 남자의 오른쪽 눈에 찔러 넣어 너덜너덜해지도
록 휘저었다. 이제 비명은 끊길 듯 말듯 이어져 이전보다 한
층 더 처량하게 들렸다.

스녠은 냉정한 평가 한 마디를 남겼다. "공범자."

스녠은 스포츠머리 남자의 목을 밟아 움직이지 않도록 고
정한 후 칼을 뽑고, 칼날에 묻은 혈흔을 남자의 몸에 쓱쓱
닦았다. 이렇게 닥터 야오가 제보한 세 번째 목표물도 완벽
히 처리했다. 하지만 아직 부족하다. 더 많은 목표물이 필요
했다. 여기서 멈추고 싶지 않았다.

그때 스포츠머리 남자가 스녠의 발목을 잡으며 물었다.
"저 사람, 죽기 전에 나한테 남긴 말 없어? 제발 알려 줘……."

스녠이 고개를 숙였다. 그를 바라보는 것은 피범벅이 된
구멍 두 개였다.

"아무 말 하지 않았습니다." 스녠은 발목을 잡은 남자의
손목을 잘라 억지로 손을 놓게 했다. 동맥이 함께 그어지면
서 피가 뿜어져 나왔다.

"아악…… 아아…… 아아악!" 남자가 울부짖으며 두 줄의
피눈물을 흘렸다.

"아무 말 하지 않았습니다." 스녠이 반복해서 말했다. "지
금 당신처럼 비명만 질렀죠." 그는 칼을 아무렇게나 던지고
빈사 상태인 남자의 몸을 넘어 암모니아 냄새가 진동하는
화장실로 향했다.

스넨은 수도꼭지를 돌려 몸에 묻은 오물을 씻어 냈다. 고개를 들자 물때가 잔뜩 낀 벽걸이 거울에 자신의 모습이 제법 선명하게 보였다. 스넨은 갑자기 분노가 치밀어 거울을 떼어 내 벽으로 던졌다. 사방으로 튀는 유리 조각이 볼을 스치며 빨간 상처를 남겼다. 그는 엉망으로 깨진 거울을 한쪽에 버리고는 한 번도 이성을 잃은 적 없던 것처럼 태연하게 몸을 씻었다.

공장으로 돌아오니 스포츠머리 남자는 언제 그랬는지 목표물 곁으로 가 있었다. 목표물의 손을 잡으려고 애썼던 것같지만 유감스럽게도 그 전에 숨이 끊어진 모양이다.

스넨은 문 옆에 두었던 커다란 배낭에서 깨끗한 옷을 꺼내 갈아입었다. 벗어낸 더러운 옷은 비닐 백에 담아 배낭에 쑤셔 넣었다. 휴대전화에 부재중 전화가 20여 통 와 있었고, 발신자는 전부 샤오쿤이었다. 스넨은 못 본 체하며 전원을 껐다.

철판 공장을 나서기 전 스넨은 주머니에서 사진 한 장을 꺼냈다. 사진 속에는 다정하게 서로의 허리를 감싸 안은 목표물과 스포츠머리 남자가 있었다. 스포츠머리 남자는 고개를 살짝 기울여 목표물의 어깨에 기대어 있었다. 둘은 연인이었다.

스넨은 분노가 치밀었다. 물론 목표물이 동성애자라는 사실과는 상관없는 분노다. 사랑하는데 성별이 무슨 문제가 되겠는가? 스넨이 화가 난 건 스포츠머리 남자가 목표물의 악행을 막지 않았을 뿐 아니라 그를 방관해 공범이 되었기 때문이다. 모든 피해자는 누군가의 연인일 수 있었다. 목표물이 죽고 스포츠머리 남자의 슬픔은 극에 달했겠지만, 그들은 피해자를 잃고 아파하며 눈물 흘렸을 사람들의 심정을 생각이나 해 봤을까?

스녠은 사진을 구겨서 던져 버렸다. 공장은 난장판이 되어 시간을 들여 청소하기보다 태우는 편이 깔끔할 것 같았다. 스녠은 욱신거리는 관자놀이를 꾹 눌렀다. 지금 상황이 너무나 혼란스럽다는 것을 그도 잘 알고 있었다.

여기서 멈출 수는 없다.

스녠에게는 더 많은 살인이 간절히 필요하다. 더 많은 잭 조직원을 죽여야만 한다.

13

모두가
문제라면
비정상도 없다.

스녠은 아무 택시나 잡아탔다. 차 안에는 희미한 담배 냄새가 남아 있었다. 그는 플라스틱 구슬을 꿰어 만든 방석을 힐끗 봤다. 본디 하얬을 구슬이 세월의 흔적으로 누리끼리해져 오줌 때 묻은 변기처럼 역겨운 색이 되었다. 구슬 틈새로 과자 부스러기도 보였다.

"학생! 어서 타지 않고 뭐해?" 택시기사가 재촉했다. 스녠은 미간을 약간 찌푸리며 마지못해 허리를 굽혀 차 안으로 들어갔다.

"날씨가 엄청나게 덥구먼! 어디 가나 학생?" 기사는 스녠이 도망이라도 칠까 염려되는 듯 곧바로 가속 페달을 밟았다. 목적지가 없는 스녠은 생각나는 아무 거리 이름을 댔다. 15분 전에 사람 둘을 죽였지만 그에게는 조금도 당황하거나 어색한 기색이 없었다. 하지만 스녠의 침착함은 가면일 뿐 그 속은 혼란스럽기 그지없었다. 심장 박동과 비슷한 리듬으로 움직이던 그 기괴한 떨림이 아직도 손바닥에 남아 있다. 그렇다. 분명 심장 박동이었다. 칼이 목표물의 몸에 꽂혔을 때 혈관의 박동을 느낀 것이다.

스넨은 손바닥을 응시했다. 꼼꼼하게 씻은 손바닥에는 그 어떤 오염의 흔적도 남지 않았지만, 스넨의 눈에는 손금 사이에 낀 피가 보인다. '이게 몇 번째 살인이더라?'

몸에 흐른 땀이 에어컨 바람에 천천히 말랐다. 차 내부의 위생상태는 엉망이지만 최소한 바깥의 후텁지근한 공기는 피할 수 있었다. 택시기사가 라디오를 켜고 채널을 돌리자 신경 거슬리는 지직대는 잡음이 들렸다. 기사는 마침내 원하는 뉴스 채널을 찾아 멈췄다.

「어제 오후 발생한 끔찍한 살인 사건의 피해자는 초등학교 교사였습니다……」

"사이코 같은 놈이잖아! 어떻게 사람을 저렇게 죽여?" 괜스레 호들갑인 기사 아저씨는 그 사이코가 자기 뒷자리에 앉아 있으리라고는 꿈에도 상상하지 못할 것이다.

스넨은 잠자코 있었다. 상황이 예상대로 흘러가고 있다. 경찰이 움직였으니 시간이 더욱 부족하다. 지금까지는 한 명씩 죽여 왔지만 이제 마음이 바뀌었다. 스넨은 휴대전화를 켜고 다비도프에게 전화를 걸었다. 다비도프는 통화가 연결되자마자 스넨의 실수를 지적했다.

"너 업자한테 연락을 안 했잖아."

"이제 상관없어요. 정보나 더 주세요." 스넨이 말했다.

"안 돼. 너 요즘 침착함을 잃었어. 말해 봐. 대체 무슨 일이야?" 사태는 심각하지만 다비도프의 말투는 여전히 가볍다.

"닥터 야오가 틀린 정보를 줬어요." 스녠이 목소리를 낮추며 말했다. "목표물한테 자녀가 있었다고요."

"그래서 마음 약한 네가 그 자리에서 입을 막지 못했군. 일이 더 흥미로워졌어. 목격자도 생겼으니 경찰이 CCTV를 판독해 널 용의자로 지목할 거야. 이제 도망갈 곳이 없어진 거지. 그런데도 넌 대낮에 타이베이를 활보하고 있고. 스녠, 네가 죽인 사람은 교사야. 건달들을 죽였을 때보다 사회적 파장이 훨씬 클 거라고."

다비도프는 뜻밖에도 웃고 있었다. "내 충고를 들어. 우선 손을 떼고 당분간은 숨어 지내며 바람이 지나갈 때까지 기다려. 이 좁아터진 섬에 사는 사람들은 습관적으로 용서하고 망각하잖아. 시간이 흐르면 네가 감당할 부담이 줄어들 테고, 그땐 편하게 움직일 수 있을 거야."

"제겐 시간이 많지 않아요." 스녠이 더는 들어 주기 힘들다는 듯 이를 악물며 말했다.

"서두르지 마." 다비도프는 전화를 뚝 끊었다.

스녠은 휴대전화를 집어던지고 싶은 충동을 간신히 참았다. 다비도프가 정보를 주지 않겠다면 한 명 한 명 천천히 잡아내는 수밖에 없다. 자신은 육감만으로도 그 '괴물'들의 존재를 구별해 낼 수 있다. 그는 차창 밖의 행인들을 관찰하기 시작했다. 양복에 넥타이 차림인 보험판매원, 뙤약볕에 검게 피부를 그을린 노동자, 비닐봉지를 들고 마트에서 나오는 아주머니, 길가에서 전단을 돌리는 어린 아르바이트생, 삼삼오오 자전거를 타는 아이들…… 관찰할수록 뭔가 잘못된 것 같았다. 눈앞에 있는 모두가, 심지어 택시기사까지 '괴물'로 보였다.

스녠은 갑갑한 마음을 억누르며 관자놀이를 문질렀다. 원장과 남매를 연달아 만나는 바람에 이렇게 심각한 감각 마비가 온 걸까? 지금은 아무것도 구별할 수가 없었다. 그는 눈을 감고 힘겹게 생각을 이어가다 닥터 야오의 명함을 꺼냈다. 그녀는 도움이 필요하면 언제든 연락하라고 했었다. 장린칭의 정보에 오류가 약간 있어 상당히 불쾌했지만, 그래도 목표물은 확실한 잭 조직원이었다. 또 다른 두 명의 정보도 틀림이 없었으니 닥터 야오에게 연락해 볼 가치는 있다. 이번에는 부족한 시간을 쪼개 최대한 꼼꼼히 조사해서 같은 실수를 반복하지 않아야 한다. 바보 같은 짓을 되풀이할 수는 없다.

스녠은 명함에 적힌 번호를 눌렀다. 통화연결음은 경쾌한 피아노 선율이었다.

"안녕?" 닥터 야오의 목소리가 들렸다.

"스녠입니다. 제게 줄 만한 다른 정보는 없나요?"

그녀가 놀란 듯 반문했다. "일전에 준 정보 세 개는?"

"더는 쓸모가 없네요."

닥터 야오는 잠시 침묵하다 말했다. "그러니까, 장린칭 살인 사건의 범인이 너란 말이지?"

"네." 거짓말을 할 생각은 없었다.

그녀는 가볍게 한숨을 뱉었다. "아무리 잭 조직원이라도 그런 극단적인 수단은 쓰지 말았어야지. 나는 네가 이런 식으로 행동하는 건 반대해. 하지만 네가 독한 사람이라서 그랬다고 생각하진 않아. 감성으로 판단할 영역이 아니니까. 너도 나름의 고충이 있겠지."

"선생님에게 양해를 구하려는 게 아니에요. 정보만 주신다면 대가는 얼마든지 치르겠습니다. 일을 성사시킨 후에 자수할지도……. 죄송합니다. 잠시만요." 스넨은 택시기사가 통화를 엿듣는 걸 깨닫고 얼른 지폐 한 장을 내밀었다. "저 앞에 세워 주세요. 거스름돈은 됐습니다."

기사는 뭔가 들킨 듯 겸연쩍어하며 지폐를 받아들고 아첨하는 웃음을 보였다. "아이고, 감사합니다."

"사람 없는 곳으로 가서 얘기할게요." 스넨은 헌팅캡을 눌러 쓰고 주변에 CCTV가 있는지 확인하면서 좁은 골목으로 들어갔다.

"괜찮아. 너 지금 어디 있어? 얼굴 보면서 얘기하고 싶어."

"직접 만나지 않고도 정보를 전달할 방법이 있을 텐데요." 스넨은 문득 닥터 야오가 자신을 경찰에 신고할지도 모른다는 자연스러운 의심을 했다. 이내 다른 생각도 들었다. '닥터 야오가 내게 가짜 정보를 주고 경찰이 잠복하게 할 수도 있지 않을까?' 닥터 야오에게 연락하는 건 현명한 선택이 아닐지도 모른다. 다비도프의 판단이 틀리지 않았다. 너무 급하게 정보를 얻으려 했고, 경솔하게 행동했다. 지금이라도 전화를 끊는다면 늦지 않았을 것이다.

"네가 무슨 생각하는지 알아. 내가 설계해 둔 정보로 일부러 너를 꾀어내고 경찰에 알릴까 봐 걱정하는 거지? 장린칭 자료를 넘긴 게 나야. 그러니 그의 죽음이 나와 관련 없을 수가 없잖아. 나도 공범이라고. 이제 나를 좀 믿겠니? 신고는 절대 못 해."

스넨은 생각에 잠겼다. 경찰의 주의를 끄는 건 가장 피하고 싶은 상황이다. 물론 영원히 숨어 지내며 체포되지 않을 수는 없다고 생각했다. 그래도 움직여야만 한다. 잭 조직원들은 지금도 평범한 사람으로 위장해 인파에 섞여 있다.

하지만 치명적인 문제는 스넨에게 시간이 얼마 없다는 사실이다. 언제 경찰에 체포될지는 알 수 없다. 어쩌면 이 골목을 나서는 순간 건너편 길에 잠복해 있던 경찰을 발견할 수도 있다.

선택에는 한계가 있다. 이제 도박을 걸어야 한다.

"……그럼 어디서 만날까요?"

* * *

흰색 시빅Civic이 골목 앞에 정차했다.

차창이 내려갔다. 차 안에는 운전석에 앉은 닥터 야오뿐 다른 사람은 없었다. 스녠은 골목을 나와 주변에 의심스러운 사람이 없는지 확인하고 나서야 날렵하게 차 문을 열고 조수석에 올라탔다. 시원한 차내에서 라일락 향기가 났다.

"고마워." 닥터 야오는 불쑥 인사부터 건네고 스녠의 궁금증을 풀어 줬다. "나를 믿어 줘서 고맙다고."

'왜냐면 나는 다른 선택지가 없으니까요.' 스녠은 그렇게 생각했지만 입 밖으로 내뱉진 않았다. 장린청의 정보에 오류가 있었다는 점도 지적하지 않고, 그저 고개를 숙여 안전띠를 채웠다. 스녠은 참는 중이다. 기다리는 중이기도 하다.

스녠이 차갑게 물었다. "어디로 가나요?"

"내 상담소. 당분간 일을 쉬고 있거든. 너만 괜찮다면 거기서 며칠 머물러도 좋아." 닥터 야오는 핸들을 돌리며 스녠의 무표정한 얼굴을 바라봤다. "물론 정 불안하면 그러지 않아도 되고. 하지만 자료가 전부 상담소에 있으니 한 번은 가야 해."

"저랑 만나면 위험해질까 봐 두렵지 않나요?" 스녠이 떠보듯 물었다.

닥터 야오는 생긋 웃더니 가속 페달에서 발을 떼고 빨강 신호등 앞에 멈췄다. "며칠 뒤면 경찰은 네가 타이둥臺東의 어느 산속에 있는 줄 알게 될 거야."

그녀가 스녠을 응시하며 침착하게 설명했다. "사람을 시켜서 가짜 목격자를 만들고 경찰에 정보를 흘렸어. 목격자들은 하나같이 타이둥 기차역 플랫폼에서 널 봤다고 증언할 거야. 그러면 경찰은 자연스럽게 네가 산속으로 도망쳤다고 추리하겠지. 미안하다는 말부터 먼저 할게. 너로 변장한 사람을 썼거든. 옷차림과 외모가 너랑 굉장히 비슷해. 만약 경찰이 CCTV 영상을 조사한다면 십중팔구 너로 오해하겠지. 그러니까 너무 대담하게 행동하지만 않으면 당분간 타이베이에 머물러도 안전할 거야."

스녠은 다비도프가 닥터 야오를 소개해 준 날을 떠올렸다. 대대로 의사 집안에 정계에 인맥이 두텁다? 닥터 야오는 그렇게 간단하게 설명할 수 있는 사람이 아니다. 그녀는 겉으로 보기에 연약한 젊은 여성이라 일 처리가 더욱 쉬웠던 건 아닐까?

"너 나를 점점 더 경계하고 있구나. 그렇지?" 닥터 야오가 조금 억울하다는 듯 쓴웃음을 지었다.

"다른 의도는 없어. 다비도프가 네가 겪은 일들을 들려 줬거든. 나로서는 상상도 할 수 없는 이야기였어. 하지만 나는 네가 좋은 사람이라고 믿어. 남매를 살려 준 것처럼, 너는 죄 없는 사람을 함부로 죽이진 않지." 그녀가 한없이 투명한 눈동자로 진지하게 말했다. "그래서 할 수 있는 모든 방법을 동원해 널 돕기로 한 거야."

스녠은 이 질식할 것 같은 따뜻한 분위기를 회피하지 않고는 견딜 수가 없어 창밖으로 시선을 돌렸다. "제가 가진 단 하나의 목표는 타이완에 숨어 있는 모든 잭 조직원을 깡그리 죽이는 거예요. 그들의 개인정보를 제공하시는 게 제겐 가장 큰 도움이 되죠."

닥터 야오는 걱정스러운 듯 미간을 찌푸렸다. "너 지금 목숨 걸고 도박하는 거야. 자신을 그렇게 함부로 대하지 않았으면 좋겠어."

"목표를 이루는 날까지 모든 방법을 동원해서 살아남을 겁니다."

"그 후에는? 목표를 완수하고 나서는 어떻게 할 생각인데?"

그건 스녠도 답을 가지고 있지 않은 문제였다. 그는 오직 잭 조직원의 절멸을 위해 살고 있으니 그 후에는 어떻게 돼도 상관이 없었다. 스녠은 자기 목숨을 아주 가벼이 여기고 있었다.

닥터 야오의 상담소는 네이후內湖 지역, 외따로 떨어진 건물에 있었다. 일부러 고립시킨 것처럼 주변에 다른 건축물이 없었다. 상담소 밖 인도에 줄지어 심은 가로수가 무더운 여름의 햇살을 피할 수 있도록 그늘을 제공했다. 건물은 대로

변에 있긴 하지만 번화가와는 제법 떨어져 오가는 차량도 드물었다.

스넨은 묵묵히 고개를 끄덕였다. 확실히 몸을 숨기기 좋은 곳이다.

닥터 야오는 정문을 돌아 지하주차장으로 이어진 측면 통로로 차를 몰았다. 내부 공간은 널찍하지만 다른 차량은 한 대도 없어 개인용 차고 같았다. 사실 주차장뿐 아니라 이 으리으리한 건물 전체가 닥터 야오의 소유인 셈이다.

주차를 마치자 둘은 나란히 차에서 내렸다. 닥터 야오는 스넨을 데리고 2층으로 올라가 미술관처럼 길고 고요한 복도를 통과했다. 건물 내부는 우아한 화이트 톤으로 장식되어 있었고, 마음을 편안하게 해 주는 부드러운 간접조명을 썼다. 하지만 스넨은 경계를 풀지 않고 신중하게 주변을 둘러보며 탈출 동선을 파악했다.

닥터 야오가 카드키로 문을 열었다. 그곳은 스넨이 상상한 모습과는 달랐다. 병상이나 링거 대는 없었고, 오히려 고급스러운 응접실에 가까웠다. 벽면에 유화 몇 점이 걸린 상당히 쾌적한 공간이었다.

"앉아. 커피와 차 중 뭐 마실래?" 닥터 야오는 소파에 핸드백을 놓고 구석의 칸막이 옆에 마련된 미니 바에서 커피를 내릴 준비를 했다.

"물이면 돼요."

닥터 야오는 고개를 돌려 싱긋 웃으며 그라인더에 커피 원두를 몇 스푼 담았다. "내 마음대로 네 커피까지 내릴게."

그녀가 커피 두 잔을 들고 돌아와 스넨 곁에 앉더니 향기가 풍부한 블랙커피를 한 모금 마셨다. "병원 같지 않다고 생각하고 있지? 나는 심리상담사야. 여긴 상담치료소고. 사실 '닥터 야오'는 옳지 않은 호칭이야. 타이완에는 심리상담 전문의가 없고 심리상담사만 있거든. 그런데 고객들이 의사라는 호칭이 편한지 자꾸 그렇게 부르더라고. 난 어릴 때부터 이 분야에 관심이 많아서 고등학교를 졸업한 뒤 외국에서 심리학을 전공했고, 귀국 후 자격증을 취득해 상담소를 개업할 수 있게 된 거야. 이 정도면 어릴 적 꿈을 이뤘다고 봐도 되겠지? 이게 내가 너를 돕고 싶은 이유이기도 해. 난 육체나 심리적 학대를 당한 사람들을 보면 그냥 지나칠 수가 없어. 지금 당장은 날 믿지 않아도 좋아. 하지만 필요할 때 적어도 너를 한 번은 잡을 기회를 줘. ……아무리 이렇게 얘기해도 네가 하고 싶은 말은 정보를 달라는 거겠지? 좋아. 따라와."

닥터 야오가 일어나 스넨을 데리고 상담실로 들어갔다. 조용하고 작은 방에 커다란 목제 리클라이너와 1인용 소파가 놓여 있었다. 반투명 유리 너머로 보이는 방은 닥터 야오의 개인 사무실인 것 같았다.

닥터 야오는 책상 위의 금고를 열어 서류 봉투를 꺼냈다.

하지만 스넨에게 바로 건네진 않았다. 지금까지 꽤 조급해했던 스넨도 이번엔 침착하게 기다렸다. 그녀가 할 말이 있어 보였기 때문이다.

"이 사람들이 전부 잭 조직원이라고는 보장할 순 없어. 그냥 용의자들이지. 증거 수집이 완벽해지면 자료를 경찰에 넘길 수도 있었어. 그렇게 하면 이 사람들은 모두 법의 심판을 받게 될 테지. 네가 직접 처리하느라 위험으로 내몰릴 필요 없다는 말이야." 그녀는 봉투를 높이 들고 흔들어 보였다.

스넨은 침묵으로 대답을 갈음했다.

닥터 야오는 책상을 지나 스넨에게 다가왔다. "소용없을 줄 알았지만 그래도 한 번은 설득해 보고 싶었어. 억지로 행동하진 말라고." 봉투를 건넨 그녀는 스넨의 손목을 가볍게 잡았다. "너, 무사해야 해."

닥터 야오의 손길은 무척 따뜻했지만 그녀에게 잡힌 스넨의 손목은 여전히 싸늘했다. 문득 원장이 그를 쓰다듬던 손길이 떠올라 구역질이 났다. 스넨은 닥터 야오의 손길을 세게 뿌리쳤다. 그 힘에 봉투가 떨어지며 종잇장이 바닥에 흩어졌다.

스넨은 당황하는 닥터 야오 앞에서 헛구역질을 했다. 원장이 준 공포는 여전히 걷히지 않고 남아 있었다. 게다가 남매 일로 받은 충격이 더해졌으니 이보다 최악일 수 있을까?

닥터 야오는 애가 타서 스넨을 따라 쪼그리고 앉아 그의 상태를 살폈다. "혹시 너…… 사람들과 접촉하는 데 거부감이 있니?"

스넨은 엉망인 몰골로 고개를 끄덕였다. 참을 수 없이 강렬한 구역감이 또 한 차례 밀려왔다. 위장까지 따라서 뒤집히는 것 같았다. 힘이 잔뜩 들어간 다섯 손가락이 바닥을 눌렀고, 창백해진 관절은 금방이라도 부러질 것 같았다. 눈에 보이지 않는 민달팽이가 스넨의 몸에 기어올라 마구잡이로 몸을 더럽혔다. 끈적거리고 욕지기가 치밀었다.

기괴한 광경을 목격한 닥터 야오는 목구멍에 모래라도 걸린 듯 간신히 말을 이었다.

"너…… 대체 무슨 일이 있었던 거니?"

14

껍질을 벗기면

그 안은

사람일까

괴물일까?

건반.

다비도프는 건반의 단골손님이 될 것 같다고 했다. 혼자 건반에 방문한 그는 룸에 자리를 잡고 앉아 딸기 케이크를 즐겼다. 테이블 위에 양장본 외국 서적이 놓여 있다. 별생각 없이 책장을 넘기던 다비도프는 책 사이에 끼워진 끔찍한 시체 사진 몇 장을 보고 화들짝 놀랐다.

철판 공장의 잭 조직원과 공범이었다. 사진에 보이는 참상은 전부 스넨의 걸작이다. 케이크에 끼얹은 딸기 시럽이 피를 연상하게 했지만 다비도프의 식욕을 떨어뜨리진 않았다. 피와 시체일 뿐이다. 자주 보면 익숙해진다.

확실히 스넨의 화가 극에 달한 모양이다. 스넨을 잘 알지 않았더라면 다비도프조차도 이 사진을 미처 날뛰는 사이코패스의 변태적인 살인 현장이라고 여겼을 것이다. 물론 스넨을 평범한 사람이라 볼 수는 없지만, 그는 사이코패스와는 거리가 멀다. 스넨에게는 엄청난 잠재력이 있다. 정보 판매상인 다비도프는 무수히 많은 사람을 만나며 기른 예리한 통찰력으로 스녠 내면의 혼란을 볼 수 있었다.

스녠은 수년 동안 그런 혼란과 공생해 왔다. 겉으로는 별로 영향을 받지 않는 듯 보이지만 그저 꾹 누르고 있을 뿐, 언젠가 터질 날이 올 것이다. 스녠은 지금 물이 가득 든 대야를 안고 고공 줄타기를 하는 사람 같다. 대야의 물은 언제든 밖으로 튈 수 있고, 전부 쏟아질 가능성도 없지 않다. 스녠 스스로가 살상력이 극도로 강한 불안정한 폭탄 같았다.

'이제 터질 때가 온 걸까? 아니, 그래서는 안 된다. 아직은 때가 아니다.' 다비도프는 딸기 시럽을 휘젓다 케이크를 곤죽으로 만들었다. 스녠은 굉장히 흥미롭고 총명한 아이다. 정규교육을 받지 않아서일까? 학교에서 길러낸 꽉 막힌 복제인간들에게 환멸을 느낀 다비도프는 유일무이한 무언가를 늘 갈구해 왔다. 그래서 기꺼이 스녠에게 필요한 모든 걸 지원하는 것이다. 스녠이 그를 통해 새로운 세상을 만날 수 있다면 그것으로 충분하다.

다비도프는 생전 궁핍한 적이 없었다. 정보를 사겠다는 사람들이 현금을 잔뜩 싸 들고 매일 줄을 섰다. 하지만 그가 추구하는 것은 물질과 별개인 형이상학적 쾌락이었다.

'이번엔 또 뭘 보여 줄 거니?' 다비도프의 눈에서 작열하듯 빛이 타올랐다. 그는 포크에 묻은 딸기 시럽으로 스녠의 이름을 접시에 적고 또 아무렇게나 흩어 버렸다.

똑똑.

룸 밖에서 누군가 문을 두드렸다. 이하오였다. 다비도프는 태연한 얼굴로 책을 덮어 사진을 감춘 후 아무렇지도 않은 모습으로 그를 맞이했다.

"다시 찾아 주셔서 감사합니다. 이건 제가 특별히 준비한 딸기 밀푀유입니다." 이하오는 광택이 있는 검은 도자기 접시를 다비도프 앞에 내려놨다. 접시 위의 디저트가 매혹적인 단내를 풍겼다. 다비도프는 감탄하며 손가락을 튕겼다. 딸기와 페이스트리로 켜켜이 쌓인 탑을 반으로 가르니 잘린 세로 단면에 딸기, 블루베리, 라즈베리, 복분자와 같은 과일이 가득 차 있었다. 표면은 알맞게 바삭했고, 자를 때 나는 와삭거리는 소리가 경쾌했다. 디저트만 보자면 카페 건반은 확실히 다비도프에게 깜짝 선물 같은 존재였다.

이하오가 다비도프의 맞은편에 앉았다. "갑작스럽지만 부탁이 하나 있습니다. 꼭 도움이 필요한 일이에요."

"얼마든지 말해요." 한입 크기로 조각낸 밀푀유를 막 삼킨 다비도프는 눈을 반달 모양으로 만들며 웃었다. 훌륭한 디저트를 음미한 환희인 동시에 또 다른 기쁨을 기대하는 웃음이다. 다비도프는 이하오가 재미있는 녀석이라는 직감이 들었다. 그러니 이 부탁은 반드시 들어 줘야겠다.

"스넨 씨에게 연락 좀 부탁드려요."

"아무리 딸기 밀푀유가 초콜릿 마그마 케이크보다 매혹적이어도 스넨을 유혹할 수는 없을 텐데요. 그 녀석은 단 음식을 싫어하거든요. 괜히 헛수고하는 겁니다." 다비도프는 포크를 내려놨다. "농담이에요. 스넨을 찾는 이유가 당연히 디저트 때문은 아니겠죠."

"제가 그날 일을 알고 있다고 전해 주시면 좋겠습니다." 이하오는 힘 있는 어조로 덧붙였다. "전부 다요."

"OK." 다비도프가 대번에 승낙했다. "어렵지 않군요."

"고맙습니다. 큰 도움이 될 거예요. 그 책 마음에 드시나 봐요?" 이하오는 궁금하다는 듯 테이블 위의 책을 가리켰다.

"읽을 가치가 상당한 책이네요." 다비도프가 웃었다. 아주 예민한 사람만이 그 웃음에 감춰진 위협을 알아챌 수 있을 터였다. 이하오는 바로 그런 사람이라 눈치 있게 대화를 맺었다. "저희 카페에서는 매달 무료 특식을 제공하고 있어요. 시간 되시면 오셔서 자리를 빛내 주세요. 이번 달에는 짭짤한 파이를 준비할 예정입니다." 이하오가 예의 바르게 초대했다.

"고맙지만 사양할게요. 디저트는 역시 달아야 제맛이죠." 다비도프는 딸기 밀푀유 조각을 포크로 찍어 보이며 이하오에게 인사를 대신했다.

* * *

"갈 거야?" 초대하지도 않았는데 찾아온 다비도프가 나른한 자세로 리클라이너에 앉아 있고, 한쪽의 키 작은 테이블에는 방금 내린 커피가 놓여 있다. 영락없이 휴가를 즐기러 온 사람의 모습이다.

닥터 야오의 상담소는 매우 쾌적했다. 커피 메이커는 물론이고 탄산수 제조기 등의 재미있는 물건도 고루 갖춰져 있다. 탕비실에는 간단한 조리도구도 구비되어 토스트를 굽거나 달걀프라이 등을 만들 수 있다. 냉장고에는 각종 레토르트 식품이 차곡차곡 쌓여 있다. 닥터 야오가 스녠을 위해 준비한 것들이다.

상담실 위층에는 샤워실과 게스트룸이 있다. 가끔 상담소에서 밤을 새우는 닥터 야오의 편의를 위해 이 건물에는 일상생활에 필요한 거의 모든 시설이 완비되어 있다. 스녠은 요 며칠 여기서 지내며 두문불출하는 중이다.

스녠은 닥터 야오가 상담 진료할 때 앉는 자리인 1인용 소파에 앉았다. 그녀와 다비도프는 나란히 의사와 환자의 자리를 나눠 차지했지만, 아무리 봐도 피곤에 절은 스녠 쪽이 환자 같아 보였다.

스녠은 다비도프의 질문에 대답하는 대신 몇 가지 가능성을 마음속으로 그려 봤다. 이하오가 암시한 '그날'이 의미하는 바는 뭘까? 어쩌면 스녠의 살인 현장을 우연히 목격했을 수도 있고, 이하오가 잭 조직원이어서 복수하겠다는 의미일 수도 있겠다.

햇살같이 밝은 분위기의 미남에 번듯한 카페의 지배인. 이 두 조건을 보면 이하오는 상당히 괜찮은 청년 같지만, 잭 조직원의 겉모습은 완벽하게 포장되어 있다는 사실을 스녠은 잘 알고 있다. 겉모습은 보여주기 위해 철저히 위장한 모습이다. 이 점은 모든 잭 조직원에게 적용된다.

위장. 정도의 차이가 있을 뿐 누구나 조금씩은 하고 산다. 괴물도 햇살 아래 당당하게 걸어 다니기 위해 인두겁을 뒤집어쓰는 법을 배워 위장한다. 이하오가 스녠이 그토록 애타게 찾는 잭 조직원이라면 차라리 잘된 일이다. 더디게 수색하는 것보다 제 발로 나타나 준다면 더할 나위 없이 좋을 것이다. 하지만 스녠은 말로 설명할 수 없는 불길한 예감에 사로잡혔다. 어쩌면 최악의 가정을 해야 할지도 모른다.

만약 진짜 '그날'을 말하는 거라면?

단맛에 집착하는 다비도프는 작은 접시에 든 설탕을 손가락으로 찍어 맛있게 핥아먹었다. "이하오가 주소를 남겼어. 어쩌면 이게 네 결정에 도움을 줄지도 모르겠군."

주소를 건네준 다비도프는 전기충격이라도 받은 듯 깜짝 놀라는 스녠의 모습을 감상했다. 스녠도 이토록 당황할 때가 있다니! 예상 밖의 수확이다. 다비도프는 감탄하며 남은 설탕을 한 번에 입속으로 털어 넣었다. 참으로 달다.

스녠의 안색이 순식간에 창백해졌다. 이하오가 어떻게 그 좁은 방을 알고 있단 말인가?

"나가기로 마음 정했구나. 그렇지?" 다비도프는 접시를 내려놓고 커피를 단숨에 마셨다. "난 먼저 갈게. 밖에서는 조심히 움직여. 경찰에 끌려가는 바보 같은 네 모습을 보고 싶진 않다."

＊ ＊ ＊

밤 11시.

스녠은 아무도 없는 상담소를 나섰다. 그는 모자의 챙을 일부러 푹 내리고 늦은 귀가를 서두르는 행인처럼 행동했다. 일말의 경계심도 없는 택시기사는 손을 흔드는 스녠 앞에 흔쾌히 차를 세웠다. 목적지는 닥터 야오의 상담소에서 조금 떨어져 있으니 이 방법이 최선이었다. 시간을 절약할 수도 있고, 그를 알아볼 가능성이 있는 사람은 택시기사뿐이다.

택시는 자동차들의 물결 속으로 합류했고, 창밖으로 가로등과 헤드라이트가 소리 없이 흘러갔다. 라디오 뉴스에서는 아직도 장린칭 살인 사건을 보도 중이었고, 무한한 창의력을 가진 기자는 스녠의 삶을 날조했다.

뉴스 보도에서 스녠은 한부모 가정에서 자랐다고 했다.

술에 취하면 사람을 때리는 폭력적인 아버지도 난데없이 갖게 되었다. 그는 자퇴 후 여기저기 일용직을 전전했지만 잘리기 일쑤였고, 그로 인해 반사회적 성향을 띠게 되었다고 한다. 이런 허구의 이유가 스넨을 비뚤어진 어른으로 성장하게 했고, 결국 살인을 저질렀다는 것이다.

이제 와서 보니 진실은 중요치 않았다. 전부 꾸며 내면 그만이었다. 대중이 납득할 만한 살인범의 요소들을 한데 모으니 살아 움직이는 흉악범이 탄생했다. 증명은 필요치 않다. 애초에 쓸데없는 짓이고, 혼란의 파도 위에 이슈를 올려놓으면 그만이었다. 아이러니하고 우습지만 스넨은 차마 웃을 수 없었다.

어쩌면 오늘 스넨은 조금의 허구도 섞이지 않은 진짜 과거와 억지로 마주해야 할지도 모른다.

택시가 지하철 신이안허信義安和 역을 지나 한적한 골목으로 들어갔고, 스넨은 택시비를 내고 차에서 내렸다. 얼룩무늬 길고양이가 지나가며 경계심 가득한 눈으로 스넨을 바라보다가 자동차 밑으로 숨었다.

카페 건반은 영업을 마친 시간이었다. 창가에 검은 커튼이 드리워져 밖에서는 내부의 동정을 전혀 살펴볼 수 없다. 스넨은 검은 가죽 장갑을 끼고 단도를 바지 뒷주머니에 꽂았다. 문을 살짝 건드려 보니 잠겨 있지 않아 작은 틈이 생길 때까지 천천히 밀었다.

문틈으로 실내의 빛이 새어 나왔다.

유일하게 빛을 발하는 펜던트 등 밑 테이블에 앉은 사람은 이하오였다. 지난번에 만났을 때 봤던 시원시원한 이미지와 달리 그는 오늘 무겁게 가라앉아 보였다. 이하오는 싸늘한 시선을 문 쪽에 고정하고 있었고, 문틈이 벌어진 순간 명령조로 말했다. "들어와."

상대에게 발각됐다면 더는 살금살금 움직일 필요가 없으니, 스녠은 아예 문을 활짝 열어 자신의 모습을 드러냈다. 하지만 서둘러 들어가지 않고 우선 카페 내부를 찬찬히 둘러본 후 매복한 사람이 없는지 확인했다. 선반 위의 컵과 접시, 핸드드립용 주전자가 작은 몸집의 유령 같았다. 어두운 그림자 속에서는 아무것도 보이지 않았다. 어색한 공기가 스녠을 유난히 신중하게 만들었다.

"너랑 나 둘뿐이야." 이하오가 스녠의 걱정을 꿰뚫어 보고 답했다.

스녠은 카페 안으로 들어가 가볍게 문을 닫았다.

"드디어 널 찾았어." 이하오의 목소리는 차디찬 얼음 같았다.

"무슨 뜻인지 모르겠군." 스녠의 손이 등 뒤를 더듬어 단도를 움켜쥐었다.

"모르겠다고?" 이하오가 반문했다. 앞으로 쑥 내민 그의 몸이 테이블을 가로질렀다. 그는 천천히 두 눈을 부릅뜨고 잡아먹을 듯 사나운 눈빛을 드러냈다. "그날, 그 컴컴하고 좁은 방에서 네가 내 누나를 죽였어."

너무 갑작스러웠다. 이하오는 짧고 알아듣기 쉽게 말했지만, 스녠은 이 간단한 단어들의 조합으로 이뤄진 문장을 이해할 수가 없었다.

'무슨 소리지? *내 누나를 죽였다?*'

내 누나를 죽였다……. 확실히 어떤 소녀가 그 컴컴한 작은 방에서 죽었다. 하지만 어째서 이하오는 자기 누나라고 말하는 걸까? *내 누나를 죽였다.* 이하오는 왜 그녀를 내가 죽였다고 말하나? *내 누나를 죽였다.* 그건 불가능하다. 절대로 불가능하다.

"*내 누나를 죽였어.*"

쇠닻처럼 묵직한 이하오의 목소리가 스녠의 마음을 한 치 앞도 보이지 않는 심해로 끌어내렸다. "그때의 넌 아주 어렸는데, 어떻게 그토록 잔인할 수 있었지? 네가 어떻게 내 누나를 죽였는지 기억해? 누나의 옷을 벗긴 후 유린했어. 갖가지 방법을 동원해 누나를 망가뜨려 놨지……."

"그런 적 없어!" 스녠이 다급하게 해명했다. "난 아무 짓도 하지 않았어……."

이하오가 테이블을 '쾅'하고 치며 일어섰다. 지나치게 힘을 준 손바닥이 창백해졌다. "네가 그랬어! 네 얼굴을 똑똑히 기억해! ……누나가 처절하게 울부짖는데도 배를 가르고 뼈와

힘줄을 끊었어. 오직 누나의 심장을 꺼내고 싶어서! 너는 날 때부터 악마고 흉악한 살인마야!"

실핏줄이 가득한 이하오의 두 눈에 슬픔의 눈물이 비쳤다.

"잭이 죽였어." 스넨이 웅얼거리듯 대답했다.

이하오는 테이블을 세차게 걷어차 엎어뜨리고 성큼성큼 다가와 거칠게 스넨의 멱살을 잡았다. 얼마간 실랑이하다 분노를 주체하지 못한 이하오가 스넨의 윗도리를 벗겼다. 벗긴 옷을 바닥에 팽개친 이하오는 스넨의 오른쪽 가슴을 주먹으로 후려치며 추궁했다. "이게 뭔지 대답해 보시지?"

중심을 잃은 스넨은 몇 걸음 뒤로 물러서다 간신히 창가 테이블 앞에서 몸을 가눴고, 테이블을 잡고 천천히 고개를 돌렸다. 펜던트 조명의 빛은 희미했지만 유리창에 비친 자기 모습을 보기에 충분했다.

벌거벗은 스넨의 오른쪽 가슴에 알파벳 J가 선명히 새겨져 있었다.

15

이름 대신
09013번

악몽 같은 글자가 스넨의 가슴에 새겨져 있다.

스넨은 자신의 가쁜 숨소리만 들릴 정도로 고요한 적막을 깨고 미친 듯이 괴성을 지르며 거칠게 의자를 들어 창문으로 던졌다. 유리에 비친 모습은 요란한 소리와 함께 조각났다. 스넨은 자비를 구하는 사형수처럼 필사적으로 부인했다. "난 잭 조직원이 아니야. 난 죽이지 않았어⋯⋯."

그 기호가 내내 오른쪽 가슴에 있었다는 사실은 물론 스넨도 알고 있었다. 그래서 자신의 알몸을 보지 않으려 애썼고, 'J'를 보게 될까 두려워 도망치듯 거울을 깨부쉈던 것이다.

이 몸은 스넨에게 속해 있지 않았다. 진작에 갈가리 찢기고 스러졌다. 그는 이 몸뚱이의 주인이 아니다.

이하오가 팔짱을 끼고 차갑게 그를 바라봤다. "너야. 네가 바로 흉악한 살인마야! 설마 지금까지 네게 죄가 없다고 믿은 건 아니겠지?"

"우린 즐겁게 놀았어. 그 누나는 나를 다정하게 돌봐 주고 남동생처럼 대해 줬어." 스녠은 바닥에 주저앉았다. 순간 뇌를 쑤시는 듯한 두통이 몰려와 머리를 감싸 안고 신음했다. "내가 아니야. 내가 그 누나를 해쳤을 리 없어⋯⋯."

이하오가 스녠을 밀쳐 넘어뜨리고 경멸하는 눈빛으로 그를 노려봤다. "너는 우리 누나의 동생도 뭣도 아니라 살인마야. 몇 년 동안 너를 찾아다녔지. 찾아내고 보니 너는 스스로 날조한 환상 속에서 살고 있더군. 그런 네가 내 자리를 대신 차지하려 해? 네가 다 망쳤어. 어떤 대가를 치르더라도 난 누나를 위해 복수하겠다. 하지만 오늘은 아니야. 네가 그날 저지른 죄를 빠짐없이 기억해 냈을 때 착수할 거다. 네가 뼈저리게 후회하다 고통스럽게 죽길 바라."

"자, 이제 꺼져." 이하오는 옷을 주워 스녠의 얼굴에 던졌다.

스녠은 머리를 감싼 채 비틀거리며 건반을 나섰다. 자신의 기억이 잘못됐을 리 없다. 잭의 조직원일 리는 더욱 없다. 하지만 그날 바로 그 순간 자신은 어디에 있었을까? 여러 해가 지났지만 스녠은 아직도 그날 자신이 어디 있었는지 기억나지 않았다. 이하오의 말대로 정말 역할을 착각했던 것일까? 자신은 진짜 흉악범인 주제에 피해망상에 빠져 있었단 말인가? 이게 무슨 저질스러운 농담인가!

스녠은 어떻게 닥터 야오의 상담소로 돌아왔는지 기억도 나지 않았다. 다만 비틀대고 이리저리 부딪친 기억만 났다. 극심한 두통은 아직 사그라지지 않았고, 이하오에게 얻어맞은 부위가 욱신거리고 아팠다. 특히 목구멍이 버석버석 말라 찢어질 것 같았다. 그는 문을 열자마자 정수기 앞으로 달려가 양손에 물을 받아 허겁지겁 마셨고, 그 바람에 가슴팍이 흠뻑 젖었다.

푹 젖어 속이 비치는 흰 티셔츠 밑으로 살에 새겨진 J가 어렴풋이 보였다. 스넨은 힘없이 무릎을 꿇고 주저앉았다. 그 기호를 쳐다볼 자신이 없었다. 자신의 결백을 밝히고 싶었지만 들어 줄 사람도 없다. 영혼까지 소모된 듯한 피로감에 그는 바닥에 옆으로 누워 몸을 동그랗게 말았다. 곧 두 눈에서 초점이 사라졌다. 기나긴 잠은 찰나인 듯도 했다. 깨어났을 때는 도대체 얼마나 잤는지 알 수 없었고, 시간 감각도 남아 있지 않았다.

곁에 누군가 있다고 생각하는 순간 어깨가 가볍게 흔들렸다. 힘겹게 눈을 떴을 때 닥터 야오의 근심 어린 표정이 보였다.

"왜 여기서 자? 어디 아파?"

"아니요……." 스넨은 두통을 참으며 천천히 몸을 일으켰다. 마음이 놓이지 않은 닥터 야오는 상담실까지 부축해 주려 했지만 스넨이 부드럽게 뿌리쳤다. 스넨은 아직도 불필요한 신체접촉을 참아낼 수 없었다. 그는 리클라이너에 몸을 털썩 던졌다. 의자에 누운 스넨은 망연자실한 눈동자로 상담실 한구석을 바라보며 어쩌면 완전한 기억을 복원할 방법이 있을지도 모른다고 생각했다. 그게 스넨이 상담실로 돌아온 유일한 이유였다.

"안색이 엉망이야." 닥터 야오가 뜨거운 차를 권했다.

따뜻한 액체가 몸에 들어오자 고통이 조금 진정되었고, 스넨은 뭔가 말하고 싶은 듯 입술을 움직거렸다. 닥터 야오는 그가 속삭이는 소리를 겨우 들을 수 있었다. "최면 상담을 해 주세요. 꼭 찾아야만 하는 기억이 있어요."

"지금은 네 상태가 너무 나빠. 조금 더 쉬는 게 어때?" 닥터 야오가 부드럽게 말렸다.

하지만 스넨은 고개를 흔들며 고통스러운 표정으로 말했다. "그날을 꼭 기억해 내야 해요……. 내가 도대체 누군지도……."

닥터 야오는 완강한 스넨을 보고 어쩔 수 없이 그의 요청을 수락했다. "좋아. 우선 그 기억에 대해 네가 생각나는 부분을 말해 봐. 시간이나 장소, 혹은 다른 어떤 단서도 좋아. 그 단서들이 내가 장면을 구축할 수 있게 도울 거고, 네가 최면에 더 잘 빠져들도록 이끌 거야."

스넨은 기억의 담장에 틈을 만들어 자신만 아는 파편들을 조금씩 끄집어냈다. 컴컴하고 좁은 방, 밧줄에 묶인 나체, 엄습해 오는 검은 그림자, 울부짖는 소리……. 닥터 야오는 듣는 대로 노트에 받아 적더니 미간을 찌푸리며 씁쓸한 말투로 물었다. "이 일들을 내내 기억하고 있던 거야?"

"기억하고 있지만 전부는 아니에요. 내가 도대체 어디에 있었는지는 기억이 나지 않아요." 스녠은 오른쪽 가슴을 쥐어 뜯었다. 이렇게 솔직하게 자신을 드러내는 경험은 처음이라 발가벗겨진 듯 불편했다. "이 기호가 왜 여기 남았는지도 모르겠어요. 정신을 차렸을 때 이미 흉터를 가지고 있었거든요. 정말…… 내가 살인마였다면……."

"죄책감으로 가짜 기억을 만들어 내고 네 역할을 착각했을 가능성도 있긴 해." 닥터 야오는 잠시 망설이다가 자신의 손을 스녠의 손등에 가만히 포겠다. "걱정하지 마. 설령 네가 흉악한 살인마라 해도 나는 널 도울 거야. 난 의사잖아."

스녠은 닥터 야오의 손길이 닿자 어김없이 메스꺼운 느낌이 밀려왔지만, 토악질할 기운조차 없어 눈을 감고 축 늘어져 있을 수밖에 없었다.

"자. 그럼 시작해 볼까?"

* * *

그해의 보육원이다.

여덟 살의 스녠은 아직 더럽혀지지 않았고, 자신이 형편없이 더럽다고 생각하지도 않았다. 좌측 건물 2층에 갇혀 살았던 건 마찬가지였지만, 그때는 감시가 엄격하지 않아 아이들은 자유롭게 방을 드나드는 사치를 누렸다. 늦은 밤까지만 제 방으로 들어가면 되었다. 원장은 그렇게 해야만 격리된 아이들이 방목해서 키운 닭처럼 건강하게 자란다고 생각했다. 하지만 절대로 좌측 건물 2층을 벗어나지는 못하게 했다.

원장은 모든 아이를 손바닥에 올려놓고 쥐락펴락할 수 있다고 자신했다. 바깥세상이 얼마나 무섭고 위험한지 쉬지 않고 경고했고, 오직 보육원만이 안전하고 믿을 수 있는 안식처라고 아이들에게 말했다. 아이들은 으름장에 겁을 먹고 복도 끝 차단문 근처에는 가지도 않았다. 바깥에 사는 괴물을 건드리면 여기 숨어 있는 아이들을 찾아내 잡아먹는다고 생각했기 때문이다.

차단문 옆을 지키는 경비들은 우락부락하고 무섭게 생겼지만, 아이들이 날조된 공포에 질려 만들어 낸 상상 속 괴물보다 무섭진 않았다. "경비 아저씨들은 너희를 지켜 주고 계신 거야." 원장은 늘 그렇게 말했고 아이들은 믿었다. 어린 스넨도 이를 믿었지만 바깥세상이 어떻게 생겼는지 궁금해서 견딜 수가 없었다. 호기심은 날로 부풀어 더는 억누를 수 없는 순간이 왔고, 그때부터 스넨은 매일 경비원의 교대시간을 관찰했다.

고생스럽게 인내한 그는 드디어 기회를 잡았다. 어느 날 어린 스넨은 거구의 둔한 경비원이 점심을 먹고 꾸벅꾸벅 조는 틈을 타, 살금살금 경비원의 책상 앞을 지나 차단문을 조금 밀고 몸을 옆으로 돌려 날렵하게 빠져나왔다.

그게 처음으로 좌측 건물 2층 밖으로 나가 본 경험이었다.

어렵사리 바깥세상과 만난 어린 스넨은 흥분으로 심장이 미친 듯 쿵쾅댔지만, 이내 침착함을 되찾았다. 경계를 늦추지 않고 주변에서 발소리가 들리는지 귀를 기울였고, 아무도 없다는 확신이 들자 벽에 딱 붙어 천천히 한 발씩 앞으로 나아갔다.

교실을 지날 때 안에서 들려오는 떠들썩한 소리가 스넨의 주의를 끌었다. 창밖에서 몰래 들여다보니 아이들이 장난감을 서로 갖겠다고 싸우거나 낙서를 하고 있었다. 스넨과는 분위기가 굉장히 달라 보이는 그들은 헐렁한 유니폼을 입지도 않았고, 옷에 이름이 수놓여 있지도 않았다. 스넨은 이름이 없었다. 그를 부르는 유일한 칭호는 09013이었다.

스넨은 순조롭게 1층까지 내려왔다. 로비 안내데스크에 머리를 박고 무언가 열심히 적는 아줌마와 한담을 나누는 다른 직원들이 보였지만, 아무도 스넨에게 관심이 없었다. 그들 또한 좌측 건물 2층의 존재를 알고 있었다. 그곳의 실체는 보육원의 공공연한 비밀이지만 외부에 폭로하는 사람은 없었다. 돈으로 그들의 입을 막는 건 너무 쉬웠다.

어린 스넨은 몸을 바짝 낮춰 테이블과 안내데스크에 번갈아 몸을 가리며 무사히 현관 앞에 도착했다. 문밖은 눈부시게 밝았고, 어렴풋이 흙바닥이 보였다. '공기는 에어컨이 만들어 내는 게 아니라 허공에 흐르는 거구나!' 스넨은 뒤를 돌아

보고 아무에게도 들키지 않았음을 다시 한 번 확인한 뒤 문밖으로 줄행랑쳤다. 발각되기 쉬운 뻥 뚫린 공간은 최대한 피하며 담장을 따라 젖 먹던 힘을 다해 달렸다.

어린 스녠은 볼이 축축하게 젖어드는 걸 깨달았다. 눈물이 흘렀던 것이다.

뜀박질을 멈췄을 때 탁 트인 넓은 시야가 펼쳐졌다. 하늘은 이렇게 생겼구나. 구름은 저렇게도 다양한 모양으로 생겼구나. 햇살은 이토록 눈이 부시구나. 원장과 경비원은 무시무시한 거짓말을 꾸며 내 아이들에게 바깥세상은 위험하다고 겁을 줬고, 2층에서 지내야만 보호받을 수 있다고 했다. 어릴 때부터 그렇게 교육을 받은 아이들은 그 말을 철석같이 믿었고, 어린 스녠도 마찬가지였다. 하지만 정말 위험해진대도 상관없다. 스녠은 지금 이렇게 도망쳐 나온 기쁨이 무엇보다 컸다.

오직 더 넓은 세상을 보고 싶은 마음뿐이었던 스녠은 소매로 눈물을 훔치며 이곳을 떠나기로 했다. 그때 보육원 정문으로 화물 트럭이 한 대 들어왔고, 기사가 짐칸에서 채소와 과일 등을 내리기 시작했다. 스녠은 기사가 짐을 건물 안으로 들여놓는 틈에 몰래 천막이 덮인 트럭 화물칸에 기어올라가 잡동사니 틈에 몸을 숨겼다.

천막 안은 후텁지근했지만 가을이라 온몸이 땀에 절 정도는 아니었다. 어린 스녠은 발각되지 않도록 최대한 몸을 웅크렸다. 얼마 지나지 않아 차 문이 닫히는 소리와 시동 걸리는 소리가 들렸다. 드디어 차는 움직였고 보육원을 떠났다. 천막 속에 깊이 숨은 스넨의 시야에서 보육원은 조금씩 멀어지다 마침내 알아볼 수도 없을 만큼 작은 점으로 변했다.

보육원에서 본 적도 배운 적도 없는 사물들이 천천히 눈앞에 펼쳐지자 어린 스넨은 낯설고 신기해 눈앞이 핑핑 돌았다. 점점 주변이 시끄러워졌고, 오가는 차들도 늘어났다. 사람이 많은 곳에 있으면 들킬지도 모르니 좋은 상황은 아니다. 보육원 사람들이 나타나 끌고 가지는 않을까?

트럭이 적색 신호등 앞에 멈추자 스넨은 짐칸에서 뛰어내렸고, 놀란 주변 운전자들의 주목을 받으며 한달음에 도망쳤다. 길을 알 턱이 없어 직감에 의지해 아무 방향으로나 내달릴 수밖에 없었다. 그곳은 번화한 대도시도 시내도 아니어서 큰길을 벗어나자 행인과 건물이 급격히 줄었다. 사방이 무척 조용했다. 이따금 지붕 없이 골조만 남은 집들이 외따로 떨어져 나타나고, 작은 숲이나 대나무 군락지 따위가 드문드문 보였다.

낯선 곳에 홀로 있으면서도 어린 스넨은 전혀 당황하지 않았다. 오히려 형언할 수 없는 흥분에 가슴이 뛰었다.

길가에 자전거를 탄 아이들이 보였고, 그 뒤로 또 다른 아이들이 까르르 웃으며 농구공을 튕기고 있었다. 아이들은 스넨을 발견하고 호기심 어린 토론을 시작했다. "쟨 누구지?

처음 보는 애야. 근데 이상한 옷을 입었네." "이사 왔나?" "에이, 새 이웃은 없었는데?"

주목받는 일이 부담스러운 스녠은 아이들의 모습이 보이지 않을 때까지 더욱 외진 길을 택해 걸었다. 그 길의 끝에 붉은 벽돌로 쌓아 올린 담장이 나타났다. 막다른 길이었다.

"넌 누구니?" 누군가 불쑥 묻는 목소리가 들렸다. 스녠이 주위를 살펴보니 얕은 담장에 둘러싸인 정원에 한 소녀가 보였다. 스녠보다 몇 살쯤 많아 보이는 소녀는 잔꽃무늬 원피스를 입고 나무 그네에 앉아 있었다. 긴 머리칼에 빨간 핀을 꽂았고, 다리가 훤칠하게 길었다. 소녀는 스녠에게 적의를 보이진 않았지만 경계하고 있는 것 같았다.

어린 스녠은 고개를 저었다. 소녀의 질문에 대한 답을 몰라 대답할 수 없었다.

"새로 이사 왔어?" 소녀가 묻자 스녠은 또 고개를 저었다. 소녀는 못마땅하다는 듯 미간을 찌푸렸다. "그럼 왜 여기 있어? 길을 잃은 거야?"

스녠은 또 고개를 저었다. 길을 잃었다고 할 수는 없다. 어차피 보육원을 나온 순간 아무것도 아는 게 없으니까. 아니지. 이런 상태를 길을 잃었다고 하는 것 같다. 그래서 스녠은 다시 고개를 끄덕였다.

소녀는 두 눈썹 머리가 한 줄로 이어질 만큼 미간을 잔뜩 찌푸리며 답답하다는 듯 물었다. "길을 잃었다는 거야 아니라는 거야?"

이번에는 얌전히 고개를 끄덕였다. 소녀는 그네에서 폴짝 뛰어내려 정원을 나와 스녠의 손목을 휙 잡아당겼다. "집 주소 알아? 내가 데려다줄게."

"갈 곳이 없어." 보육원으로 돌아가고 싶지 않은 어린 스녠은 고개를 들고 대답했다. 스녠보다 나이가 많은 소녀는 키가 한참 컸다.

"거짓말. 어딘가에서 여기로 왔을 거 아냐. 그냥 나타나는 사람은 없다고."

"돌아가기 싫어!" 스녠은 소녀의 손을 뿌리치고 줄행랑쳤다.

그가 달리자 소녀도 쫓아왔다. 보육원으로 돌아가기 싫은 스녠은 날듯이 빨리 달렸고, 금세 소녀를 멀리 따돌렸다. 밑창이 얇은 실내화를 신어 발바닥이 아팠지만 멈출 생각은 없었다. 하지만 등 뒤에서 비명이 들려 마지못해 돌아봤다. 소녀가 넘어져 있었다. 왼쪽 무릎의 살갗이 벗겨져 피가 흘렀다. 심하게 넘어졌는지 소녀는 한 번에 일어서지 못했다. 스녠은 미안한 마음에 고개를 푹 숙이고 소녀의 슬리퍼를 주워 와 온순한 동물처럼 소녀 곁에 가만히 앉았다.

"나 좀 잡아 줘." 소녀가 손을 내밀자 스녠은 힘껏 잡아당겼다. 소녀는 길을 잃은 아이를 집에 데려다줄 생각이었는데, 어쩌다 보니 어린 스녠이 그녀를 집까지 부축해 주고 있었다. 소녀의 집 거실은 굉장히 넓었고, 소파와 텔레비전도 큰 거실에 어울리게 거대했다. 바닥도 스넨이 굴러다닐 수 있을 만큼 널찍했다.

소녀가 구급상자를 보관한 곳을 일러준 뒤 스넨에게 가져 오라고 했고, 스넨은 얌전히 시키는 대로 했다. 소녀는 거즈에 식염수를 적셔 아픔을 참고 상처에 묻은 흙먼지를 닦아 냈다. 보육원 좌측 건물 2층 아이들은 절대로 제멋대로 굴지 않아서 싸우거나 뛰어다닐 일이 없었고, 그래서 다치는 아이도 없었다. 소녀가 상처를 치료하는 모습이 스넨에게는 굉장히 신기하게 다가왔다.

소녀는 호기심 어린 눈으로 바라보는 스넨에게 통명스럽게 물었다. "이게 재미있어?"

어린 스넨이 신이 난 듯 고개를 끄덕이자 소녀는 대뜸 스넨의 손등을 꼬집었고, 놀란 스넨은 소파 뒤로 숨었다. 소녀가 재미있다는 듯 깔깔 웃었다. "아프지? 남이 아픈 걸 재미있어하면 안 돼!"

상처를 다 치료할 때까지 스넨의 모습이 보이지 않자 소녀는 어쩔 수 없이 외쳤다. "야! 그만 숨고 나오면 안 돼? 왜 돌아가기 싫은지나 말해 봐."

어린 스넨은 소파 뒤에서 머리를 빼꼼 내밀고 확고한 어조로 말했다. "싫으니까."

"집에 가는 게 싫어?" 소녀가 물었다.

보육원이 집이라면 질문에 대한 대답은 확실하다. "싫어."

"그럼 날 따라와. 보여 주고 싶은 곳이 있어."

16

돌아가기 싫다면
여기 있어도
좋아.

소녀는 소파를 짚고 힘겹게 일어섰지만 다리를 삐었는지 절룩거리는 걸음이 불편해 보였다. 착한 스녠은 기꺼이 지팡이가 되어 소녀가 기댈 수 있게 어깨를 빌려 주었다.

둘은 소녀가 안내하는 길을 따라 골목을 지나 아까보다 훨씬 한적한 곳에 다다랐다. 나아갈수록 인적이 드물고 길가에 나무가 많아졌다. 어느 모퉁이를 돌아 길게 이어진 오솔길을 따라 걷자 돌멩이와 깨진 기왓장이 여기저기 흩어진 공터가 나타났다. 거기에 작은 집이 있었다.

작은 집 대문에 붙은 너덜너덜한 춘련春聯*에 적힌 글씨는 바래서 거의 보이지도 않았고, 창틀에는 먼지가 두껍게 내려앉아 있었다. 문을 밀고 들어가자 바람에 먼지가 사방으로 날리고 곰팡내가 코를 찔렀다. 놀란 스녠이 뒷걸음질 치는

---

* 중화권에서 섣달그믐에 상서로운 대구(對句)를 적어 문이나 기둥 등에 붙이는 빨간 종이.

바람에 소녀는 하마터면 밀려 넘어질 뻔했다.

"그냥 먼지일 뿐이야. 여긴 오랫동안 아무도 살지 않았거든." 소녀가 긴장할 필요 없다고 스녠을 달래듯 손을 꼭 잡아 주었다.

스녠이 벽을 더듬어 전등 스위치를 찾아 눌렀지만 아무 반응이 없었다. 다행히 소녀가 손전등을 준비해 왔고, 아직 하늘이 완전히 어두워지지 않았기 때문에 어느 정도 시야를 확보할 수 있었다. 형언하기 어려운 괴기스러운 기운이 엄습했다. 특히 집 안쪽 깊은 곳의 암흑은 생전 빛이 드리운 적이 없던 것 같았다.

하지만 어린 스녠은 겁먹지 않았고, 소녀도 침착했다. 둘은 천천히 집 안을 탐색했다. 열다섯 평 남짓한 집에는 거실, 침실과 화장실이 있었고, 잡동사니가 잔뜩 쌓인 조그만 창고도 하나 있었다. 가구들은 전반적으로 민국民國시대[*] 초기 풍의 디자인이었다.

소녀와 스녠은 캐비닛에서 걸레를 찾아내 집 밖 우물에서 물을 길어다 손전등 빛에 의지해 가구들을 닦았다. 쌓인 먼지가 많아 금세 새카매진 걸레를 보고 스녠은 말문이 막혔고, 계속해서 걸레를 빨고 또 빨았다. 한참을 분주히 움직이

---

[*] 1911년 신해혁명으로 청조(淸朝)가 무너지고 이듬해에 중국 내륙에 세워진 중화민국 초기를 가리킨다. 타이완에서는 1912년부터 현재까지 국호를 '민국'으로 쓰고, 1912년부터 1949년까지의 중화민국 지배 시기를 '민국시대'라고 칭한다.

자 드디어 조금 집 같은 꼴을 갖추게 되었다.

둘은 거실의 네모난 탁자 옆에 앉아 휴식을 취했다. 스넨은 모든 것이 신기한 듯 두리번거리다 머리 위 형광등에 촘촘한 거미줄을 발견했다. 그 곁을 손바닥만 한 거미가 지키고 있었다.

소녀는 한 손으로 턱을 괴고 말했다. "여긴 어떤 할아버지가 살던 곳인데, 나도 뵌 적이 있어. 그런데 한참 동안 보이지 않으셨거든. 나중에야 돌아가셨다는 걸 알게 됐어. 다른 애들은 여기서 귀신이 나온다고 얼씬도 하지 않아. 야, 너도 귀신이 무서워?"

"아니." 사실 스넨은 귀신이 뭔지도 몰랐지만, 그가 인지하는 범위 내에서 엄격한 원장보다 무서운 존재는 없었다.

"무서워하든 말든 상관없어. 여기 귀신 같은 건 없으니까. 난 여기 몇 번이나 왔는데 한 번도 본 적 없어." 소녀는 대수롭지 않게 말했다.

"왜 여기 오는데?" 어린 스넨이 호기심 가득한 눈으로 물었다.

"네가 알 바 아냐." 소녀는 또 꼬집으려는 동작을 취했지만 이번에는 스넨이 재빠르게 피했다. "집에 돌아가기 싫으면 여기서 지내도 돼. 할아버지는 친척도 친구도 없으셨던 거 같아. 그래서 이 집은 지금 주인이 없어. 전기가 들어오지 않아서 조금 불편하지만……. 참, 너 배고프지 않아?"

종일 아무것도 먹지 못한 스녠은 그 질문을 받자마자 배가 고프기 시작했다. 소녀가 스녠을 데리고 다시 집으로 돌아갔을 때, 정원에는 아까는 보이지 않던 검은색 밴 한 대가 있었다. 소녀는 썩 달갑지 않은 듯 중얼거렸다. "오늘따라 왜 이렇게 일찍 오신 거야?"

소녀는 스녠에게 밖에서 기다리라고 말하고 집으로 들어갔다. 소녀가 들어간 지 얼마 되지 않아 화가 난 남자가 포효에 가깝게 욕설하는 소리가 집 밖으로 새어 나왔다. 그 목소리는 쩌렁쩌렁 울렸고, 말하는 속도가 너무 빨라 스녠은 내용을 알아듣지 못했다. 위협적인 호통 사이로 소녀의 목소리도 이따금 들렸다. 뭐라고 대답하는 것 같았다.

얼마 후 집은 조용해졌고, 아무 소리도 들리지 않았다. 그렇게 한 시간, 두 시간이 지나도 소녀는 나타나지 않았다. 고생스럽게 기다리던 스녠은 조금 망설였지만 왔던 길을 되짚어 폐가로 향했다. 어둠이 내리자 빈집은 더욱 음침하고 무시무시했지만, 갈 곳 없는 스녠은 용감하게 혼자 어둠 속 빈집에서 소녀를 기다렸다. 그렇게 또 한 시간이 흘렀지만 소녀는 나타나지 않았다.

기다리고 또 기다렸다. 종일 모험을 하느라 피곤한 스녠은 네모난 탁자에 엎드려 잠이 들었다.

원장이 사람들을 이끌고 들이닥쳐 잡혀 가는 꿈을 꾸었다. 스녠은 필사적으로 도망쳤지만 얼마 가지 못해 붙잡혔고, 경비원이 그의 어깨를 잡고 세게 흔들자 세상이 흔들리는 것 같았다. 그렇게 흔들리다 깨어난 스넨이 잠이 덜 깬 눈으로 고개를 들어 보니 다행히 아직 폐가였다. 원장에게 잡혀가지 않았다. 하지만 누군가 그의 어깨를 잡은 것은 현실이었다.

고개를 돌리자 소녀가 있었다. 손전등을 든 소녀의 두 눈은 빨갛게 충혈되고 조금 부어 보였다. 소녀는 말없이 배낭에서 빵과 팩 우유를 꺼내더니 포장지를 뜯어 스넨에게 건넸다.

음식을 받아든 스넨은 무슨 위험한 물건이라도 되는 듯 빵의 모든 면을 꼼꼼히 살핀 후 한 입 베어 물었다. 아주 달콤한 초콜릿 맛이었다. 소년은 허리를 꼿꼿하게 펴고 단정한 자세로 앉아 한 입 먹을 때마다 스무 번씩 꼭꼭 씹어 삼켰다. 말귀를 알아들을 때부터 강요당해 몸에 배어 버린 식사 예절이다.

"너 음식을 엄청 예의 바르게 먹는구나. 아빠가 되게 엄격하시지?" 소녀의 목소리에 감출 수 없는 울먹임이 섞여 있었다.

"원장이야. 난 아빠 없어." 스넨은 빵을 말끔히 삼킨 후에야 입을 열었고, 보육원에서 배운 규칙대로 반쯤 남은 빵을 가지런히 탁자에 올려놓는 것도 잊지 않았다. 그리고 보충설명하듯 말했다. "엄마도 없어."

소녀는 대충 상황을 파악했다. "고아원에서 도망친 거야?"

"돌아가고 싶지 않아." 어린 스녠은 소녀가 원장에게 이를 까 봐 겁이 났다.

"여기서 지내. 아무한테도 말 안 할게." 소녀는 또다시 스녠의 손등을 꼬집었다. 이번에는 아주 살짝만 힘을 주었다. 그것은 연민의 표현이자 동지를 만난 것 같은 공감의 스킨십이었다.

배불리 먹은 뒤 둘은 침대에 이부자리를 폈다. 소녀가 집에서 가져온 어른용 침낭은 활짝 펼치면 침대를 충분히 덮을 수 있었다. 스녠은 신발을 가지런히 벗어 두고 침대에 누웠다. 소녀는 작은 양초를 켜 머리맡에 두었다. 촛불의 부드러운 빛이 비치는 집은 이제 음침하지 않았고, 오히려 아늑하고 포근했다.

소녀는 침대에 앉아 잠시 망설였지만, 곧 신발을 벗고 스녠과 어깨를 맞대고 나란히 누웠다.

"돌아가고 싶지 않아." 이번엔 소녀가 말했다. 스녠은 소녀의 눈꼬리에 맺힌 눈물방울이 흘러내리는 모양을 가만히 바라봤다. 소녀는 어깨를 떨면서도 소리 내지 않으려고 아랫입술을 꼭 깨물었다.

"그러면 여기서 지내. 아무한테도 말하지 않을게." 스녠은 소녀와 똑같이 말했다. 소녀는 잠자코 있다가 또다시 스녠을 꼬집었다. 이번에는 아파서 벽까지 굴러가야 했다.

소녀는 울다가 웃었다. 그 웃음에 아픔이 묻어 있음을 스 녠은 알 수 있었다. "왜 따라해?" 소녀는 눈물을 닦고 코를 훌쩍였다. 소녀가 손을 뻗어 스녠의 앙증맞은 엄지손가락을 살며시 잡았다. "그럼 한 번 믿어 볼게. 아무한테도 말하면 안 돼!"

스녠은 힘차게 고개를 끄덕였다. 착한 스녠은 물론 비밀 을 지킬 것이다.

어느새 밤이 깊었고, 사방은 고요해서 풀벌레 소리가 선명 하게 들렸다. 입추가 지난 때라 날씨가 선선했다. 방 안에는 흩어지지 않는 곰팡내와 오래된 집 특유의 음습함이 공존했 지만, 스녠은 여기서 지내는 게 보육원에서 머물 때보다 편 안했다. 몸은 고단해도 기분은 좋았다. 두 눈을 커다랗게 뜬 스녠은 한밤중의 부엉이 같았다.

스녠과 소녀는 각자 침대의 한 구역을 차지했다. 잠든 소 녀는 스녠의 손가락을 잡고 놓지 않았지만 스녠은 싫지 않 았고, 오히려 꼭 잡힌 손가락의 느낌이 기묘하게 좋았다. 소 녀가 위로받을 대상을 찾았기에 손가락을 놓지 않았다는 걸 어린 스녠은 몰랐다. 갑자기 나타난 낯선 남자아이가 소녀 를 한밤중에 몰래 가출하게 할 줄 누가 알았을까?

소녀는 날이 밝으면 집으로 돌아가야 했지만, 지금은 여기 있다. 스녠이 보육원에서 도망친 것처럼, 소녀도 도망치고 싶 었다.

소녀는 꿈에서도 미간을 잔뜩 찌푸린 채 고뇌에서 벗어나지 못했다. 스넨은 조용히 소녀를 바라봤다. 소녀는 보기 좋은 얼굴을 가졌고, 입꼬리가 올라간 각도가 딱 적당했다. 스넨은 사전에서 읽었던 형용사를 떠올렸다. '예쁘다는 단어로 표현하면 맞겠지?' 잠 못 이루는 어린 스넨은 촛불이 끝까지 타 들어갈 때까지 소녀의 속눈썹을 세어 보았다. 방안에 다시 어둠이 내렸다.

"잘 자. 누나." 스넨이 나지막이 속삭였다. 이제부터 소녀를 그렇게 부르기로 마음먹었다.

* * *

스넨이 깨어났을 때 침대 옆자리는 비어 있었고, 창문을 통해 햇살만 쏟아졌다. 침실을 나서자 거실 탁자에 빵과 간식들이 쌓여 있었다. 누나가 두고 간 것들이다. 빵 아래 단정한 글씨로 적은 쪽지가 보였다. '학교 끝나면 올게. 꼼짝 말고 있어.'

시간을 보내는 방법을 아는 스넨에게 기다림은 지루하지 않았다. 꼼꼼하게 청소도 하고 새콤달콤한 과일 맛 젤리도 간식으로 먹었다. 보육원에서도 사탕을 먹은 적이 있지만, 할당받은 일을 해 내거나 원장을 기쁘게 해야 얻어먹을 수 있었다. 스넨은 그런 조건부 교환이 마음에 들지 않았기 때문에 누나가 가져온 과일 맛 젤리가 유난히 맛있게 느껴졌다. 누나는 조건 없이 그에게 잘해 줬기 때문이다.

햇살이 더는 눈부시지 않고 그림자가 점점 길어질 때 즈음, 약속대로 누나가 돌아왔다. 이번에는 다른 간식거리와 간단한 옷가지를 챙겨 왔다. 스녠을 이곳에서 오래 머물게 할 생각인 것 같았다.

아직 휴대전화가 세상에 나오지 않았던 그때는 놀잇감이 많지 않았다. 누나는 스녠에게 장기를 가르쳤다. 처음에는 낯설어서 연패했지만, 조금 익숙해지자 누나는 반상에서 자기 장기말이 자꾸만 사라지는 꼴을 두 눈 뜨고 지켜봐야만 했다. 누나는 지고 또 졌다.

"너 어디서 몰래 배웠던 거 아냐?" 누나는 스녠을 살짝 꼬집더니 작전을 바꿔 간지럼을 태웠고, 간지러움을 못 참는 스녠은 결국 항복했다. 사실 스녠은 굳이 이기려고 안간힘을 쓰지 않았지만, 타고나기를 총명했다.

누나는 보통 얼마간 머물다가 잠시 떠났고, 아주 늦은 밤이 되면 다시 돌아왔다. 나중에서야 스녠은 누나가 집에 돌아갔다가 부모님이 확실히 귀가하지 않는다는 걸 확인한 뒤에야 몰래 빈집에 온다는 걸 알게 되었다. 그때 즈음에는 스녠도 졸음이 쏟아졌다. 누나는 언제나 침대 머리맡에 촛불을 켜 두고 스녠과 어깨를 맞대고 누웠다. 둘은 천장에 어른거리는 그림자를 보며 이야기를 나눴고, 때로는 잠들 때까지 편안한 침묵을 유지하지도 했다.

이런 날들이 계속되었다. 스녠은 지금의 생활이 매우 좋았기 때문에 나중에 어떻게 할지는 생각해 본 적이 없었다. 스녠과 누나는 점점 친남매 못지않게 가까워졌다. 누나는 가끔 장난삼아 스녠을 놀리기도 했지만 둘은 싸우지 않았다. 누나가 용돈을 아껴 간식거리나 필요한 물품을 사다 줬기 때문에 스녠은 빈집 생활이 별로 불편하지 않았다.

매일 밤 누나는 자신을 힘들게 하는 고민거리를 털어놨다. 스녠은 주로 듣는 역할이었다. 그녀는 항상 사업 때문에 바빠 가정에 무관심한 괴팍한 아빠, 다른 남자와 바람을 피우는 엄마에 대해 말했고, 내년에 초등학교를 졸업하면 먼 곳으로 가 중학교에 다녀야 하는 것에 대한 불안감 등을 토로했다.

"우리 아빠는 집에 잘 들어오진 않으셔. 그런데 가끔씩 올 때마다 욕을 퍼부으셔. 계속 욕을 먹다 보면 내가 왜 욕을 듣고 있는지도 모르게 돼. 그게 제일 싫어. 그날 너도 우리 아빠가 소리 지르는 거 들었지? 엄청 무섭지 않아? 난 아빠가 너무 무서워서 대답할 때도 벌벌 떨어. 그럴 때마다 엄마는 대체 어디 가선 나 혼자 욕을 먹고 있을까 하는 생각이 들어." 누나의 눈에 또 눈물이 가득 맺혔다. 이런 이유로 누나는 밤마다 싸늘한 집에서 도망쳤고, 신데렐라처럼 날 밝기 전에 서둘러 돌아가곤 했다.

탈출을 갈망했던 스넨과 소녀는 마침내 다른 사람들이 모르는 쉴 곳을 찾았고, 오직 그곳에서만 두려움에 떨지 않았고 상처받지 않았다. 둘은 오직 서로를 위해 존재하는 안식처 같았다. 하지만 스넨과 소녀는 너무 어렸고, 현실의 폭력은 막무가내로 굴러오는 거대한 바퀴 같아서 피할 수가 없었다. 그들은 이 세상에서 가장 약한 벌레처럼, 그 바퀴에 깔려 갈기갈기 찢길 수밖에 없었다.

그날이 오자 피투성이가 된 현실이 눈앞에 펼쳐지고야 말았다.

17

파도가 물러가면
누가 살인마인지
알게 된다.

기억이 갑자기 중단됐다.

신호가 끊긴 텔레비전처럼 '팟'하는 소리와 함께 움직이지 않는 어둠만 남았다. 최면에 빠져 있던 스녠은 부유생물처럼 어두운 기억의 바다를 표류했다. 그러다 가라앉은 기억의 침전물을 헤집었고, 순수했던 암흑은 혼탁해졌다.

스녠은 누나가 베풀었던 친절을 가슴에 새겼고, 기억 속 깊은 곳에 간직했다. 하지만 오늘에야 누나를 만나 함께 나눴던 세세한 이야기들을 선명하게 기억해 냈다. 심지어 그때의 냄새도 맡을 수 있었다. 오래된 집의 곰팡내, 누나의 옷에서 나던 향긋한 세제 냄새, 툭하면 미간을 찌푸리던 누나의 습관, 그러다 금세 활짝 웃던 그 얼굴……. 모든 것이 그리웠다. 미치도록 그리웠다.

최근 몇 년 동안 스녠은 내내 '그날'의 기억을 좇았다. 대체 그날 나는 어디에 있었냐고 자문했다. 스녠은 잭 조직원이 누나를 죽였다고 굳게 믿었지만, 이하오가 전혀 다른 가능성을 제시했다. 만약 스넨이 진짜 살인마였다면? 심지어 자신도 잭의 일원이라면?

이하오는 스넨의 가장 굳은 믿음에 균열을 냈다. 가뜩이나 기억은 불완전했고, '그날'의 앞뒤 며칠간은 빈칸처럼 아무 기억이 없다. 어째서 자신의 오른쪽 가슴에는 잭의 표시가 새겨져 있는 걸까? '그날'과 가장 가까운 기억은 스넨이 다시 보육원으로 끌려간 뒤였다. 스넨은 결국 다시 붙잡혀 들어갈 운명에서 벗어날 수 없었다.

불안이 엄습해 왔다. 극도로 느리지만 어둠은 분명 걷히고 있다. 다시 머리가 아프기 시작했다. 처음에는 조금 욱신거리는 정도였지만, 고통은 끝없이 심해져 누군가 두개골을 쪼개는 것 같았다. 어둠이 점점 옅어지고 조금씩 빛이 새어 들어오자 극심한 통증도 멎었다. 중단된 기억은 어느 지점에선가 이어지고 있다. 참담한 슬픔이 영혼 깊은 곳에서 솟구치자, 스넨은 마침내 가장 중요한 장면 앞에 왔다는 걸 깨달았다. 이번에는 기회를 놓치지 않고 자신이 어디 있었는지 기억해 내고 말 터였다.

기억의 바다에서 파도가 물러갔다. 하지만 스넨은 파도와 함께 가지 못하고 얼음장처럼 차가운 암초에 버려졌다. 예정된 비극이 재현될 것이다.

다시 어두운 방 안이다.

이곳은 가장 가까운 기억 속의 침실이다. 둘이 함께 잠들던 침대에 누나 혼자 누워 있다. 원피스가 찢겨 벌거벗은 누나는 새끼 양 같았다. 하얀 피부는 스스로 빛을 내는 듯 환했다. 막 부풀어 오른 가슴은 아직 피어날 시절을 맞이하지 못한 겁 많은 꽃봉오리 같았다. 몸을 묶은 거친 밧줄이 여린 살을 파고들어 보기에 안쓰러운 붉은 자국이 남아 있다.

누나의 손과 발이 침대의 네 귀퉁이에 묶여 있다. 그녀는 무의미하게 버둥대는 행동 이외에 아무것도 할 수 없다. 머리칼이 엉망으로 헝클어져 있고, 땀에 젖은 앞머리가 이마에 몇 가닥 붙어 있다.

이 순간 스녠은 대체 어디에 있었을까?

'무언가'가 다가왔다. 기억 속에 자꾸만 나타나는 그 거대한 그림자다. 스녠은 누나의 몸에서 시선을 뗄 수 없었다. 누나의 모습 말고는 아무것도 기억나지 않았다.

'나는 어디 있는 걸까? 대체 어디에 있을까?'

참을 수 없는 어떤 갈망이 그를 혼돈에 빠뜨렸고 격동하게 했다.

순간 스녠은 빛을 목격했다. 예리한 칼날에 반사된 빛이었다. 칼날은 스녠에게 인사를 건네듯 주인의 손에 들려 허공에서 이리저리 움직이다 천천히 누나의 납작한 뱃가죽에 닿았다. 누나의 살결에 돋아난 소름이 보였다. 고통에 몸을 이리저리 비트는 모습이 그물에 걸려 필사적으로 몸부림치는 물고기 같았다. 칼을 든 자의 얼굴은 안개에 가린 듯 희미해 잘 보이지 않았다. 스넨은 똑똑히 보려고 애썼지만, 보고자 하는 욕구가 커지자 또다시 두통이 찾아왔다.

예리한 칼끝이 천천히 살에 박혔고 누나는 비명을 질렀다. 칼끝이 움직임을 멈추자 도르르 흘러내린 핏방울이 웅덩이를 이뤘다. 눈처럼 하얀 복부가 천천히 갈라졌다. 붉은 직선이 배꼽까지 그어졌다. 누나는 미간과 두 눈이 한 덩어리가 되도록 얼굴을 찌푸렸고, 고통으로 몸을 비틀며 울부짖었다. 매끈하고 은밀한 곳에서 새어 나오는 호박색 오줌 방울이 유리구슬처럼 투명했다.

스넨은 아무 소리도 듣지 못하게 귀를 틀어막고 싶었지만, 손에 무언가를 쥐고 있어서 그럴 수가 없었다. 그 감촉은 '어떤 물체'의 손잡이 같았고, 스넨은 그 물체를 휘둘러 무언가를 베고 싶어 하는 것 같았다.

순간 누나가 사라졌다. 어두컴컴한 방도 사라졌고, 스넨은 튕겨 나왔다. 아니, 튕겨 나온 게 아니라 기억이 사라진 것이다.

하지만 스넨이 품은 욕망은 사라지기는커녕 오히려 더욱 강렬해졌다. 비릿하고 싸늘한 쇠 냄새를 맡았을 때에야 스넨은 자신이 살점이 가득한 꽃밭에 있다는 사실을 깨달았다. 검붉은 핏자국이 사방에 남아 있고, 한 번도 본 적 없는 꽃송이가 미친 듯이 피어나고 있었다. 자세히 보니 꽃잎은 속눈썹이 달린 사람의 눈꺼풀이고, 꽃술은 둘로 갈라진 혓바닥이다. 그것들이 미끈한 분홍 벌레처럼 끊임없이 공기를 핥아먹고 있었다. 꽃대는 뭉개진 손가락뼈였다. 관절 부분에 피가 흥건하다.

손에 '어떤 물체'를 꼭 쥔 스녠은 결국 충동이 폭발하고 말았다. 그는 베고 휘두르고 자르고 그으며 꽃밭에서 광적으로 질주했고, 살점들 속에서 뒹굴었다. 무참히 꺾인 인육 꽃들이 날카로운 비명을 질렀다. 꽃잎이 떨어질 때마다 눈꺼풀이 뒤집혔다. 그 밑으로 커다랗게 부릅뜬 눈알들이 겁에 질려 스녠을 주시하다 하나씩 죽어 갔다.

욕망을 배설하자 쾌감이 몰려왔다. 만족스러워진 스녠은 살점으로 이뤄진 진창에 벌러덩 누웠다. 살면서 이토록 충만함을 느낀 적은 없었다. 오랫동안 억눌린 무거운 짐도 함께 벗어 버린 것 같았다. 몸이 가벼웠다. 너무 가벼워서 이대로 하늘로 솟진 않을까 두려울 정도였다.

정신을 차린 스녠이 최면 상태에서 빠져나왔다.

붉은 페인트를 들이부은 듯 눈이 아플 정도로 시뻘건 상담실이 눈앞에 보였다. 상담실은 핏자국으로 가득했다. 스녠이 손에 쥔 '어떤 물체'는 다름 아닌 그가 즐겨 쓰는 단도였다. 칼의 표면뿐 아니라 스녠의 손바닥, 손목, 손등에도 피가 묻었고, 옷까지 붉은 피로 흠뻑 젖어 있었다.

닥터 야오가 보이지 않는다. 그녀가 앉았던 자리에는 아무도 없었고, 의자 다리와 손잡이를 타고 흘러내린 피만 남았다. 의자 아래 커다란 핏자국은 광기로 피어난 꽃 같았다.

스녠은 조금 전 치밀었던 그 충동을 다시 떠올리고 싶지 않았다. 불길한 상상이 그를 몸 안에서부터 서서히 얼어붙게 했다.

유리창 밖에서 푸른빛과 붉은빛이 교차하며 들어와 길게 생각할 여유가 없었다. 빠른 걸음으로 창가에 다가가 보니 경찰차 한 대가 상담소 아래에 서 있었다. 스녠은 허겁지겁 배낭을 집어 들고 상담실을 나와 비상계단을 타고 지하주차장으로 곧장 내려갔다. 흔적을 없애기 위해 출구로 나오기 전에 페트병 생수를 열었다. 물이 턱없이 부족해 우선 눈에 띄는 핏자국을 지우고 피 묻은 티셔츠를 벗었다. 배낭에 든 새 옷은 바람막이 점퍼뿐이어서 바지에는 아직도 피가 묻어 있다. 스녠은 헌팅캡을 푹 눌러쓰고 피 묻은 머리칼을 모자 속으로 전부 쑤셔 넣었다.

그는 벽에 붙어 곁눈질로 경찰의 움직임을 살폈다. 아직 경찰차가 한 대뿐이니 도망칠 작정이라면 지금이 가장 좋은 시기다. 스녠은 줄행랑치는 대신 자연스럽게 경찰차를 등지고 가능한 한 멀리 걸어갔다. 하지만 크게 외치고 싶었다. '어떻게…… 어떻게…… 어떻게…… 어떻게…… 어떻게……!'

"내가 닥터 야오를…… 죽인 걸까?"

＊＊＊

이하오는 오늘 모처럼 휴가를 맞이했다. 한 달에 한 번씩 열리는 무료 특식 이벤트를 마치고 드디어 쉴 틈이 난 것이다. 하지만 영업 상황을 점검할 겸 건반에 잠깐 들르기로 했다. 간 김에 케이크도 구울 작정이다. 특식 이벤트가 있던 날 닥터 야오가 다녀갔다. 만석이었지만 이하오는 언제나 그녀를 위해 특별석을 마련해 두었다. 그녀의 투자 덕분에 카페를 경영할 수 있었기 때문이다. 특식 이벤트로 무료 공급한 짭짤한 파이가 닥터 야오의 입맛에 맞지 않았다는 것만이 좀 아쉬웠다. 정확히 말하면 닥터 야오는 무료 특식에는 항상 손도 대지 않았다. 그래서 이하오는 이벤트가 끝나면 정성스럽게 구운 케이크를 가지고 닥터 야오의 상담소를 방문하곤 하는데, 이 행위는 두 사람 사이의 관행 같은 것이 되었다.

이하오는 예쁘게 포장한 케이크를 들고 닥터 야오의 상담소로 향했다. 멀리서 건물 밖에 서 있는 경찰차를 보았지만 특별히 신경 쓰지 않았다. 무전기에서 흘러나오는 경찰 교신에서 '취객'이니 '해프닝' 같은 단어가 들렸으니 심각한 일은 아닐 것이다.

이하오는 카드키를 꺼내 1층 현관문으로 진입했다. 입구의 연신 깜빡대는 형광등을 보며 들른 김에 전구를 갈아야겠다고 생각했다. 그는 곧장 2층으로 향했다. 상담소 문이 열려 있는 걸 보고는 닥터 야오가 바빠서 또 문단속을 잊었다고 생각하며 빙긋 웃었다. 이하오는 상담소로 들어오며 그녀 대신 문을 닫았다.

"선생님!" 이하오는 닥터 야오를 부르고 조용히 대답을 기다렸다. 하지만 상담소에는 죽음 같은 정적만 감돌았다. 이하오는 다시 한 번 그녀를 부른 후 그제야 뭔가 잘못됐다는 생각에 상담실로 들어갔고, 뜻밖에도 온 사방이 혈흔으로 뒤덮인 광경을 목격하고 말았다. 그는 케이크를 던져 버리고 허겁지겁 닥터 야오의 흔적을 찾으며 휴대전화를 눌렀다. 2층은 물론이고 다른 층까지 샅샅이 뒤졌지만, 아무 흔적도 찾을 수 없었다.

이하오는 망연자실한 채 상담실로 돌아와 의자에 털썩 주저앉았다. 포기하지 않고 닥터 야오의 전화번호를 누르고 또 눌렀지만, 전원이 꺼져 있다는 절망적인 안내 음성만 들릴 뿐이었다. 모든 단서를 종합해 얻을 수 있는 결론은 하나다. 닥터 야오는 살해당했다.

그렇다면 범인은 누굴까? 카드키 없이 이 건물에 들어오기란 쉬운 일이 아니다. 게다가 누군가 함부로 문을 열고 침입했다면 보안업체의 경보기가 작동했을 것이고, 보고를 받은 요원이 즉시 출동했을 터였다. 그러니 범인은 처음부터 이 건물 안에 있었을 확률이 높다. 스넨 말고 또 누가 범인일 수 있겠는가?

이하오는 닥터 야오가 스넨을 이곳에서 지내게 한 걸 알고 말렸지만, 닥터 야오는 아랑곳하지 않았다. 결국 그녀는 이하오가 예상한 최악의 상황으로 걸어 들어가고 만 것이다. 그는 치솟는 분노를 억누르기 위해 깊게 심호흡을 했다. 소파 손잡이를 꽉 잡은 두 손에서 푸른 핏줄이 솟았다. 입술을 직선이 되도록 앙다문 그의 얼굴에서 햇살을 닮은 미남의 모습은 찾아볼 수 없었다. 지금의 이하오는 오직 범인을 향한 복수심만 남은 싸늘하고 흉측한 인간이었다.

입술을 움직거리며 뭐라고 말을 해 보려 했지만 아무 소리도 나오지 않았다. 그의 귀에 누군가 작은 목소리로 속삭이는 것만 같았다. '이에는 이, 눈에는 눈'에 대하여, 복수에 대하여……

18

동족일
뿐

일에 찌든 회사원과 시체의 차이점을 면밀히 연구해 본다면, 유일하게 다른 점은 아마 호흡의 유무뿐일 것이다.

샤오쥔은 눈을 치켜뜨고 컴퓨터 모니터를 바라봤다. 화면은 오랫동안 엑셀 시트에 멈춰 있었다. 몇 초 전 드디어 모든 보고서 작성을 마쳤다. 지금 샤오쥔의 영혼은 지구를 탈출해 어느 미지의 별로 부유하는 중이다. 일도 야근도 월세도 없는 머나먼 별로…….

"샤오쥔!" 두꺼운 화장을 한 여자가 샤오쥔의 자리에 찾아왔다. 그녀의 영혼은 아침 7시 반에 억지로 출근하지 않아도 되는 별을 떠다니느라 부름을 듣지 못했다. 아직도 환상 속의 소확행을 만끽하는 중이었다.

"저기, 린샤오쥔! 사람이 부르잖아!" 여자는 과장된 헛기침을 몇 번 하더니 샤오쥔의 모니터를 툭툭 쳤다. 그제야 정신이 든 샤오쥔은 멍하니 고개를 들었지만, 아직 순백의 침대 시트와 늦잠의 단꿈에서 완전히 빠져나오지 못했다. '귀신이다!' 입이 잔뜩 나온 여자의 얼굴이 시야에 선명히 들어오자 하마터면 이렇게 소리칠 뻔했다.

다행히 그 정도로 정신이 나가진 않았다. 이 선배는 사무실에서 가장 성가신 캐릭터다. 팀 분위기를 파괴하는 요소를 하나도 빼놓지 않고 알뜰히도 지녔다. 제일 먼저 해고돼야 마땅하지만 번번이 다른 사람을 방패 삼아 살아남고는 천하태평하게 웃는 늙은 여우다.

늙은 여우가 팔짱을 낀 채 샤오쥔을 내려다보며 임금이 교지를 내리듯 선포했다. "린팡琳芳, 수쥐안淑娟이랑 카페나 갈까 해. 카페 건반에서 초대장 받았지? 너도 따라와. 거기 지배인이 참 싹싹하더라. 단골 유치하려고 직접 와서 초대장까지 돌리고 말이야. 사람이 그 정도로 성의를 보였으니 우리도 호응해 줘야 인지상정이지. 너 입사한 지 꽤 됐는데 아직 커피 한 잔 같이 마신 적 없기도 하고……. 후훗."

웃음소리에 샤오쥔의 솜털이 쭈뼛 섰다. '당신들이랑 커피가 퍽이나 마시고 싶겠다!' 그녀는 속으로 외쳤다. 하지만 겉으로는 예의 바르게 미소를 띠며 완곡하게 거절했다. "그게…… 오늘은 힘들 것 같은데요……."

샤오쥔은 자신이 벌써 이마에 식은땀을 흘리고 있음을 깨달았다. 이 늙은 여우와 말을 섞을 때는 정신을 바짝 차려야 한다. 자칫 잘못하면 그녀의 심기를 불편하게 해 말꼬리를 잡히기가 십상이다.

"뭐가 힘든데?" 늙은 여우의 얼굴에서 웃음기가 싹 가셨다. "왜? 자기도 자기계발 하러 가? 언제부터 그렇게 열심이었다고? 아! 설마 기획팀 신입 니콜 따라하는 거야? 걘 퇴근하고 영어회화 학원 가잖아. 예쁜 애가 성실하기까지 하더라고. 한참 후배한테 자기가 좀 배우긴 해야겠더라."

'니콜'이라는 영어 이름에는 권설음^{捲舌音}이 없지만 늙은 여우는 고집스럽게 혀를 굴렸다.

샤오쥔은 늙은 여우의 말에 사무실 구석자리로 시선을 옮겼다. 갓 대학교를 졸업한 신입사원 니콜은 아직 풋풋한 티를 벗지 못했다. 조그맣고 갸름한 얼굴에 분홍색 리넨 셔츠와 갈색으로 물들인 머리가 썩 잘 어울렸다. 그녀는 입사 며칠만에 사무실의 귀염둥이가 되었고, 동료들은 오며가며 그녀에게 수시로 안부를 물었다. 니콜은 스타벅스 커피를 최소 하루 한 잔은 선물받고 있다.

'나 너보다 딱 한 살 많거든? 나도 상큼한 청춘이라 이거야. 너도 1년만 지나면 나처럼 찌들어 지낼 거라고!' 샤오쥔은 속으로 투덜대면서도 얼굴에는 미소를 잃지 않았다.

"어머 자기, 사람 무안하게 이럴 거야?" 늙은 여우가 다그치며 물었다. 동행한다는 린팡이 공동구매로 장만한 육포를 잔뜩 들고 지나가며 둘의 대화를 듣고 거들듯 샤오쥔을 초대했다. "같이 가자. 혹시 우리가 불편해?"

샤오쥔이 맞서야 하는 적의 공격력이 레벨업했다. 하지만 언제나 그렇듯, 무엇을 상상하든 고난은 그 이상이다. 할 일 없이 빈둥거리던 수쥐안도 절친한 자매들이 모여 있는 걸 보고 다가와 거들기 시작했다.

그래서 결국은……

샤오쥔은 도살장에 끌려가는 소처럼 어쩔 수 없이 그녀들과 동행하게 되었다. 퇴근 인파로 터질 것 같은 지하철 원후文湖선에 억지로 몸을 구겨 넣었다. 기차 화통을 삶아 먹은 그녀들의 음량을 견뎠고, 주변 사람들은 아랑곳하지 않고 사무실 동료를 질겅질겅 씹어대는 말을 애써 못 들은 척했다. 하지만 그녀들이 시시때때로 샤오쥔의 이름을 부르며 동의를 구하는 바람에 일행이 아닌 척 피할 수도 없었다. 너무 창피해서 전동차 문에 끼어 죽어 버리고 싶은 심정이었다.

한 차례 환승을 하고 나서야 사람들로 북적이는 신이안허 역을 빠져나왔다. 샤오쥔 일행은 주소를 보고 건반을 찾아냈다. 심플하고 세련된 하얀 건물은 골목에 자리 잡은 커다란 건반을 연상케 했다. 과연 이름과 딱 어울리는 외양이었다. 카페 내부는 흰색과 검은색으로 꾸며져 있고, 적절한 음량의 피아노 연주곡이 자연스럽게 공기에 스며들었다. 드문드문 테이블을 채운 손님들은 커피와 디저트를 즐기거나 여유로운 모습으로 책을 읽고 있었다. 번잡한 도시와 동떨어진 세상 같았다.

점원이 다가와 인사를 건넸다. 늙은 여우는 왜인지 어깨가

으쓱해진 모습으로 당당하게 초대장을 내밀었다. 점원은 친절하게 일행을 2층 룸으로 안내했다.

"진짜 괜찮네. 다음에 우리 남편이랑 와야겠다." 린팡이 연신 고개를 끄덕이자 수쥐안이 의아한 듯 물었다. "신랑이랑 자주 싸우잖아? 그새 사이가 좋아졌어?" 두 여인은 또다시 끝없는 수다의 세계로 빠져들었다.

샤오쥔은 아무 말도 못 들은 척 메뉴판에만 열중했다. 초대권 금액으로 캐러멜 헤이즐넛 라테와 티라미수 케이크를 주문해도 넉넉하게 돈이 남았다. '커스터드 크림 파이도 하나 주문할까?' 샤오쥔은 이왕 왔으니 단 음식으로 피곤한 심신을 달래기로 마음먹었다.

샤오쥔의 일행은 한참 시간을 들여 겨우 음료와 디저트를 주문했다. 샤오쥔은 그녀들이 메뉴를 고르는 동안 건반에서 파는 모든 커피 종류를 외울 지경이었다. 음식은 햇살처럼 훈훈한 지배인이 직접 룸으로 가져다줬다. 검은 앞치마를 두르고 흰색 셔츠의 소매를 팔꿈치까지 접어 올렸는데, 단단하고 탄력 있어 보이는 손등의 선이 상당히 아름다웠다.

"와 주셔서 감사합니다!" 지배인이 눈부신 미소를 짓자 일행들이 한껏 취해 탄성을 지르는 게 곧 기절이라도 할 듯했다. 아이돌에 홀딱 반한 소녀 팬 같았다. 하지만 샤오쥔은 캐러멜 헤이즐넛 라테에 더 관심이 갔다. 섬세하고 고운 입자의 우유 거품 위에 갈색 캐러멜 시럽으로 정교하게 그려 넣은 데이지 꽃을 먹기 아까워 티라미수를 먼저 공략하기로 했다. 막 스푼을 들려는 순간, 늙은 여우가 샤오쿤의 손등을 '탁'하고 내리쳤다.

"먹는 데만 정신 팔지 말고 자기도 사람들이랑 경험담도 나누고 그래 봐. 이하오 씨는 스물셋에 카페 지배인이 됐대. 얼마나 성공한 사업가니? 안 그래? 그렇죠 이하오 씨?"

"언제 이름까지 물어봤어요?" 샤오쿤은 어이가 없었다.

"이름 좀 알아본 것 가지고 호들갑 떨기는." 늙은 여우는 아예 이하오 쪽으로 몸을 돌려 앉아 의욕에 넘쳐 말했다. "카페가 마음에 쏙 들어요. 지배인님 센스가 넘치신다. 내가 친구들 자주 데리고 와서 매출 많이 올려 줄게요."

"정말 감사합니다." 지배인이 유쾌하게 웃었다.

"이 누나가 유망한 젊은이들 돕는 걸 제일 좋아하잖아." 늙은 여우가 뽐내듯 말했다. 수쥐안은 남우세스럽다는 듯 비아냥댔다. "이 언니는 부끄럽지도 않나 봐. 하여튼 파릇파릇한 남자만 보면……."

샤오쿤은 이어지는 대화를 더 들어 줄 수가 없어 잠시 자발적 귀머거리가 되기로 했다. 동행자를 잘못 골라 분위기를 망쳐서 아쉽지만, 카페는 흠잡을 데 없이 훌륭하다. 이하오는 굶주린 늑대처럼 탐욕스러운 셋과 참을성 있게 대화를 나눴고, 끝까지 예의 바르게 대답했다.

그런데 샤오쿤은 어쩐지 이하오에게서 스넨과 비슷한 느

낌을 받았다. 겉모습이 아니라 내면 깊이 감춘 '무언가'가 그래 보였다. 스녠을 떠올리자 화가 치밀었다. 그·녀석과는 계속 연락이 되지 않는 중이고, 전화를 걸어도 통 받지를 않았다. 하지만 화가 나는 것과 별개로 그가 잘 있는지 걱정되었다. 장린칭 살인 사건의 범인이 정말 스녠일까? 설마 경찰에게 체포되었을까? 최악의 상황은 스녠이 이미 살해된 것이다. 잭 조직원에게 피살되어 연락이 닿지 못한 것일 수도 있다.

샤오쥔은 허튼 생각을 하며 라테를 한 모금 마셨다. 우유 거품이 입속으로 미끄러져 들어왔다. 커피 향이 훌륭했고, 캐러멜 맛은 더욱 완벽해 샤오쥔은 눈 깜짝할 사이에 반 컵이나 마셔 버렸다.

"커피를 그렇게 들이붓는 사람이 어디 있어? 자기 좀 촌스럽다. 커피가 무슨 맥주인 줄 알아?" 늙은 여우가 샤오쥔을 조롱하듯 과장된 손동작으로 얼그레이 홍차를 마셨다. 새끼손가락을 치켜드는 것도 잊지 않았고, 새 모이처럼 조금씩 마시며 귀족이라도 된 듯 무게를 잡았다. 나머지 사람들도 제각각 나름의 자세를 취했고, 그 과장된 동작을 보자 샤오쥔은 머리칼이 쭈뼛 서는 것 같아 얼른 커스터드 파이를 한 조각 먹으며 놀란 가슴을 진정시켰다.

차를 마시고 나니 일행들은 한층 더 신이 나는 모양이었다. 늙은 여우는 언제부터 차의 전문가가 되었는지, 이하오와 차의 품종과 다도에 대해 논했다. 물의 온도가 차의 떫은 맛에 어떤 영향을 미치는지 되는대로 지껄였고, 이하오는 시종일관 미소를 잃지 않고 늙은 여우를 끈기 있게 상대해 주었다.

"젊은 사람이 정말 대단하네요. 아직도 경리 일이나 보는 우리 샤오쿤이랑 너무 딴판이다. 이 친구 입사한 지 1년이 넘었는데 연봉도 못 올렸어요. 기획팀 막내가 이 친구보다 빠릿빠릿하다니까?" 늙은 여우는 입을 가리고 호호 웃으며 조롱 섞인 시선으로 샤오쿤을 훑었다.

샤오쿤은 못 들은 척했다. 안 들린다, 아무것도 안 들린다……. 그녀는 일부러 파이를 베어 무는 데 열중했다. 세상에. 너무 맛있잖아! 정말이지 엄청나게 맛있다!

"도대체 무슨 생각을 하고 사는지 모르겠어요. 지난번에는 보고서 쓴답시고 밤새 회사 전기를 쓰더라고요. 남들은 근무시간에 끝내는 일을 쟤만 밤늦게까지 끌어요." 수쥐안도 거들었다.

'그건 너희들 일까지 나한테 떠넘겨서 그런 거고!' 샤오쿤은 입을 꾹 다물고 마음속으로 울부짖을 수밖에 없었다. 포크를 꽉 쥔 손가락이 창백해졌다. '제발 좀 닥쳐라…….' 샤오쿤의 바람에 응답이라도 하듯 와자지껄한 수다는 페이드아웃 되는 배경음악처럼 점점…… 점점…… 작아졌다……. 정신을 차렸을 때는 아무도 말을 하고 있지 않았다.

세 여자는 줄지어 책상에 엎드려 있었다. 심지어 늙은 여우는 의자에서 떨어져 흐물흐물한 떡처럼 바닥에 찰싹 붙어 있었다.

"에?" 당황한 샤오쥔이 린팡을 잡고 흔들어 보았지만, 그녀도 죽은 듯 꼼짝하지 않았다. 샤오쥔은 황급히 지배인에게 구조를 요청했다. "저기요! 빨리 구급차 좀 불러 주세요!"

지배인은 이런 상황을 예측이라도 한 듯 이상하리만치 침착했다. 그의 미소는 여전히 순수하고, 여전히 호감을 불러일으켰다. 하지만 샤오쥔은 그가 점차 미소를 거두고 있다는 걸 깨달았다. 지배인의 얼굴에서 얼음처럼 차가운 원한이 느껴져 샤오쥔은 몸을 떨었다. 지배인은 갑자기 여러 명이 되었고, 샤오쥔의 눈에는 겹겹이 맺힌 그의 잔상이 보였다. 지배인뿐 아니라 테이블에 놓인 커피 잔과 케이크도 무한한 개수로 불어났다.

카페가 도는지 그녀의 눈동자가 도는지 알 수 없었다. 샤오쥔도 바닥에 털썩 쓰러져 정신을 잃고 말았다.

* * *

도망자 신세가 된 스녠은 밤사이 그의 오래된 근거지로 돌아왔다. 식인 괴벽을 가진 집주인의 아파트였다. 며칠간 닦지 않은 가구에 얇게 쌓인 먼지가 눈에 거슬렸다. 스녠은 결벽증을 억누르며 먼지를 약간만 털어 내고 억지로 앉았다.

스녠은 조금 전의 허둥대던 모습에서 벗어나 냉정함을 되찾았다. 최면은 뜻밖의 효과를 일으켜 스녠을 누나와 다시 만나게 했고, 누나에 대한 수년간의 그리움을 채워 줬다. 스녠은 누나가 무척 보고 싶었고, 그래서 최면 상태에 갇혀 누나와 함께했던 추억 속에 죽을 때까지 머물길 감히 바랐다.

잭을 죽이겠다는 일념을 제외하면 스녠에게 좀처럼 나타나지 않는 '갈망'의 감정이 든 것이다.

그 갈망이 스녠의 일부를 복원했고, 스녠은 자신이 살인범일 수 있다는 전제를 얻고 침착함을 되찾았다. 용서받을 수 없는 짓을 저지른 죄책감은 일단 어둠에 묻어 두었다. 일시적으로 얻은 이 평정은 언제든 통째로 잠식당할 수 있다. 스녠은 억누르고 또 억눌렀다. 아직은 때가 아니기 때문이다. 여기서 궤멸할 수는 없다.

마침내 냉정함을 되찾은 스녠은 단서들을 정리했다. 그는 닥터 야오의 시신을 목격하지 못했다. 아마도 그녀는 상처를 입고 죽을힘을 다해 도망쳤을 것이다. 하지만 현장에 남은 엄청난 피의 양으로 미뤄 보면, 즉시 응급조치를 받았다 해도 생존했을 확률은 높지 않다. 그러니 닥터 야오는 사망했다고 봐야 할 것이다.

스녠은 후회의 탄식을 내뱉었다.

스녠이 상담소에 머물던 며칠간 닥터 야오와 다비도프 말고는 그곳을 드나든 사람이 없었다. 흉악범이 침입했다면 스넨의 입까지 막았어야 자연스럽다. 그러니 용의자는 스넨과 다비도프뿐이다. 스넨은 다비도프가 이런 수단을 썼을 거라고는 생각하지 않는다. 지금까지 그가 보인 행보와 전혀 다르기 때문이다. 다비도프는 무대 위의 모든 이들을 광대로 여기고, 자기는 무대 밖에서 관객으로 남아 즐기는 편을 선호한다. 모든 정황이 스넨을 가장 유력한 용의자로 가리키고 있었다.

"나는 왜 닥터 야오를 죽였을까?"

스넨이 자문했지만 동기는 우주 공간의 산소처럼 존재하지 않았다.

닥터 야오는 스넨에게 도움의 손길을 내밀었고 구원을 시도한 사람이다. 이따금 그녀와 신체접촉이 있을 때 원장이 떠올라 저도 모르게 격렬한 거부반응을 보이긴 했지만, 그녀는 보육원 원장과 무관하고 원장도 아니다. 신체접촉에 대한 거부감이 스넨의 잠재의식에 닥터 야오를 향한 살의를 심었을까? 그럴 리 없다. 그런 가설은 허점투성이다.

최면이 그의 자제력을 앗아가고 잠재된 충동을 끌어냈을까? 최면 상태에서 스넨은 분명 무언가를 공격했고, 그 느낌은 지나치게 생생했다. 그가 난도질한 인육으로 만든 꽃이 닥터 야오였을까?

스넨은 스스로가 매우 불안정하고 위험한 존재라는 걸 처음으로 인식했다. 어쩌면 잭을 뿌리 뽑겠다고 결심한 순간부터 내면이 비뚤어지기 시작했는지도 모른다. 어느 날 그도 잭과 같은 부류의 인간이 되는 건 아닐까? 괴물과 싸우는 인간은 마땅히 괴물이 되지 않도록 주의해야 한다……

"정말 내가 잭 조직원일까?" 오른쪽 가슴을 어루만지자 볼록 튀어나온 흉터의 감촉이 느껴졌다.

이렇게 엄청난 대가를 치렀는데도 어째서 그날의 기억은 완벽하게 복원되지 않았을까? 누나가 참혹하게 죽어 가던 장면이 너무도 생생해서 스녠은 자기 손으로 누나를 학살했는지 의심하지 않을 수 없게 되었다. 이제 닥터 야오까지 그에게 살해당했다.

스녠이 정말 누나와 닥터 야오를 잔인하게 죽였다면, 타이완의 잭 조직원을 모두 죽인 후 그도 스스로 목숨을 끊을 것이다.

그때 휴대전화가 울려 그의 생각을 끊었다. 발신 번호는 샤오쿤이었다. 스녠은 빛을 뿜는 화면을 응시하며 받아야 할지 말아야 할지 고민했다.

결국 통화 버튼을 눌렀다.

"스녠." 하지만 들려온 목소리는 샤오쿤의 것이 아니었다.

전화를 건 사람은 뜻밖에도 이하오였다.

19

무료 특식
이벤트

카페 건반 뒤편에 있는 주방이다.

피아노 건반을 모티브로 삼은 실내장식과 달리 주방은 은회색 톤이었다. 테이블, 조리대, 팬트리까지 전부 스테인리스 재질이었다. 업소용 오븐과 양문형 냉장고도 마찬가지였다.

주방 한쪽 구석에서 이하오가 칼을 갈고 있었다. 칼날이 숫돌을 스칠 때마다 금속이 끽끽거리는 소름 끼치는 소리가 났다. 그 동작을 몇 번 반복한 이하오는 칼날을 등불 아래 비춰 보았다. 거울처럼 매끈한 칼에 이하오의 모습이 비쳤다. 이건 준비 작업이다.

뒷정리를 맡은 직원 두 명이 마무리 청소 중이었다. 설거지를 마친 컵과 접시가 제자리를 찾았고, 꼼꼼하게 닦은 조리대는 물방울 하나 없었다. 그들은 앞치마를 풀고 조용히 이하오의 지시를 기다렸다.

"그만 퇴근해." 이하오가 말했다.

이하오가 냉장고 옆의 팬트리를 옮기자 그 뒤로 숨겨진 문이 나타났다. 문 뒤로는 고무호스가 연결된 수도꼭지와 배수구가 있는 두 평 정도의 세척실이 있었다. 지워지지 않은 희미한 갈색 얼룩이 녹색 타일에 남아 있었다.

세척실의 한쪽 벽면에 공중목욕탕에서 흔히 보이는 욕탕이 있다. 분명 목욕용은 아닐 것이다. 의식이 없는 중년 여자 셋이 죽은 돼지처럼 아무렇게나 뒤엉켜 있었다.

"무료 특식 이벤트가 막 끝났는데 새로운 식자재가 도착했네요?" 포니테일 여직원이 고개를 내밀며 들어왔지만 중년 여자 셋이 어디서 왔는지, 왜 여기 있는지는 묻지 않았다.

"따로 접대할 사람이 있어. 내가 하라는 대로 해. 늦었으니 먼저 들어가 쉬어."

직원은 순순히 고개를 끄덕였고, 떠나기 전에 물었다. "다른 여자는 어떻게 할까요? 주사를 한 대 더 놓을까 봐요. 갑자기 깨어날 수도 있으니."

"괜찮아. 지금 깨면 딱 좋아." 이하오는 물건을 고르듯 탕 안에서 한 여자를 선택해 들어 올렸다. 화장실 방향제보다 진한 향수 냄새에 그는 코를 싸쥐었다.

불공평하다.

이렇게 추한 사람이 왜 멀쩡히 살아 있을까? 품위라고는 눈곱만큼도 없는 속된 것들 1억 명…… 아니 1조 명이 죽어도 야오 선생님과 바꿀 수 없다. 진짜 죽어야 할 사람은 이런 것들인데, 왜 하필 야오 선생님이…….

분노와 한을 품은 이하오가 칼자루를 쥐고 중년 여자의 목을 깔끔하게 그었다.

돼지를 잡기 전에 피를 빼는 과정과 비슷했다.

* * *

샤오쥔은 몽롱한 상태에서 눈을 떴다. 지독한 숙취처럼 머리가 쪼개질 듯 아팠다.

정신이 혼미해 녹슨 기계처럼 머리가 도무지 돌아가지 않았다. 샤오쥔은 고통스럽게 신음했다. 의식이 돌아오면서 시야가 천천히 선명해졌다. 펜던트 등 아래 놓인 그녀는 단독 조명을 받는 주인공 같았다. 음침한 카페에서 유일하게 시선을 끄는 한 점이었다.

'내가 아직 건반에 있나?' 샤오쥔은 갑갑했다. 일어나려고 했지만 두 손과 발이 밧줄로 의자에 묶여 꼼짝도 할 수 없었다.

'또 납치야?' 샤오쥔은 이 상황이 놀랍고도 지겨웠다. 어째서 나는 이렇게까지 재수가 없을까?

어디선가 좋은 냄새가 났다. 샤오쥔은 순간 자신이 빵집에 있다고 생각했다. 고소한 빵 냄새가 식욕을 자극해 군침이 흐를 것 같았지만, 일신의 안위가 가장 중요하니 있는 힘을 다해 팔을 움직여 밧줄의 매듭을 헐겁게 만들어 보았다.

빵 냄새가 점점 짙어졌다. 지배인이 투명한 유리컵에 담긴 밀크티와 뜨거운 김이 모락모락 나는 파이가 담긴 쟁반을 받쳐 들고 유령처럼 나타났다.

그가 맞은편 테이블에 앉을 때까지 샤오췐의 불안한 시선이 그를 따라 움직였다. 그녀는 이하오와 스녠이 닮았다고 느낀 이유를 퍼뜩 깨닫게 되었다. 둘 다 겉모습은 정상을 넘어 금세 호감을 일으키게 하는 유형이지만, 분위기와 행동이 보통 사람들과 너무도 달랐다. 유유자적한 이하오의 태도를 보면 사람을 납치하는 범죄쯤은 아무렇지도 않게 생각하는 게 분명했다. 스녠이 잭 조직원을 죽이면서 살인을 극단의 악행으로 보지 않는 것과 비슷하다.

이하오가 나이프와 포크로 파이를 자르자 하얀 김이 허공에 퍼졌다. 파이에서 독보적이고 깊은 향내가 풍겼다. 소로 들어간 다진 고기에 로즈메리와 바질을 첨가했기 때문이다. 그는 조각낸 파이를 접시에 담아 샤오췐의 코 앞에 내밀었다.

"우리 카페에는 매월 무료 특식 이벤트가 있어. 주로 이런 짭짤한 종류의 파이를 제공하지."

샤오췐은 그의 말이 무슨 뜻인지 이해할 수가 없었다. 지금 파이를 먹으라고 권하는 걸까? 의도는 모르겠지만 이하오가 그녀에게 몹쓸 짓을 하는 게 뻔한데 바보가 아닌 이상

얌전히 먹을 리 없다. 하지만 어쩌면 기회인지도 모른다. "이것부터 풀어 주세요. 먹을 수가 없잖아요."

"내가 먹여 줄게."

커플 사이의 대화였다면 더할 나위 없이 달콤했겠지만, 지금 둘의 역할은 납치범과 인질이다. 샤오쿼은 소름이 쫙 끼쳤다.

이하오가 포크로 파이 소를 섬세하게 헤집었다. 샤오쿼은 그 안에서 반 토막 난 손가락이 나오는 광경을 목격했다. 게다가 저 반지…… 상당히 눈에 익었다. 지난주 미팅 전에 늙은 여우가 사람들 앞에서 자랑했기 때문에 기억하고 있었다.

샤오쿼이 기겁하며 물었다. "그…… 그 사람으로 파이를 만들었단 말이에요?"

이하오는 반 토막짜리 손가락을 포크로 찍어 샤오쿼의 입가로 가져갔다. 놀란 샤오쿼은 필사적으로 입을 다물고 격렬하게 저항하며 고개를 흔들었다. 이 카페 지배인은 미친놈이었다!

"손님들이 인육으로 만든 파이를 어찌나 좋아하는지 몰라. 테이블에 올려놓자마자 게걸스럽게 먹어치우지. 이렇게 훌륭한 음식은 평생 처음 먹어 본다는 듯 말이야. 물론 공짜라서 평가가 후한지도 몰라. 소로 쓰이는 고기는 부위를 가리진 않지만, 항문 주변 살은 반드시 넣어. 손님들이 하나같이 그 식감을 좋아하거든. 특유의 씁쓸한 맛도 좋아해. 역겨워? 당연하지. 역겨운 인간은 역겨운 음식을 먹어야해. 먹고 싶은 대로 실컷 처먹으라고 해. 똥을 넣어도 잘만먹더라. 난 그 광경을 지켜보는 걸 좋아하지. 짐승들이 먹이를 쟁탈하는 꼴 같거든. 하지만 아무리 그래도 손님 눈에손가락이 보이게 하진 않는데…… 이건 특별히 널 위해 준비한 거야. 나한테 찻물 온도가 어쩌고 하던 그 여잔데, 약효가 떨어지기 전에 죽인 게 정말 아쉬워. 너무 쉽게 죽었거든." 이하오는 가벼운 말투로 샤오쿤의 귓가에 악마처럼속삭였다.

샤오쿤은 맞은편에 앉은 저놈은 사람의 탈을 뒤집어쓴 괴물이라고 생각했다. 아주 흉측하고 무시무시한 괴물이다.

"사실 살인은 처음이야. 지금까지는 이미 죽은 시체를 구해다 파이를 구웠거든." 이하오는 샤오쿤을 똑바로 바라봤다. "야오 선생님을 위해서라면 난 뭐든 할 수 있어."

'야오 선생님은 또 뭐야? 그게 누구지?' 샤오쿤은 도무지 무슨 상황인지 알 수 없었지만, 자신이 무지무지 큰위험에 처했다는 사실만은 똑똑히 알았다. 도망칠 수 있을까? 틈을 봐서 경찰에 신고할 수는 없을까? 하지만 주머니에 휴대전화가 없다. 살려 달라고 소리칠까? 그랬다가 오히려 이하오의 살인 욕구를 자극하게 되는 건 아닐까?

이하오의 얼굴이 전통극 변검變臉[*]처럼 갑자기 웃는 표정으로 바뀌었다. 샤오쥔은 어찌할 바를 몰랐다.

"파이가 싫으면 음료라도 마셔 봐." 이하오는 빙긋 웃으며 밀크티를 샤오쥔 앞에 들이밀었다. 샤오쥔은 그 안에 폭탄이라도 들어 있는 듯 잔뜩 경계하는 눈으로 밀크티를 뜯어봤다. 바닥에 가라앉은 타피오카가 조금 특이했다. 시중에서 파는 것보다 알이 크고 흰색을 띠었는데, 순백색은 아니고 괴상한 잡티가 섞여 있었다.

이하오가 포크로 밀크티를 젓다가 바닥까지 푹 찌르자 컵 바닥에 가라앉은 동그란 타피오카가 포크에 찍혀 나왔다. 터진 타피오카에서 투명하고 걸쭉한 액체가 흘렀다.

샤오쥔은 그제야 하얀 타피오카의 정체를 알았다.

사람의 눈알이었다.

이하오가 일어섰고, 샤오쥔은 뭔가가 크게 잘못되어 간다는 걸 느꼈지만 도망칠 수가 없었다. 죽을힘을 다해 몸부림쳤지만 의자와 함께 바닥으로 고꾸라졌고, 바닥에 세게 부딪힌 오른팔이 얼얼하게 아팠다.

이하오는 쪼그려 앉아 핀셋처럼 차가운 손가락으로 샤오쥔의 입을 벌려 밀크티가 뚝뚝 떨어지는 눈알을 억지로 그녀

[*] 중국 쓰촨 지방의 전통극. 연기자가 얼굴에 쓴 가면을 순식간에 바꾸는 마술과 비슷한 공연이다.

240 살인마에게 바치는 청소지침서

의 입에 쑤셔 넣었다. 차갑고 미끈거리는 눈알의 감촉은 냉장고에서 갓 꺼낸 리치* 같았고, 괴상한 비린내가 났다. 샤오쥔은 어렵사리 혀끝으로 눈알을 밀어 목구멍으로 넘어오지 못하게 막았다. 하지만 이하오가 다른 한 손으로 샤오쥔의 코를 잡았고, 산소가 부족해진 샤오쥔은 입으로 숨을 쉬어야만 했다.

눈알은 숨을 들이마시자마자 식도로 미끄러져 곧장 위장에 안착했다. 혀에 남은 역겹고 차가운 촉감은 오랫동안 사라지지 않았고, 눈알이 터지면서 새어 나온 조직과 액체가 아직 입안에 남아 있었다.

샤오쥔은 이하오가 얼굴에서 손을 떼자마자 그 자리에서 미친 듯 토했다. 얼굴은 고통의 눈물로 범벅이 되었지만 토해 낸 건 조금 전에 마신 캐러멜 헤이즐넛 라테뿐이었다. 고체인 케이크와 눈알은 고집스럽게 위장에 가라앉아 모습을 드러내지 않았다.

토악질을 해 댄 샤오쥔의 얼굴은 온통 발갛게 부었다. 하지만 이하오는 아랑곳하지 않고 반지 낀 손가락을 포크로 찍었다. 잘린 손가락 단면에 부스러진 뼈가 보였다.

샤오쥔은 눈을 부릅뜨고 가쁜 숨을 쉬었다. 의자에 꽁꽁

---

* 동남아시아 지방이 원산지인 과일. 과육의 맛이 시고 달며 독특한 향이 난다. 질감은 포도알보다 조금 단단하다.

묶인 그녀는 무력한 벌레처럼 꿈틀거리는 것 말고는 할 수 있는 게 없었다.

이하오는 또 한 번 그녀의 입을 벌렸다. 기름이 잔뜩 묻은 다이아몬드 반지가 그녀에게 점점 가까이 다가왔다.

* * *

차도 없는 깊은 밤, 막다른 길에 오렌지색 불빛이 반짝였다.

다비도프가 담배를 물었다. 그는 맞은편 도로에서 다가오는 사람의 실루엣을 바라보며 비강으로 천천히 연기를 내뿜었다.

다비도프가 눈매를 반달 모양으로 만들었다. 눈가에 까마귀 발자국처럼 선명한 주름이 팼다.

"어서 와."

20

어쩌면……
달랐을까?

맨 처음의 예감대로 스녠은 건반을 다시 찾게 되었지만, 이렇게까지 자주 오게 될 줄은 몰랐다. 벌써 세 번째다.

창문에는 여전히 커튼이 드리워져 있었다. 마술사의 가려진 상자처럼 직접 열지 않고서는 안에 무엇이 들어 있는지 알 수 없었다. 스녠이 문을 밀고 들어갔다. 어두컴컴한 매장 내부는 지난번처럼 딱 하나의 조명만 켜져 있었다. 펜던트 등 아래에 얼굴이 흙빛이 된 샤오쥔이 의자에 묶여 있었다. 머리칼은 잡초처럼 헝클어졌고, 입가에는 고기 부스러기가 묻어 있었다.

"스녠!" 샤오쥔이 그를 발견하고 울부짖었다.

모든 일을 단숨에 이뤄낸 이하오가 파이가 담긴 접시를 들고 테이블 옆에 서 있었다. 파이는 반쪽뿐이었다. 나머지 반은 샤오쥔의 배 속에 있을 터였다.

그는 접시를 스녠 쪽으로 들어 보였다. "시간 맞춰 왔군. 먹을래? 아직 따뜻한데."

"안 돼. 먹으면 안 돼……. 저거 인육이야!" 울먹이던 샤오쥔이 참지 못하고 구역질을 했다.

"쉿." 이하오가 집게손가락을 세워 그녀의 입술에 대며 조용히 하라는 신호를 줬다. 그러곤 스녠을 향해 접시를 던졌다. 텅 빈 접시가 산산이 부서졌고 파이 조각이 사방으로 튀었다. 손가락 몇 개가 바닥에 굴러다녔다. 새빨간 매니큐어를 칠한 손톱이 유난히 눈에 띄었다.

"깨끗이 먹어 치워." 이하오가 명령했다.

"싫어. 더러워." 스녠이 차갑게 대답했다.

이하오는 테이블 위에 놓인 호두까기를 집어 들고 샤오쥔의 손가락을 쥐었다. "열 손가락에 관절은 모두 스물여덟 개지. 너는 이 여자의 손가락 관절이 모조리 부러질 때까지 스물여덟 번 거절할 수 있어." 겁에 질린 샤오쥔이 뿌리치려 했지만, 그녀의 손목은 이하오에게 단단히 잡혀 있었다. "움직이지 마. 확 부러뜨리기 전에." 이하오가 협박했다.

"닥터 야오의 일은 정말 미안해." 스녠은 이하오의 감정을 달래 보려 시도했다. 자신이 닥터 야오를 죽였다고 믿고 싶진 않지만, 그가 아니라면 누가 또 범인일 수 있을까? 그리고 어쩌면…… 어쩌면 자신이 누나의 목숨도 가져갔을지 모른다.

"어떻게든 내 목숨으로 대가를 치를게. 잭 조직을 소탕하고 나면 네 뜻대로 날 처벌해."

스녠이 재미있는 농담이라도 한 듯 이하오가 웃음을 터뜨렸다. "누가 네 입장이 듣고 싶대? 네가 야오 선생님을 죽였으니 나는 당연히 널 죽일 거야. 어떻게 처벌할지도 물론 내 마음대로 할 생각이었어. 네 목숨은 내 것이니까. 네 목숨을 빼앗고 가장 고통스러운 방법으로 죽이겠어. 자, 이제 바닥에 떨어진 파이를 주워 먹어."

회유는 소용이 없었다. "저 여자를 납치한 이유가 나한테 이걸 먹이기 위해서야?" 스녠이 물었다.

"물론 아니지. 이건 시작일 뿐이야. 네 앞에서 저 여자를 고통스럽게 하다가 내가 만족스러울 때 죽일 거야. 네가 처음에 야오 선생님을 어떻게 대했는지는 나와 상관없어. 나는 지금 저 여자가 살아 있는 게 죽기보다 고통스럽길 바라." 이하오가 천천히 호두까기를 집어 들었고, 샤오쥔은 두려움에 흐느꼈다.

스녠이 천천히 무릎을 꿇고 앉아 깨진 접시를 주웠다. 이하오는 뜻을 이뤘다는 듯 그를 뚫어지게 쳐다봤다. 하지만 스녠은 별안간 깨진 접시를 던졌다. 이하오는 가볍게 피했고, 스녠은 그 틈을 놓치지 않고 단숨에 앞으로 달려가 테이블을 뒤집어엎었다. 이하오가 반사적으로 머리를 보호했고, 샤오쥔은 날카로운 비명을 지르며 의자와 함께 바닥에 쓰러졌다.

단도를 움켜쥔 스녠은 칼자루로 이하오의 갈비뼈를 가격

하려 했다. 하지만 이하오는 재빠르게 피하면서 등 뒤에서 송곳을 꺼내 들었다. 서늘한 빛을 뿜는 날카로운 금속이 언제라도 살 속을 파고들 수 있었다.

스녠은 이하오와 어느 정도 거리를 유지하며 대치할 수밖에 없었다. 둘은 서로 눈을 떼지 않은 채 상대의 모든 동작을 방어하는 데 열중했다. 스녠은 이제 칼끝으로 이하오를 겨눴다. 칼자루로 공격할 마음이 없어졌다. 상대는 극도로 위험하고 다루기 까다로운 인물이라 안전하게 빠져나올 자신이 없어졌다. 하지만 이하오는 누나의 친동생인데 어떻게 모질게 대할 수 있을까? 그저 최대한 그를 견제하며 무고하게 연루된 샤오쥔을 도망치게 할 기회를 노리는 수밖에 없다.

다행히 샤오쥔은 영민했다. 사력을 다해 떨어진 접시 파편을 집어 날카로운 부분으로 밧줄을 문지르기 시작했다. 하지만 당장 끊을 수는 없으니 스녠은 반드시 시간을 끌거나 이하오가 잠시 행동력을 상실하게 만들어야 했다. 건반에 발을 들여놓은 순간부터 스녠에게는 이하오와 뒤얽히고 대적하는 것 외에 다른 선택지가 없었다.

이하오가 검투사처럼 빠르게 송곳을 앞으로 찔렀다. 하마터면 찔릴 뻔한 스녠은 황급히 뒤로 물러났다. 이하오가 그의 마음을 꿰뚫어 봤다는 듯 음흉한 웃음을 보이며 연속으로 찔렀고, 스녠은 물러나고 또 물러나면서 등 뒤로 샤오쥔을 보호하던 위치에서 벗어났다. 스녠은 아차 했다. 뭔가 일이 잘못됐다는 생각이 들었다.

과연 이하오는 다시 한 번 스녠을 공격하는 척하다 샤오쥔의 머리채를 단숨에 잡아챘다. 그는 두피를 통째로 벗겨낼 기세로 머리끄덩이를 잡아 샤오쥔을 바닥에서 일으켰다. 샤오쥔은 차가운 송곳날이 경동맥에 닿아 있다는 걸 느꼈다. 혈관이 박동하며 뾰족한 송곳을 밀어낼 때마다 살갗이 욱신거렸다.

"살려 줘⋯⋯." 샤오쥔이 무력하게 목숨을 애걸했다. 떨리는 입술이 종잇장처럼 창백했다. 이하오가 조금만 힘을 주면 송곳은 그녀의 살 속으로 파고들 것이고, 어쩌면 경동맥을 뚫어 버릴지 모른다.

스녠은 당장 할 수 있는 게 없었다. 순간 관자놀이에 전에 없이 격렬한 통증이 휘몰아쳤다. 이하오의 송곳이 샤오쥔이 아니라 그의 뇌를 헤집어 놓은 것 같았다. 통증의 강도는 장린칭의 자녀가 불러일으켰던 기억과 함께 찾아온 통증보다 훨씬 심했다.

스녠은 고통에서 벗어나기 위해 머리를 세게 흔들었다. 눈앞의 풍경이 반복적으로 흐릿해졌다가 선명해졌고, 어린 시절 잠시 몸을 의탁했던 그 낡은 집과 겹쳐 보이기 시작했다.

'여긴 어디지? 카페일까? 그 낡은 집일까? 너무 어둡다⋯⋯.' 스녠의 눈에 누나가 보였다. 인질로 잡힌 그녀는 속

절없이 울었고, 그 모습이 또 샤오쥔과 겹쳤다.

"살려 줘……" 누나가 살려 달라고 외쳤다.

그날 컴컴한 방에서도 누나는 그렇게 살려 달라고 애원했었다.

스넨은 머리를 감싸고 바닥에 꿇어앉아 고통스럽게 울부짖었다. 이하오의 웃음소리가 귓전을 때렸다. 베일에 가려진 진짜 악마의 광기 어린 웃음소리가 공중을 배회하는 것 같았다. 거대한 그림자가 다가오는데도 스넨은 놓친 단도를 주울 수가 없었다. 현실에서는 이하오가 샤오쥔을 그 자리에 팽개치고 한 걸음 한 걸음 스넨 쪽으로 다가오고 있었다.

하지만 누나는 팽개쳐지지 않고 침대에 묶였다. 스넨과 누나가 나란히 누워 밤새 잠들지 않고 이야기를 나누던 침대는 형틀이 되었고, 누나는 거기서 산 채로 배를 갈려 숨이 끊어졌다.

천천히 흘러내리는 붉은 피가 추억을 대신했고, 스넨의 기억을 덮었다. '그런 눈으로 날 보지 마……. 날 보지 마…….' 스넨은 그렇게 외치고 싶었다. 누나가 절규하며 그에게 애걸하는 눈빛을 던졌다. 눈물방울의 모양까지 너무도 선명하게 기억하고 있다. 하지만 누나는 그 후로 눈을 뜨지 않았다. 두 번 다시 뜨지 않았다.

스넨은 어디에 있었을까? 컴컴하고 좁은 방의 어느 자리에 있었을까? 도대체 어디에? 도대체 어디에 있었을까? 그가 누나를 죽였을까? 그도 잭 조직원일까?

어디에 있었을까? 대체 어디에?

이하오는 스녠이 팔을 뻗으면 닿을 거리까지 다가왔다. 그는 극심한 두통으로 신음하는 스녠을 걷어차 넘어뜨리고는 상대의 처참한 모습을 내려다봤다. "네 기억이 온전하지 않고 정신 상태가 불안정하다고 야오 선생님이 말해 주셨어. 그 말이 맞았어. 야오 선생님의 말씀은 언제나 옳아."

그는 송곳을 만지작거리며 강렬한 살의를 드러냈다. "너 같은 미친 새끼 손에 선생님이 죽다니!"

이하오가 큰 소리로 악을 쓰며 스녠의 심장에 구멍을 뚫어 버릴 기세로 송곳을 내리꽂았다. 하지만 소원대로 스녠을 찌르지는 못했다. 스녠이 마지막 순간에 날듯이 피해 단도를 집어 들고 이하오의 정강이를 그었기 때문이다. 한쪽 무릎을 바닥에 대고 꿇어앉은 이하오는 이해할 수 없다는 표정으로 스녠을 쳐다봤다. 정신이 거의 붕괴해 가는 상태에서 어떻게 반격할 수 있었는지 이해가 가지 않았다.

스녠이 천천히 고개를 들었다. 늑대처럼 날카로운 두 눈이 앞머리 아래 가려져 있었다. 지금 이 순간, 스녠은 마침내 기억의 빈칸을 채웠다.

"너는 누나의 동생이 아니야." 스녠이 단언했다. "그리고 나도 잭 조직원이 아니야. 이건 함정이야. 너는 처음부터 다

알고 있었어." 어둠 속에서 몇 배는 불어난 스녠의 그림자가 복수에 목마른 이하오를 기세 좋게 제압했다. 스녠의 분노가 소리 없이 타올랐다. 그의 증오심은 물처럼 고요했지만, 심해처럼 바닥을 가늠할 수 없었다.

스녠은 이를 악물고 이하오를 덮쳤다. 한 손으로 송곳을 든 쪽의 팔꿈치를 제압해 옴짝달싹 못하게 하고, 오른손으로 칼을 치켜들어 이하오의 머리를 찌르려 했다. 이하오는 죽을힘을 다해 단도를 쥔 스녠의 손을 막았지만, 점점 가까워 오는 칼끝이 시야를 점령했다. 이대로는 곧 눈동자를 찔리고 말 터였다.

상황이 위급해지자 이하오는 있는 힘을 다해 스녠을 뿌리쳤고, 그 틈을 타 제압당한 오른손을 빼냈다. 그가 송곳으로 스녠의 허벅다리를 찌르자 곧바로 피가 철철 뿜어져 나왔다. 이하오는 칼을 쥔 스녠의 손을 붙잡아 몇 번이고 땅에 내리쳐 단도를 놓치게 했다.

스녠은 허벅다리의 고통을 참으며 오른쪽 주먹에 원한을 가득 담아 이하오의 팔을 내리친 후 곧바로 턱을 가격했다. 순간 머릿속이 멍해졌지만 주먹을 휘두르고 또 휘둘렀다. 살갗이 벗겨진 손가락 관절 부분에 피가 맺혔다. 하지만 이하오도 일방적으로 얻어맞는 타입은 아니다. 닥터 야오를 잃은 비통한 심정은 그를 상처도 아랑곳하지 않고 스녠과 맞서 싸우게 했다.

이 광경을 목격한 샤오쥔은 완전히 넋이 나가 버렸다. 그녀 앞에서 이성이 전혀 없는 야수 두 마리가 오직 상대방의 목숨을 빼앗기 위해 격투 중이었다. 저지할 용기도 나지 않았다. 아니, 누구라도 이런 광경을 목격한다면 충격으로 찍소리도 내지 못할 것이다.

하지만 그 모습을 계속 보고 있자니 샤오쥔은 어쩐지 울고 싶어졌다. 무서워서 흐르는 눈물이 아니다. 서로 공격하는 두 사람이 너무나 슬퍼 보였다. 지금 저 둘은 가장 중요한 사람을 잃어서 물불 가리지 않고 서로에게 상처를 입히고 있다. 저 주먹다짐은 상대방을 파괴하려는 욕망보다는 불행이 결정된 운명을 향한 분풀이 같았다.

혼란스러운 가운데 이하오가 단도를 빼앗아 스녠을 찌르려 했고, 스녠은 이하오의 팔을 붙잡고 저항했다. 둘은 뒤엉켜 서로를 무는 뱀 같았다. 결국 이하오가 낮게 신음을 뱉었다. 단도가 그의 복부에 파묻혔고, 핏줄이 터진 눈에서 핏물이 흘러 흰 셔츠를 적셨다. 뒤로 물러난 스녠이 반대편으로 굴러갔다. 그의 두 손에는 아직 온기가 남은 피가 묻어 있었다.

이하오가 상처를 움켜쥔 채 죽어 가는 야수처럼 마지막으로 구슬피 외쳤다. "야오 선생님을 살려 내! 살려 내란 말야……." 그는 어린아이처럼 막무가내로 울었다.

스녠은 이하오를 팽개쳐 두고 조용히 몸을 일으켰다. 그는 절뚝거리며 샤오췐에게 걸어가 말없이 밧줄을 풀었다. 스녠은 많은 말을 하고 싶지 않았고, 샤오췐도 그런 그의 마음을 알기에 잠자코 있었다. 샤오췐은 이하오의 울음소리가 멈추지 않고 들려와 마음이 영 편치 않았다. 하마터면 가서 그를 위로할 뻔했다.

샤오췐은 조심조심 스녠을 부축해 그곳을 나섰다. 문 앞까지 왔을 때 스녠이 문득 멈춰 서서 말했다. "그럼 누나는 누가 돌려줄 수 있는데?" 스녠의 목소리가 떨렸다.

샤오췐은 스녠의 눈에 맺힌 눈물을 가만히 바라봤다.

건반을 나왔지만 다리를 다쳐 제대로 걷지 못하는 스녠은 전봇대를 붙잡고 멈춰서 숨을 돌려야 했다. 샤오췐은 아예 바닥에 주저앉아 버렸다. 밤새 꽁꽁 묶여 있던 그녀의 두 다리도 아직 온전히 감각이 돌아오지 않았다. 스녠은 전봇대에 기대 천천히 쓰러지듯 주저앉았다.

"다친 곳은 괜찮아?" 샤오췐은 그렇게 묻는 동시에 자신이 그런 바보 천치 같은 질문을 했다는 사실에 놀랐다.

스녠은 공기와 대화하듯 샤오췐의 질문을 들은 체도 하지 않고 말했다. "내가 구해 주지 못했어."

샤오췐이 조심스레 물었다. "누구를?"

스녠이 고개를 저었다. 후회로 자책하며 고개를 세차게 흔들었다. "울면서 내게 살려 달라고 했는데 난 너무 무서웠어. 내가 너무 어려서 아무것도 할 수 없다고 생각했어…… 누나가 살해당하는 장면을 두 눈으로 똑똑히 봤어……. 만약 내가 저항했더라면 달라지지 않았을까? 어쩌면 누나가 살 수도 있지 않았을까?"

건조한 아스팔트 바닥에 눈물방울이 떨어져 선명하고 까만 점이 되었다. 스녠의 울음소리는 목구멍에 걸려 거의 들리지 않을 만큼 작았다.

침묵이 지나간 후, 샤오췐이 스녠의 손등을 살짝 꼬집었다.

"하지만 나를 구했잖아."

* * *

아직 눈을 감을 수 없는 이하오는 바닥에 누워 있었다. 상처를 막은 손바닥이 피로 시뻘겋게 물들었다. 펜던트 등의 빛이 그에게 쏟아졌지만 아쉽게도 그는 커튼콜을 장식하는 주인공이 아니라 비극을 연기하는 조연일 뿐이다.

누군가 들어왔다. 그 사람은 사방에 흩어진 인육 파이, 깨진 접시, 끊어진 밧줄, 엎어진 테이블을 지나 이하오의 곁에 우두커니 섰다. 그 사람이 가볍게 몸을 숙여 이하오의 창백한 볼을 쓰다듬었다. 방문자는 뜻밖에도 죽은 줄 알았던 닥터 야오였다.

그녀의 동행은 다비도프였다. 매장 안에서 거리낌 없이 담뱃불을 붙인 그는 담배를 딱 한 모금 빨더니 나머지는 속절

없이 타도록 내버려 뒀다. "당신 계획이 틀렸군."

"예측에 착오가 있었어. 이하오의 광기가 생각보다 훨씬 지독했어." 닥터 야오는 아쉬운 듯 이하오의 헝클어진 앞머리를 가지런히 매만졌다. 이하오의 눈꼬리에 아직 마르지 않은 눈물 자국이 보였다. 그녀의 가짜 죽음 때문에 이하오가 완전히 이성을 잃고 스스로를 망칠 거라고는 닥터 야오도 예상하지 못했다.

다비도프가 흥미진진하다는 듯 손가락을 튕기자 폭죽 터지듯 경쾌한 소리가 났다. "스녠도 마찬가지야. 우리 예상보다 훨씬 강인한 녀석이었어. 역시 내가 투자한 녀석다워! 당신이 설계한 함정이 굉장히 흥미로웠다는 건 두말할 필요도 없고. 계획을 들을 때부터 흥분을 감출 수가 없었으니까. 스녠의 잃어버린 기억을 끝까지 파고들었고, 그 아이 오른쪽 가슴에 잭의 표시까지 새겼잖아. 게다가 이하오에게 가짜 동생 행세까지 하게 하다니. 녀석이 정말 의심이 들어서 제 발로 당신한테 최면 상담을 받겠다고 왔잖아. 한 걸음 한 걸음, 당신이 파 놓은 함정으로 들어왔지."

'그리고 커피도 한몫했지…….' 닥터 야오는 마음속으로 생각하며 만면에 미소를 띠고 다비도프를 바라봤다. 다비도프는 감탄하며 혀를 끌끌 찼다. "당신 정말 주도면밀한 여자야. 죽은 척 하느라 애 많이 썼겠어?"

"업자가 이하오한테 식재료로 시체도 공급하는데, 신선한 피 좀 얻는 거야 일도 아니지." 닥터 야오는 대수롭지 않게 말했다.

"가장 멋진 부분은 경찰이 도착할 시간을 예측하고 미리 신고했다는 거야. 덕분에 스녠은 당신이 죽었는지 살았는지 단정할 수가 없었지. 먼 길을 돌아오긴 했지만 스녠은 더 완벽해졌어."

"잘된 거 아냐? 당신은 언제나 서프라이즈를 좋아하잖아." 닥터 야오는 이하오의 곁에 천천히 누워 그의 손에 깍지를 끼우고 마지막 체온을 느꼈다.

"맞아. 그리고 여전히 서프라이즈를 기대하고 있지. 그럼 둘만의 시간을 가지라고. 방해 안 할게." 다비도프는 담배를 물고 산책하듯 멀리 비켜났다.

다비도프의 발소리가 사라지자 닥터 야오는 이하오의 귓가에 입술을 대고 연인처럼 속삭였다. "바보야. 너는 너무 충동적이야. 난 이렇게 가르치지 않았잖아. 내가 죽은 척한 건 너를 위한 수업이기도 했어. 내가 없어도 이성을 잃지 않는 법을 배우게 해 다음 임무를 완수하게 하고 싶었는데…….
안타깝게도 너는 너무 멍청하구나."

닥터 야오는 이하오의 팔을 끌어다 베개 삼아 누워 잠에 빠진 것 같은 그의 옆얼굴을 응시했다. 그녀는 애통해하지도 분노하지도 않았고, 해가 동쪽에서 뜨고 서쪽으로 지는 풍경을 지켜보듯 담담했다. 오늘 밤 또 누군가 죽었을 뿐이다. 하지만 이하오는 또 한 번 그녀의 예상을 뛰어넘었다.

닥터 야오의 속삭임에 화답하듯, 이하오의 손가락이 꿈틀거렸다.

21

하나를
가리키는
정답

사흘 전, 이하오와 다비도프가 만나기 전 닥터 야오의 사저.

이 호화로운 저택은 닥터 야오가 소유한 또 다른 부동산이다. 단수이淡水 강변에 위치해 해 질 녘이면 수평선이 태양을 삼키는 절경을 감상할 수 있다. 방문객의 취향을 고려할 필요가 없으니 오로지 닥터 야오의 취향에 맞춰 꾸며졌다. 한쪽 벽면에 통유리창을 내 풍경이 한눈에 들어오고, 거실에 놓인 패브릭 소파 위로는 펜던트 등 몇 개가 매달려 있다.

창 쪽 서가에는 책이 가득했고 각종 언어의 원서가 많았다. 그녀가 섭렵하는 범위가 지극히 넓어 없는 책이 없었다. 공간이 모자라 다 꽂지 못한 책을 카펫 위에 그대로 쌓아 둔 모습이 책으로 만든 작은 성 같았다. 하지만 또 다른 벽면에는 뜬금없이 사람 머리 모양 장식물이 걸려 있었다. 잠든 듯 눈을 감은 사람의 얼굴이었다.

깊은 밤이다. 닥터 야오는 얇은 나이트가운 차림으로 한쪽 쇄골을 드러낸 채 긴 소파에 다리를 구부리고 옆으로 누워 있었다. 그녀의 손가락이 책장을 가볍게 넘겼고, 시선은 활자 사이를 유영했다.

쟁반을 든 이하오가 소파 옆에 앉았다. 모가 짧은 카펫은 부드러워 딱히 방석이 필요하지 않았다. 그가 가져온 쟁반에는 절인 올리브 한 접시와 네모 모양으로 자른 파르메산 치즈, 훈제 연어 샐러드가 담겨 있었다. 투명한 와인 잔에 담긴 레드와인도 함께였다.

이하오가 코르크 마개를 열고 잔 가장자리부터 와인을 따랐다. 닥터 야오는 책을 내려놓고 책상다리로 앉아 와인을 받고는 코앞에 대고 향을 음미했다. 그녀가 한 입 마시고 만족스러운 듯 고개를 끄덕였다. "샤또 오브리옹이네."

"1982년산이에요." 소파에 등을 기댄 이하오가 닥터 야오의 다리 사이에 뒷통수가 닿을 때까지 고개를 천천히 뒤로 젖혔다. 거꾸로 봐도 아름다운 그녀의 얼굴이 이하오의 시야에 들어왔다.

닥터 야오는 이하오의 이런 애교 섞인 행동이 익숙하다. 책장을 넘기던 손가락으로 그의 턱을 쓰다듬자 이하오가 천천히 눈을 감았다. 이하오가 총애받는 기분을 한껏 즐길 때 닥터 야오가 동작을 멈췄다.

"네가 해 줘야 할 일이 있어." 닥터 야오가 말했다. 이하오는 듣고 있다는 뜻으로 눈을 깜빡였다. "어떤 사람으로 위장해서 연기해 줘. 조금 위험할 수도 있는 일이야."

"제 목숨은 처음부터 선생님 거였어요." 이하오가 충직한 기사처럼 말했다. "무슨 역할을 하면 되죠?"

닥터 야오가 이하오의 볼을 살짝 꼬집었다. "누나를 위해 복수하는 남동생이 되어 줘. 네 누나가 끔찍하게 살해당했거든. 시간이 흘러 너는 카페를 차리게 되었고, 마침 어느 날 그 살인범이 네 카페에 왔어. 너는 그를 따로 불러내 죄를 인정하라고 말하는 거야."

이하오가 조용히 통유리창을 바라봤다. 한밤의 단수이 강변은 도시의 불빛으로 반짝였고, 수면에 묻은 빛이 물결과 밤바람에 번졌다.

"누군지 알겠어?" 닥터 야오가 물었다.

이하오는 그녀를 쳐다보지 않고 말했다. "그 녀석을 찾았군요."

"마침 업자와 아는 사이더라고. 그런 말 알아? 세상의 모든 인연은 오랜 시간을 돌아 만나는 거래. 안타깝게도 그 아이는 날 알아보지 못했지만." 닥터 야오가 손가락으로 이하오의 머리칼을 돌돌 말았다. 그녀의 예상대로 이하오는 기분이 몹시 좋지 않았고, 얄밉게도 그녀는 그 마음마저 꿰뚫었다. "너 질투하는구나?"

"제가 선생님에게 가장 특별한 단 한 사람인 줄 알았어요. 선생님이 직접 날 선택했으니까요." 이하오는 그렇게 말하며 입술을 깨물었다. 이 일에 대해 더 얘기하고 싶지 않아 보였다.

"너는 영원히 대체 불가하지." 닥터 야오가 이하오의 얼굴을 부드럽게 돌려 시선을 맞췄다. "그냥 나를 살해당한 누나라고 생각하면 감정이입이 잘 될 거야. 사실 우리는 친남매나 다름없잖아. 안 그래?"

"전 선생님이 죽는 걸 상상할 수 없어요. 내가 할 수 없는 일이에요." 이하오가 그녀의 손을 꼭 쥐었다. "그리고 한 번도 선생님을 누나로 여긴 적 없어요."

닥터 야오는 와인 한 모금을 머금은 채 이하오에게 다가갔고, 이하오는 고개를 들어 그녀를 맞이했다. 둘의 입술이 한 덩어리처럼 붙었다. 얽히고설킨 두 혀끝에 쌉쌀한 술이 미끄러져 들어오자 은근한 단맛이 올라왔다. 둘은 산소가 부족해질 지경이 되어서야 멀어졌다.

닥터 야오는 나이트가운을 벗고 고양이처럼 소파에서 내려와 이하오의 앞에 우두커니 섰다. 가운을 벗은 그녀는 실오라기 하나 걸치지 않은 나체였다. 긴 머리칼이 어깨 위로 물결치며 가슴께로 떨어져 물방울 모양으로 꼿꼿하게 선 유두를 가렸다. 그 모습이 고대 그리스 여신의 조각상처럼 성스럽고 고귀해 이하오는 차마 그녀를 똑바로 쳐다볼 수 없었다. 닥터 야오가 기도하는 성녀처럼 무릎을 꿇었다.

이하오는 참을 수 없는 욕망의 시선으로 그녀를 응시하

다 깊은 한숨을 뱉었다. 야오 선생님은 그의 신앙이다. 그의 전부고 우주다. 이 마음은 죽을 때까지, 그의 영혼이 스러져 없어질 때까지 변치 않을 것이다.

닥터 야오가 천천히 이하오에게 다가가 그의 몸 위로 주저앉았다. 이하오는 그녀의 가벼운 몸무게를 느꼈다. 닥터 야오는 이하오의 손을 가져다 그녀의 보드라운 유방을 잡게 했다. 이하오의 손이 떨렸다. 떨리는 그의 손바닥 안에 닥터 야오의 심장이 들어 있었다.

곧 눈이 가려졌다. 그녀의 손끝이 그의 살결 구석구석을 멋대로 미끄러지며 오갔다.

* * *

상처 입은 스녠은 샤오쥔을 따라 그녀의 셋집으로 향했다. 샤오쥔이 열쇠를 꺼내 문을 여는 순간, 스녠은 그 자리에 굳어 버리고 말았다. 현관에 흩어진 신발을 대강 걷어차 길을 낸 샤오쥔은 스녠이 아직도 문밖에 서 있는 모습을 보고 의아한 듯 물었다. "왜 그래?"

점점 어두워지는 스녠의 안색을 보고 샤오쥔도 덩달아 당황했다. "뭐가 잘못됐어? 설마 여기 잭 조직원이 잠복해 있는 거야?"

"더러워." 스녠이 힘겹게 감정을 표현했다. 눈앞의 방은 거친 야생 소떼가 밟고 지나간 듯 난장판이었다. 샤오쥔은 순간 부끄러워 얼굴을 붉혔다. "그…… 그게…… 나도 일부러 이런 건 아니야. 매일 야근하느라 밤늦게 들어오다 보니 치울 시간이 없거든. 주말에는 모처럼 밀린 잠을 자야 하고…… 저기, 잠…… 잠깐! 내 대신 청소하지 말아 줄래?"

샤오쥔이 황급히 그를 말렸다. 스녠이 다친 다리를 이끌고 쪼그려 앉아 그녀가 아무렇게나 차낸 신발들을 가지런히 정리하고 있었기 때문이다. 하지만 샤오쥔은 스녠의 고집을 도저히 꺾을 수 없었고, 막을 수도 없었다.

스녠은 빗자루를 찾아내 현관부터 순서대로 치우기 시작했다. 음료수 병과 비닐봉지 등을 분류하고 잡스러운 쓰레기를 쓸어 반쯤 찬 쓰레기통에 버렸다. 책상 위의 영수증, 동전, 문구류를 한데 모았고, 그 중에서 오래된 영수증만 골라 쓰레기통에 넣었다. 화장품은 용도별로 나눠 진열했다. 샤오쥔은 이불이 정육면체로 접힐 수 있다는 사실과 침대 시트가 주름 하나 없이 평평할 수 있다는 사실을 오늘 처음으로 깨달았다.

샤오쥔은 너무 놀란 나머지 스녠이 옷장으로 손을 뻗칠 때는 저지하는 것도 잊고 그가 모든 옷가지에게 제자리를 찾아 주는 모습을 멍하니 지켜봤다. 속옷도 예외는 아니었다. 물론 스녠은 모든 물건을 깔끔하게 줄지어 정리해야 한다는 집념뿐, 그게 속옷인지 무엇인지는 눈에 들어오지도 않았다. 그는 참선 중인 노승만큼 담담했다.

얼빠진 샤오퀀은 넋을 놓고 스녠을 바라볼 수밖에 없었다. 그녀는 놀라운 속도와 효과에 혀를 내두르며 저도 모르게 생각했다. '저 녀석, 혹시 미래에서 온 청소 로봇인가……?'

다행히 스녠의 몸속에는 인류와 똑같은 피가 흘렀다. 그렇지 않았다면 샤오퀀은 정말 엉뚱한 생각에 빠질 뻔했다. 굳이 힘들여 청소를 하는 바람에 다리의 상처에서 또 피가 배어나왔고, 당장 수건으로 지혈할 수밖에 없었다. 다행히 동맥을 다치지는 않아 시간이 지나면 멎을 터였다.

"잠깐! 잠깐! 여기까지만 하자. 제발 청소는 그만두고…… 우리 시원한 것 좀 마실까?" 샤오퀀은 냉장고에서 콜라를 꺼냈다. 하지만 엉망진창인 냉장고 내부를 목격한 스녠이 눈을 번뜩이면서 그곳도 말끔히 치울 때까지 멈출 수 없다는 집념을 보일 줄은 몰랐다.

샤오퀀은 스녠의 두 어깨를 힘껏 눌러 억지로 앉힐 수밖에 없었다. "내가 조금 있다가 꼭 청소할게. 맹세해. 그러니까 지금은 제발 쉬어. 이거 봐. 상처에서 또 피가 나잖아! 세상에…… 너 결벽증이 정말 심하구나!"

샤오퀀은 캔 콜라의 원터치 마개를 따고 차가운 콜라를 원 없이 들이켰다. 착각일지도 모르지만 입 안에 아직도 이상한 맛이 감도는 것 같았다. 샤오퀀은 사방을 둘러보며 속으로 감탄했다. '여기가 정말 내가 사는 그 집이 맞나?' 그녀의 집은 〈대개조! 극적 비포 애프터〉*에서 리모델링을 받은 것처럼 완전히 새것이 되어 있었다.

"피만 멈추면 갈 거야." 스녠은 알코올로 캔을 닦고 나서 다시 수돗물로 헹궜다. "범인을 숨겨 주는 것도 범죄야."

"경찰이 집에 찾아오면 아무것도 몰랐다고 하면 되지 뭐." 샤오쿤은 대수롭지 않게 말했지만 스녠이 무슨 바보 같은 소리냐는 듯 그녀를 쏘아보자 퍼뜩 정신을 차렸다. "물론 그렇게 쉬운 일이 아니라는 건 알아. 하지만 나도 이 일에 연루되었으니 혼자만 빠져나가기는 어렵겠지? 아무튼 여기 왔으니까 당분간 머물러. 상처가 나으면 다시 얘기해 보자."

말은 그렇게 했지만 샤오쿤도 이제 어떻게 해야 할지 몰랐다. 그녀에게 카페에 가자고 말한 늙은 여우는 인육 파이가 되었고, 나머지 두 여자도 재앙을 피하지 못했을 것이다. 샤오쿤은 사건의 진행과정을 모두 알고, 이하오가 범인인 것도 알고 있다. 신고한다면 경찰이 스녠까지 조사하지 않을까? 우발적 살인도 아니고 계획살인이라 샤오쿤은 더욱 종잡을 수가 없었다. 역시 최악의 순간 같은 건 따로 없었다. 이전보다 더 끔찍한 순간들이 계속 찾아오니 말이다. 평범한 소시민에게 왜 이렇게 많은 비현실적인 일이 생기는 걸까? 수성이

---

* 2009년부터 2016년까지 일본의 TV 아사히에서 방송된 건축 버라이어티 쇼. 각자의 사연으로 문제투성이인 집들을 전문가가 나서서 리모델링해 준다. 한국에서는 2015년부터 채널 W에서 방송되었다.

역행했나? 무슨 마가 끼었을까?

"너, 귀찮은 일 사서 하는 거야."

"자랑이 아니라 타이난臺南 출신 사람들은 의리 빼면 시체야. 친구라면 당연히 도와야지. 너를 오래 알진 않았지만 너는 내게 몇 안 되는 아는 사람이거든. 그런 표정으로 보지 마. 나 원래 친구나 지인 없는 타입이야. 미리 말해 두는데, 내 성격에 문제가 있는 게 아니라 하도 회사에 치여서 인간관계를 세심하게 돌볼 여력이 없는 거야."

말수가 적은 스녠은 훌륭한 청중이다. 그래서 샤오췬은 기억의 빗장을 풀었다. "고등학교 졸업하고 타이베이에 있는 대학교에 합격했어. 최소한의 필요한 짐만 꾸려서 혼자 사는 법을 배워야 했지. 집에 돈이 없었거든. 그래서 매일 아르바이트하느라 엠티니 동아리니 이런 거 한 번도 참여한 적 없어. 사실 우리 가족은 아빠랑 나 둘만 남았어. 원래 남동생이 하나 있었는데 사고가 있었거든……. 엄마는 그 사고 때문에 충격을 심하게 받으셨고 많이 슬퍼하시다가 편집증 증세까지 보이기 시작했어. 정신 상태가 많이 불안해지셔서 병원도 다니고 약도 많이 드셨지. 난 항상 엄마가 걱정이었어. 아직도 그날을 똑똑히 기억해. 선생님이 갑자기 나를 교무실로 부르시는 거야. 나중에 그러시더라고……. 엄마가…… 음…… 동생이 사고를 당한 지점에 가셨다가 너무 흥분하셨는지 달려오는 자동차를 보지 못하셨대. 그때부터 아빠와

둘이서 의지하며 살았어. 자기연민이 아니라 난 진짜 항상 운이 없었어."

샤오쿤이 훌쩍이며 말없이 고개를 숙이고 손등으로 얼굴을 슥 닦았다. "갑자기 이런 얘기 꺼내서 미안. 이상하지? 네 경험은 나보다 훨씬 고통스러웠을 텐데……. 누가 더 비참한지 비교하자는 건 아니야. 그런데 정말 마음이 좋지 않아. 그리고 난 아무한테도 굴복하고 싶지 않아. 이런 액운의 날들은 어떻게든 버티면 지나갈 거라고 믿어."

"그럴 거야." 스넨이 다정하게 휴지를 건넸다. 샤오쿤은 휴지를 받았지만 눈물을 닦진 않았다. 대신 고개를 들고 애써 웃어 보였다. "앞으로 뭘 할 계획이든 꼭 무사해야 해!"

스넨이 대답하려는데, 줄곧 경계의 촉을 세우고 있던 그에게 바깥에서 점점 다가오는 발소리가 들렸다. 그리고 곧 누군가 문을 두드렸다.

샤오쿤이 깜짝 놀라 문 쪽을 바라봤다. 스넨은 테이블 아래 숨겨 둔 단도를 무표정하게 쥐었다. 샤오쿤은 스넨과 눈빛을 교환하고 문 쪽으로 살금살금 다가가 현관문의 외시경을 통해 밖을 살폈다. 문밖에는 양복을 입고 왁스를 발라 클래식한 스타일로 머리를 빗어 넘긴 남자가 서 있었다. 문 뒤에 사람이 있는 걸 아는지 남자는 손을 흔들어 보였다.

샤오쿤은 방으로 돌아가 스넨에게 속삭였다. "양복 입은 남자야. 회사 사장님처럼 생겼어."

그 묘사로 스넨은 그가 다비도프임을 알았다. 그런데 그가 왜 여기 나타났을까? 추적당했나? 아니면 사전에 샤오퀀의 주소를 캤던 걸까? "내가 나갈게. 너는 여기 가만히 있어."

"진짜 괜찮겠어?" 샤오퀀은 걱정스러운 말투로 물었다.

스넨은 긍정의 의미로 고개를 끄덕였다. 만약 다비도프가 정말로 그를 궁지에 몰아넣기로 작정했거나 그를 죽일 생각이라면 어차피 저항할 수 없다는 걸 잘 알고 있어서다. 다비도프의 뒤에는 각종 권력이 얽히고설켜 있어서 스넨조차도 정체를 파악하지 못한다. 다비도프가 스넨을 곤란하게 하기로 마음먹었다면 한갓 현관문이 막을 수도 없을 것이다. 다행히 다비도프는 업자와 마찬가지로 대부분의 경우 중립적인 입장을 취한다.

그래서 스넨은 안심하고 문을 열었다. 다비도프는 스넨의 뒤로 안절부절 못하는 샤오퀀을 보고 경탄을 감추지 못했다. "아! 너도 이제 여자 친구랑 동거할 나이인가?"

"뭐라고요? 우리가 무슨……." 샤오퀀이 발끈해서 반박했다.

다비도프가 손을 가볍게 들고 존재하지 않는 중절모를 벗는 시늉을 하며 스넨에게 인사했다. "물론 농담이지. 네 상태가 궁금해서 와 봤어. 알다시피 나는 투자 대상에게 항상 관심을 기울이거든. 음…… 역시 다쳤군."

스넨은 바로 상황을 파악했다. 이로서 다비도프가 건반

과 이하오 사건에 대해 알고 있다는 게 확실해졌다. "별거 아니에요. 며칠 쉬면 괜찮아질 겁니다. 청소를 한 번 했지만 굉장히 더러운데…… 그래도 들어오시겠어요?"

"괜찮아." 다비도프가 스넨을 똑바로 쳐다봤다. 그 시선에 한 가닥 교만이 스쳤다. "너, 달라졌어. 나는 그걸 느낄 수 있지."

그간 두 사람이 맞춰 온 호흡으로 스넨은 다비도프에게 다른 의도가 있다는 걸 알 수 있었다. 어쩌면 둘은 같은 생각을 하고 있는지 모른다. 그건 다비도프가 여기 온 목적이자 스넨이 반드시 풀어야 할 수수께끼였다.

"사람 하나 조사해 주세요."

"음?" 다비도프의 올라간 입꼬리가 감출 수 없는 기대감을 대변했다.

"닥터 야오." 스넨이 그가 가진 답을 내놓았다.

다비도프는 갑자기 고개를 뒤로 젖히고 껄껄 웃었다. 웃음소리가 복도에 크게 울려 퍼지자 샤오쥔은 이웃에게 욕을 먹지 않을까 걱정했다. 하지만 별안간 웃기 시작했던 것처럼 그는 갑자기 웃음을 멈췄다.

"좋아. 아주 좋아. 네가 완벽한 해답을 췄어. 이래야 내가 여기까지 온 보람이 있지." 다비도프가 주머니에 손을 넣고 뒤적이더니 검은색 USB를 꺼냈다.

"이게 네가 원하는 물건이야."

* * *

다비도프가 떠난 뒤 스녠과 샤오쥔은 컴퓨터 앞에 앉았다.

"그 USB에 바이러스 있는 건 아니겠지?" 샤오쥔이 걱정스러운 듯 물었다.

"확답하기 어려워." 스녠이 곧바로 USB를 포트에 꽂는 바람에 샤오쥔은 말릴 틈도 없었다. 폴더 하나가 나왔고, 그 안에는 음성 파일이 들어 있었다. 스녠은 샤오쥔에게 빌린 이어폰을 귀에 꽂은 후 재생 버튼을 클릭했다. 녹음 파일이다. 노이즈가 섞여 조금 시끄럽긴 하지만 대화 내용은 잘 들렸다.

"예측에 착오가 있었어. 이하오의 광기가 생각보다 훨씬 지독했어." 먼저 닥터 야오의 목소리가 들렸다.

이어서 말하는 사람은 다비도프였다. "스녠의 잃어버린 기억을 끝까지 파고들었고, 그 아이 오른쪽 가슴에 잭의 표시까지 새겼잖아. 게다가 이하오에게 가짜 동생 행세까지 하게 하다니……. 죽은 척 하느라 애 많이 썼겠어?"

다시 닥터 야오가 말했다. "업자가 이하오한테 식재료로 시체도 공급하는데, 신선한 피 좀 얻는 거야 일도 아니지……."

스녠은 녹음 파일을 앞으로 돌렸다. "당신이 설계한 함정이 굉장히 흥미로웠다는 건 두말할 필요도 없고……."

다시 앞으로 돌렸다.

"당신이 설계한 함정이 굉장히 흥미로웠다는 건 두말할 필요도 없고……." "그 아이 오른쪽 가슴에 잭의 표시까지 새겼잖아. 게다가 이하오에게 가짜 동생 행세까지 하게 하다니……."

다시 앞으로 돌렸다.

"이하오에게 가짜 동생 행세까지 하게 하다니……."

스넨은 파일을 닫고 이어폰을 뺐다. 샤오쿼은 살기가 흐르는 침묵을 감히 깨지 못했다.

역시 그랬다. 스넨은 마침내 기억이 완전해졌다고 생각했다. 이제 모든 것이 선명하게 보였다. 그때는 어려서 학생 같아 보였지만, 틀림없는 그녀였다. 그 생김새와 독특한 기질은 감출 수 없었다. 다른 가능성은 없다. 이것이야말로 정확한 해답이다.

그날, 어두운 작은 집.

누나가 학살당하던 그때 닥터 야오가 거기에 있었다.

22

인적이
드문 곳을
고를 것

야오커린.

어디서부터 이 여자를 설명해야 할까?

'린'은 그녀를 위해 지은 이름이 아니다. 난산 끝에 태어났지만 끝내 요절한 셋째 아들, 즉 커린과 인연이 닿지 못한 오빠를 위해 준비해 둔 이름이었다. 그녀의 부모는 죽은 아들을 기억하기 위해 그 뒤에 태어난 딸에게 '린'자를 물려줬다. 커린은 '마땅히 린으로 여겨진다'라는 뜻을 품고 있다. 다른 두 오빠는 커린보다 한참 위다. 큰오빠는 가업을 계승해 일찍이 의학계로 진로를 잡았고, 야망이 남다른 둘째 오빠는 양친의 인맥과 정계 요직에 계신 외할아버지의 지원으로 젊은 나이에 입법위원立法委員* 선거에 출마했다.

두 오빠가 각자의 영역에서 이미 성공을 거뒀으니 늙은 아

---

* 타이완의 입법기관 구성원을 선출하는 선거. 대한민국의 국회의원 총선에 대응하는 개념이다.

버지는 오빠들에게 했던 것처럼 커린을 엄격하게 대할 필요가 없었다. 게다가 둘째 오빠의 뒤를 봐주고 자신의 사업도 돌보느라 야오커린의 늙은 양친은 집에 머무는 날이 점점 줄었고, 덕분에 커린은 상당한 자유를 얻을 수 있었다.

커린은 어릴 때부터 가사도우미 이외에 아무도 없는 집에 익숙했다. 본인의 타고난 성격이기도 하지만, 환경 덕분에 어릴 적부터 독립하는 법을 배웠다. 커린은 매일 학교 숙제를 마친 후 작은 다락방에 처박혔다. 그곳은 그녀만을 위해 꾸민 공간이었다. 그녀는 자신에게 유리한 환경을 조성하는 법을 선천적으로 이해하는 아이였다.

다락방에는 책들이 가득했다. 커린은 과학 정기 간행물부터 외국 소설, 경제 매거진, 위인전, 심지어 가십거리로 가득 찬 주간지까지 가리지 않고 닥치는 대로 읽었다. 중학교를 졸업할 즈음 그녀는 천 권이 넘는 책을 읽었고, 성적도 뛰어났다. 답이 정해진 학교 수업은 그녀에게 너무도 쉬웠지만, 경직되고 변화가 없어 흥미가 가지 않았다.

고등학교를 졸업할 때 즈음 커린은 뭇사람의 촉망을 받으며 졸업생 대표로 단상에 올라 연설을 했다. 당시 초대 받은 내빈들까지 그녀의 기품 있고 여유로운 기질을 흠모했다. 그녀는 충분히 의대에 진학할 수 있을 만큼 성적이 뛰어났지만 외국어 계열을 선택했다. 하지만 전공수업을 듣기보다는 여기저기 청강하러 다니느라 바빴다. 대학이 자신에게 만족을 가져다주기에 역부족임을 깨닫자 커린은 인터넷 세상에 열중했고, 거기서 다크웹을 알게 되었다.

커린은 다시 몇 날 며칠을 다락방에 처박혔다. 다크웹에서 본 모든 것이 상상보다 훨씬 무시무시했기에, 그녀는 한 번도 본 적 없는 그 암흑의 세계에 대번에 매료되었다. 그때부터 커린은 그 세계에 심취했다. 누군가를 학살하고 싶은 충동은 없었고 순전히 호기심 때문이었다. 어느 날 그녀는 전설로 남은 살인마 잭의 이름을 딴 조직을 발견했다. 그들이 올린 수많은 살인 영상에서 조직원들은 자랑스럽게, 또는 과장되게 오른쪽 가슴의 흉터를 뽐냈다. 고의적으로 남긴 J 표시였다.

살해 방법은 조직원마다 나름의 창의성을 띠고 있었지만, 배를 가르는 의식만은 반드시 수행하는 게 그들의 특징이었다. 커린은 영상을 보며 산 채로 배를 갈리는 피해자의 느낌이 어떨지 상상해 보았다. 고통은 당연하겠지만 그 정도는 얼마나 될까? 또 어떤 종류의 통증일까? 조직원은 어떤 동기로 이런 끔찍한 학살자가 되기로 했을까? 그들은 어떤 심리를 안고 살아갈까? 단순히 살인에 흥미를 느끼는 걸까? 아니면 사회에 불만을 드러내는 행위일까? 잭 더 리퍼를 숭배하는 이유는 또 무엇일까? 맹목적인 숭배일까? 잭에게 공감해서일까?

모니터 너머에서 얻을 수 있는 정보는 제한적이었다.

커린은 사이트를 지속적으로 관찰하다 우연히 아시아에도 조직원이 있음을 알게 되었다. 그녀는 일부러 중국어로 게시물을 올렸다. 이를 몇 번 반복하자 과연 주목을 끌었고, 나중에는 익명으로 메시지를 주고받는 방식으로 그들과 소통했다. 그녀는 잭 조직원이 될 의향이 있다며 입문하도록 이끌어 달라고 했지만, 그에 대한 대답은 바닥이 보이지 않는 우물에 돌멩이를 던진 듯 오랫동안 돌아오지 않았다.

인내심을 가지고 기다리던 어느 날, 커린은 마침내 어느 조직원으로부터 답장을 받았다. 타이완에 사는 남자였다. 둘은 얼마간 연락을 주고받았고, 그녀는 상대방의 경계를 풀기 위해 노력했다. 둘 사이에 어느 정도 신뢰가 쌓이자 커린은 마침내 원하던 걸 말했다.

"나도 조직원이 되고 싶어."

상대가 커린의 미모에 끌렸는지도 모른다. 혹은 같은 부류의 동지를 만났다는 기쁨에 충동적인 결정을 내렸을지도 모른다. 아무튼 잭 조직원은 만날 장소를 알려 주었다. 약속한 날 그는 착실한 멘토가 되어 커린에게 산 사람의 배를 가르는 방법과 잭의 조직원이 되는 방법을 가르쳐 주기로 했다.

* * *

야오커린과 조직원은 약속 장소에서 만났다.

번화가와 떨어져 있지만 드문드문 집들이 보였다. 커린은 활동하기 편한 트레이닝복을 입었고, 선선한 날씨라 바람막이도 한 벌 챙겼다. 그녀는 약속시간보다 10분 일찍 도착했다. 갓 스무 살 된 소녀가 홀로 살인마를 만나러 가는 건 기괴하고도 위험한 일이지만, 커린은 긴장하지도 두려워하지도 않았다. 천진한 나머지 방어기제가 없어서가 아니다. 그녀는 이 만남에 도사린 위험성을 알고 있기에 치한 퇴치용 스프레이와 전기충격기를 챙기는 등 만반의 준비를 했다.

커린이 손목시계를 주시했다. 약속시간이 다가왔다. 멀리서 그녀처럼 운동복을 입은 남자가 자전거를 타고 다가왔다. 유일하게 눈에 띄는 건 그가 등에 멘 등산용 가방이었다. 남자가 속도를 줄였고, 자전거는 커린과 1미터 정도 떨어진 곳에서 멈췄다.

뚜렷하고 각진 이목구비를 가진 남자는 스포츠용 선글라스를 끼고 있었다. 그는 입꼬리를 조금씩 움직이며 냉소에 가까운 표정을 짓고 있었다. "시간 맞춰 왔네."

"기대되니까." 커린이 웃었다.

남자는 자전거를 끌고 커린과 미리 탐사해 둔 지점으로 향했다. 둘은 야외활동을 사랑하는 젊은 하이킹족처럼 보였다. 이런 편하고 활동적인 차림새는 위장용으로 안성맞춤이었다. 과묵한 남자는 거의 말을 하지 않았고, 커린은 반걸음 뒤에서 남자를 따라 걸으며 주변 환경을 관찰하고 메모했다. 이곳은 인적도 차들도 드물어 매우 조용했고, 도시보다 매연이 적은 대신 녹지와 바람에 흔들리는 강아지풀이 많았다. 공기에서는 축축한 흙냄새가 났다.

커린은 머리칼을 끌어 모아 하나로 묶었다. 시원한 바람이 귓가를 스쳐 목에 닿자 기분이 좋았다. 남자는 곁눈질로 커린을 수시로 훔쳐보면서도 아닌 척했다. 커린은 남자가 자신에게 호감을 가질수록 쉽게 그의 신뢰를 얻을 수 있다는 걸 알고 있었다.

15분 정도 걸어서 둘은 어느 폐가 앞에 도착했다.

"반드시 사람들이 다니지 않는 곳을 골라야 해. 내가 오랫동안 지켜봤는데 여기가 안성맞춤이야. 목표물도 처리하기 쉽고."

남자는 커린을 이끌고 근처 대나무 숲에 숨었다. 얼마 후 양장 치마에 얇은 카디건을 입은 여자아이가 손에 간식거리를 잔뜩 들고 나타났다. 남자는 사냥을 위해 잠복 중인 치타 같았다. 커린은 남자에게 일어나는 모든 변화를 주의 깊게 관찰했다. 스쳤다가 사라지는 얼굴 근육의 움직임, 호흡의 빈도와 한숨의 무게까지 놓치지 않았다. 여자아이가 나타나자 남자의 호흡이 조금 가빠졌다.

"여기서 기다려." 그렇게 말하고 남자는 대나무 숲을 떠나 폐가로 들어갔다. 집 안에서 곧바로 책상과 의자 따위가 부딪히는 소리와 여자아이의 날카로운 비명이 들렸다. 하지만 곧 아무 일도 일어나지 않았던 것처럼 고요한 상태가 다시 찾아왔다. 미세한 바람에 대나무 이파리가 스치는 소리만 들렸다.

폐가에서 나온 남자는 커린에게 숲에서 나오라는 신호를 보냈다. 커린은 남자와 함께 폐가에 들어섰다. 축축한 곰팡내가 코를 찔렀다. 어두컴컴한 입구에 넘어진 책상과 걸상이 보였고, 더 안쪽 바닥엔 봉지에 든 사탕과 과자가 쏟아져 있었다.

남자가 문을 닫자 집 안은 더욱 컴컴해졌다. 커린은 치한 퇴치용 스프레이를 꼭 쥐고 언제라도 남자가 기습해 올 가능성에 대비했다. 경계하는 커린의 태도와는 달리, 남자는 무방비 상태로 그녀에게 등을 보이고 작은 방으로 들어갔다. 창문으로 옅은 햇빛이 들어왔고, 구석에 양손을 뒤로 묶인 아이 둘이 꼭 붙어서 놀란 눈을 부릅뜨고 있었다.

여자아이와 남자아이였다. 여자아이가 조금 더 커 보였고 남자아이는 아주 어렸다. 둘의 입은 헝겊으로 틀어막혀 '으윽'하는 답답한 소리밖에 낼 수 없었다. 놀라서 계속 울고 있는 여자아이의 얼굴은 온통 눈물 자국으로 뒤덮여 있었다. 남자아이는 울지 않았지만, 커린의 눈에는 겁에 질려 어떻게 반응해야 할지 모른다는 게 보였다. 커린은 의자를 끌어다 먼지를 털고 자신만을 위한 객석을 마련했다.

남자가 시장 좌판에서 채소 고르듯 아이 앞에 쪼그려 앉아 선글라스를 벗었다. 검은 안경알 뒤에 가려진 눈두덩에 플라스틱처럼 생기 없는 눈동자가 들어 있었다.

남자는 여자아이를 선택했고, 끌어당겨 침대에 메다꽂았다. 아픔으로 흐느끼는 여자아이는 몸을 동그랗게 말고 덜덜 떨며 남자가 다가오는 모습을 바라봤다. 남자가 아이 손목에 묶인 밧줄을 풀었다. 여자아이는 당장 도망치려 했지만 다시 침대로 내던져졌고, 곧바로 아이의 볼로 따귀가 날아갔다. '짝!' 그리고 또 한 번, 또 한 번.

두들겨 맞은 여자아이는 눈앞이 핑핑 도는 듯했다. 양 볼은 발갛게 부어올랐다. 겁에 질린 아이는 이제 반항할 엄두도 내지 못했다. 여자아이는 굴욕을 견디며 두 다리를 바짝 오므렸지만 남자의 힘에 이기지 못했다. 여자아이는 다리가 벌려진 채 두 복사뼈가 침대 모서리에 묶였다.

남자는 등산용 배낭에서 낫, 가위, 미니 캠코더 등 도구를 꺼내며 캠코더를 커린에게 주고 지시했다. "찍어. 내 얼굴은 안 나오게 해."

그는 이 녹화본도 다크웹에 게시할 생각이었다. 커린은 기꺼이 남자의 요구에 협조했다.

남자가 여자아이의 입에서 헝겊을 빼냈다. 하지만 아이가 큰 소리로 도움을 청하기 전에 뺨을 후려갈겼다. 이번에는 입술 꼬리 쪽이었다. 헝클어진 머리칼이 아이의 옆얼굴에 쏟아졌고, 아무것도 할 수 없는 아이는 숨죽여 울었다. 또 맞을까 봐 두려울 뿐이었다.

'저 칼로 여자아이의 어디를 제일 먼저 벨까?' '성가신 옷가지부터 잘라낼까?' 남자가 칼을 드는 모습을 지켜보며 커린은 앞일을 예측해 보았다.

남자는 거친 손놀림으로 아이의 옷을 잡고 중간부터 잘랐다. 그 안으로 막 2차 성징이 시작된 여아들이 입는 종잇장처럼 수수한 주니어용 브래지어가 드러났다. 물론 브래지어도 예외 없이 잘려나갔다. 누더기가 된 옷을 남자가 양옆으로 찢자 뽀얀 과육 같은 살결이 나타났다.

이제 낫이 등장했다. 남자는 그걸 허공에 몇 번 휘두르며 귀에 거슬리는 바람 가르는 소리를 냈다.

"살려 줘!" 여자아이가 안간힘을 다해 고개를 들고 구석에서 떨고 있는 남자아이에게 애원했다. 바닥에 무릎을 꿇고 앉은 남자아이의 얼굴이 백짓장처럼 창백했다.

드디어 하이라이트가 시작되었다. 커린은 마침내 두 눈으로 배를 가르는 과정을 보고 피해자의 가장 진실된 반응을 관찰할 수 있을 터였다. 도망칠 방도가 없는 여자아이는 전혀 도움이 되지 않는 몸부림을 치다 결국 큰 소리로 울음을 터뜨렸다.

남자가 칼질을 시작했다. 여자아이의 처참한 비명과 살이 잘리는 소리가 뒤섞여 들려왔다. 비명은 발광하는 카나리아의 울음소리처럼 날카롭게 귀를 찔렀다. 아이의 입꼬리에서 빨간 피가 뿜어져 나와 얼굴이 한층 하얘 보였다. 살을 절단하는 소리가 멈추자 장기를 끄집어내는 질퍽대는 소리가 들렸다. 남자는 핏빛 점토를 가지고 노는 것 같았다. 여자아이의 구슬픈 비명이 뚝뚝 끊기다 점점 가늘어졌다.

'갈라진 배는 이런 모양이구나! 창자를 꺼내면 이런 반응이 나타나는구나!' 커린은 근면한 학생처럼 눈앞에 나타난 모든 장면을 머릿속에 집어넣었다. 한 번도 경험한 적 없는 새로운 자극이었다. 역시 이 여정은 헛되지 않았다.

철저히 유린당한 여자아이는 결국 고통 속에서 숨이 끊어졌고, 침대는 온통 검붉은 색으로 물들었다. 침대의 가장자리를 따라 흘러내린 핏방울이 큰 동그라미를 그렸다. 여자아이의 몰골은 생물 시간에 해부당한 개구리 같았다.

"이제 네 차례야." 남자가 낫을 움켜쥐고 손잡이를 커린에게 향하도록 건네줬다. "남자애는 네가 죽여."

커린은 낫을 받아들고 캠코더를 남자에게 넘겼다. 이렇게 역할이 바뀌었다. 거의 정신이 나간 남자아이의 두 눈에는 초점이 없었다. 동공 안에는 죽은 여자아이의 잔상만 맺혀 있었다.

몇 년이 흘렀고, 그 남자아이는 소년으로 성장했다.

그리고 지금 이 순간, 그 소년은 사람들이 '닥터 야오'라고 부르는 커린의 집으로 쳐들어갔다.

23

둘만의
비밀

단수이의 호화 저택. 오전 10시 9분. 구름 한 점 없이 맑은 날이다.

쾌청한 햇살이 한쪽 벽면을 채운 통유리창을 투과해 집 안으로 쏟아지자 모든 그림자가 천천히 걷혔다. 단수이 강 표면에 물결이 눈부시게 반짝였다. 자동차들이 줄지어 흘러갔고, 멀리 보이는 나룻배가 천천히 강을 건너고 있었다.

책 더미에 둘러싸인 닥터 야오는 품이 넉넉한 흰 셔츠를 입고 있었다. 그녀는 무릎을 세워 끌어안고 몸을 웅크렸다. 눈앞의 소년은 그날 만났던 남자아이다. 그 아이는 지금 무표정하지만, 야오커린은 만감이 교차한다는 말로도 부족할 만큼 감정이 퍽 복잡했다.

한때 저 아이는 친구가 산 채로 학살당하는 장면을 무력하게 지켜봤지만, 지금은 바로 그 사이코패스 살인마들을 직접 사냥하고 있다. 아이는 많이 성장했다. 얼굴에 그날의 그림자가 얼핏 남아 있지 않았더라면 아마 몰라봤을 것이다.

스녠은 갓 스무 살을 넘긴 나이지만, 나이 지긋한 사람보다 침착하고 신중하다. 야오커린은 스녠이 오랜 시간 마음속에 자리 잡은 혼란과 줄다리기해 온 일을 알고 있었다. 불완전한 기억 때문에 그가 추격하고 사냥하는 괴물이 실은 자기 자신이 아닐까 하는 의심도 들었을 것이다. 그녀도 그 틈을 이용했기에 스녠의 마음속 혼돈을 끌어낼 수 있었다.

하지만 지금의 스녠은 다르다. 완전한 기억을 되찾았고, 다시는 미혹되지 않을 터였다. 그날 누나의 죽음은 그에게 쓴 저주와 같았고, 혼란의 근원이자 모든 일의 발단이었다. 누나 대신 복수하겠다는 집념이 스녠을 이토록 강인하게 단련한 것이다.

그 강인함은 닥터 야오의 상상을 크게 뛰어넘었다.

닥터 야오는 스녠이 막후에 가려진 원흉과 마주한 뒤에도 침착할 수 있다는 점이 굉장히 의아했다. 스녠은 한쪽 무릎을 꿇고 손에는 예리한 단도를 쥐고 있었다. 둘 사이에는 스녠의 걸음으로 고작 한 발 정도의 거리가 있다. 칼이 충분히 야오커린의 가슴에 꽂힐 수 있는 거리다. 스녠은 아마 이 거리까지 계산했을 테고, 그녀가 경거망동하면 절대로 인정사정 봐 주지 않을 것이다.

하지만 차분해 보이는 스녠도 결국 충동적인 데가 있었다. 부자연스러운 허벅지의 움직임으로 미루어 보아 분명 다쳤을 것이다. 그렇지 않다면 굳이 한쪽 무릎만 꿇고 있을 이유가 없다. 분명 며칠 전 건반에서 입은 상처일 것이라고 야오커린은 확신했다. 그날 밤은 정말 잔혹했다. 다행히 업자가 있어 많은 귀찮은 일을 덜 수 있었다.

"다쳤구나." 야오커린이 말했다.

"그때 왜 날 살려 뒀지?"

예상한 질문이었다. 야오커린이 미소를 지었다. 그녀의 웃음은 언제나처럼 우아하고 품위가 넘쳤다. "그러게 말이야. 왜였을까?"

* * *

커린이 피 묻은 낫을 받아 들었다. 꽤 묵직해서 상당히 힘을 줘야 안정적으로 들 수 있었다. 살해 목표물이 된 남자아이는 완전히 얼이 빠져서 저항조차 하지 못했다.

남자가 다급하게 재촉했다. "빨리 죽여! 그러면 네 가슴에 징표를 새겨 줄게. 이제 너도 우리 잭의 일부가 되는 거야."

커린은 남자의 말을 들은 체 만 체했다. 낫을 쥔 손바닥의 감각이 묵직하고 단단했다. 낫 등만으로도 아이에게 중상을 입힐 수 있을 것 같았다. 아직 다 자라지도 않은 연약한 아이가 묶여 있기까지 하니 무슨 힘이 있을까? 아이는 그녀가 원하는 만큼 지배당할 일만 남았다. 이 기분을 뭐라고 설명해야 할까? 커린은 자신의 불유쾌한 감정을 분석했다. 그렇다. 이 감정은 '재미없음'으로 설명될 수 있다.

사실 처음부터 직접 움직일 생각은 없었다. 굳이 두 손에 피를 묻히며 사람의 배를 가르는 일은 애초부터 계획에 없었다. 그녀가 가장 궁금한 건 피해자의 반응이었다. 솔직히 그게 전부다. 사실 그녀는 이보다 훨씬 격렬한 자극을 기대했다. 그런데 살인의 쾌감에 중독된 이 남자는 정말 시시하기 짝이 없었다. 살인 동기는 본능에서 나온 것으로 보였다. 이토록 깊이도 없고 단순하다니. 이건 커린이 원하는 해답이 아니었고, 생각하면 생각할수록 실망스러웠다.

'그러면 여기까지인가?'

"애 좀 잡아 줄 수 있어?" 커린이 부탁했다.

남자는 여전히 냉혹한 낯짝을 하고 있었지만 재빨리 다가와 아이를 제압했다. 남자는 지금 흥분했고, 그녀에게 헌신적인 태도를 보여 주고 싶을 터였다.

남자아이는 몸부림조차 없이 여자아이의 시체만 멍하니 응시하며 목구멍에서 갑갑한 소리를 냈다. 눈물 밸브라도 열린 듯 끝없이 눈물을 흘렸지만, 신기하게도 소리는 조금도 내지 않았다. 발성기관이 여자아이와 함께 죽어 버린 것 같았다. 혼자 남겨진 남자아이는 어딘가 불완전해졌다.

커린에게 등을 보이고 선 남자는 완전히 무방비 상태라 그녀가 예상 밖의 행동을 할 줄 꿈에도 몰랐다. 커린은 주머니에서 전기충격기를 꺼내 재빨리 남자의 뒤통수에 댔다. 남자는 바들바들 떨며 바닥에 쓰러졌고, 전류는 남자아이에게까지 전해졌다. 자그마한 몸이 충격을 이기지 못해 아이는 그대로 정신을 잃었다.

커린은 아직 의식이 남아 있는 남자를 끌어내 남자아이에게서 떨어뜨린 후 전기충격기를 다시 한 번 남자의 왼쪽 가슴에 댔다. 남자가 손을 뻗어 저항하려 했지만, 커린은 이번에는 전기충격기의 배터리가 소진돼 스스로 멈출 때까지 손을 떼지 않았다. 남자의 심장은 전기충격기와 함께 멎었다.

전기충격기를 거두자 탄 냄새가 진동했다. 커린은 흉기를 주머니에 넣고 소형 캠코더도 챙겼다. 그리고 잠든 듯 보이는 남자아이 곁에 쪼그리고 앉아 창백한 얼굴을 가까이에서 감상했다.

"징표를 남긴댔지?" 커린은 남자의 말이 떠올라 낫을 다시 집어 들고 아이의 상의를 젖혔다. 아이는 심각하게 말라서 갈비뼈와 가슴뼈의 모양이 선명히 드러났다. 전기충격으로 정신을 잃은 아이는 그녀가 가슴에 J라고 새기는 동안 꼼짝도 하지 않았다. 커린은 아이의 동맥을 짚어 보고 아이가 죽지 않았다는 걸 확인했다.

커린은 낫 손잡이의 지문을 닦고 손수건으로 집어 남자 곁에 아무렇게나 던졌다. 이제 현장을 떠날 시간이다. 남자아이는 예상보다 훨씬 가벼웠다. 그녀는 아이를 업고 왔던 길로 되돌아 나갔다. 둘의 모습은 소풍이라도 나온 남매 같았다. 다정한 누나가 놀다 지친 장난꾸러기 동생을 업고 집에 가는 모습으로 보였고, 아마 누구라도 그렇게 생각했을 것이다.

한참을 걸어 커린은 맨 처음 남자와 만났던 지점에 도착했다. 그곳은 폐가와 상당히 떨어져 있었다. 그녀는 아이를 길에 버려 두고 떠날 생각이었지만, 무언가 생각난 듯 캠코더를 꺼내 아이의 생김새를 꼼꼼하게 촬영해 두었다.

남자아이는 아직도 깨어나지 못했다. 그는 얼마나 긴 잠을 잤던 것일까?

* * *

"왜 대답이 없지?" 스넨이 추궁하며 천천히 닥터 야오를 향해 다가갔다. 즐겨 쓰는 단도는 수많은 살인마의 목숨을 끊었고, 그중에는 잭 조직원이 아닌 자도 있었다. 하지만 스넨은 함부로 살인하지 않으며, 살인 괴물만 골라서 죽인다.

닥터 야오는 자세를 고쳐 무릎을 꿇고 허리를 꼿꼿이 편 뒤 셔츠의 단추를 풀었다. 셔츠를 벗자 우윳빛 나체가 드러났다. 윤이 나는 가슴은 반질반질했고, 살결은 푸른 모세혈관이 비칠 정도로 하얬다.

잭 조직원의 표시는 보이지 않았다.

"난 조직원이 아니야." 닥터 야오가 긁힌 상처 하나 없이 매끈한 가슴으로 자신을 증명해 보였다. "내가 그 여자애를 죽이라고 한 것도 아냐. 너랑 여자애는 처음부터 목표로 찍혔어. 난 다만 옆에서 참관했을 뿐이야. 그래. 그날 거기에 있던 건 맞아. 하지만 내가 있든 없든 여자애는 죽음을 면할 수 없었어. 하지만 넌 다르지. 나 때문에 죽지 않았으니까."

"내가 당신 덕분에 산 것처럼 말하지 마. 당신은 이하오에게 누나의 남동생인 척 연기하게 했고, 일부러 내가 잭 조직원인 건 아닐까 하고 스스로를 의심하게 했어." 스녠은 화를 참기가 힘들었다. 그가 팔을 내밀어 칼끝을 닥터 야오의 목구멍께에 겨눴다. 격렬한 동작에 허벅지의 상처가 또 욱신거렸다. "당신은 그 남자를 말릴 수 있었잖아. 누나는 죽지 않을 수도 있었어!"

닥터 야오는 조금도 두려운 기색 없이 자신의 생명을 위협하는 칼을 본체만체했다. "나는 어쩌면 다비도프와 비슷한 사람이야. 호기심이 좀 많지. 다른 점을 꼽자면 그 사람은 철저하게 방관자로 있길 원하고, 나는 직접 참여하길 바란다는 거야. 하지만 다비도프도 자기가 필요하다고 여길 때는 간섭했겠지. 예를 들면 일이 더 재미있어진다고 판단될 때 말이야. 그렇지 않았으면 내가 뒤에서 모든 걸 조종했다는 사실을 네가 알 리도 없었을 테고, 더욱이 여기까지 찾아오지도 못했겠지. 정말 교활한 정보상이라니까."

"다비도프가 당신은 무서운 여자라고 했어. 그 말이 맞았군." 스녠의 오른손은 제어할 수 없을 정도로 떨렸다. 닥터 야오를 당장 찔러 버리고 싶은 충동을 억제해야 했기 때문이다.

"그럼 정정할게. 정말 교활하고 함부로 말하는 정보상이군. 넌 어떻게 생각해? 내가 무서워?"

"당신을 죽이고 싶어."

닥터 야오는 움직이지도 피하지도 않았고, 시선조차 옮기지 않았다. 내내 침착한 표정으로 스녠을 주시하기만 했다. 그러다 그녀는 갑자기 웃음을 터뜨렸고, 미소를 머금은 채 대답했다. "그럼 어서 시작해."

스녠이 칼을 단단히 쥐었다. 이대로 닥터 야오를 죽여서 이 얽히고설킨 갈등을 끝내고 싶었다.

"안 돼!" 그때 누군가 외치는 소리가 들렸다.

스녠은 깜짝 놀랐다. 소리친 사람이 다름 아닌 이하오였기 때문이다. 그는 몸 여기저기에 붕대를 감은 채 작은 칼을 든 떨리는 손으로 스녠을 가리키고 있었다. 또 다른 손은 고통스러운 듯 복부를 누르고 있었다. 그날 밤 스녠과 몸싸움을 벌였을 때 깊이 찔린 부위다. 스녠은 이하오가 살아 있는 줄 몰랐다. 이하오의 살고자 하는 의지는 스녠이 복수를 원하는 의지만큼이나 완강했다. 이하오는 응급처치 후 겨우 목숨을 건졌지만, 다친 정도가 스녠보다 훨씬 심해 며칠간 상처를 돌봐야 했다.

이하오가 힘겹게 두 사람 쪽으로 다가왔다. 걸음걸음이 상처를 벌려 극심한 통증을 일으켰다.

스녠이 소리쳤다. "멈춰."

닥터 야오가 인질이었기에 선택의 여지가 없는 이하오는 순순히 스녠의 말에 따를 수밖에 없었다. 이하오는 그 자리에 서서 힘없는 아이처럼 애원했다. "야오 선생님을 죽이지 마. 제발 죽이지 마……."

무표정한 스녠은 이하오의 말을 무시하고 닥터 야오의 동맥을 끊으려 했다. 몇 밀리미터만 더 가까이 가면 자를 수 있다. 찌르면 된다. 찌르기만 하면…….

이하오가 고통을 참고 이를 악문 채 무릎을 꿇었다. 그의 눈에서 눈물이 반짝이더니 순식간에 후두두 떨어졌다. "이렇게 빌게. 야오 선생님을 내게서 또 뺏어 가지 말아 줘……."

스녠이 고개를 돌려 이하오를 향해 포효했다. "네가 나라면 이 여자를 살려 주겠어?"

"달라. 너랑은 달라……." 이하오는 뼛속까지 파고드는 빗줄기를 맨몸으로 맞는 사람처럼 심하게 몸을 떨었다. "꼭 죽여야 한다면 내가 선생님 대신 죽게 해 줘." 칼을 높이 쳐든 이하오가 조금도 망설이지 않고 자신을 푹 찔렀다. 칼날은 이하오의 몸속에 깊이 박혔고, 하얀 환자복에 축축하고 붉은 피가 동그랗게 번졌다. 이하오는 힘없이 허리를 숙였다. 이마에 콩알만 한 식은땀이 맺혔다. "이걸로 모자란다면 배를 가를 수도 있어. 네가 하라는 대로 다 할게. 제발 부탁이야…… 선생님을 해치지 마……"

스녠은 아까만큼 칼자루를 꼭 쥐지 못했다. 이하오가 칼을 뽑아 다시 자해하려고 하자 스녠은 다급하게 저지할 수밖에 없었다. "됐어! 그만해! 그만하라잖아!" 스녠의 마음은 엉킨 실타래처럼 몹시 어수선했다. 그는 이해할 수 없다는 듯 물었다. "왜 이렇게까지 하는 거야?"

이하오가 처량하게 웃었다. "야오 선생님은 내게 가장 중요한 사람이니까. 선생님을 위해서라면 난 뭐든지 할 수 있어."

닥터 야오는 입술을 파르르 떨었다. 그녀는 스녠의 위협에도 불구하고 다급하게 이하오에게 기어갔고, 스녠도 그런 그녀를 막지 않았다. 닥터 야오가 셔츠를 벗어 피가 흐르는 이하오의 상처를 막으며 내내 낮은 목소리로 중얼거렸다. "바보…… 이 바보……"

그 순간 스녠은 마음이 흔들렸다. 어린 날의 그가 용감하게 누나의 앞으로 달려가 그녀를 보호하는 모습이 보였지만, 눈 깜짝할 사이에 흩어지고 말았다. 한스러운 환상일 뿐이었다.

이하오는 그날 스녠이 하지 못한 일을 해 냈다. 스녠도 처음부터 꿋꿋하게 반항했다면, 아니 애걸이라도 했다면 결과가 달랐을지도 모른다. 그랬다면 누나는 살 기회를 얻을 수도 있지 않았을까? 비록 모래알 같은 확률일지라도 가능성을 열었을 것이다. '아니야.' 스녠은 이 바보 같은 생각을 쫓아내려는 듯 고개를 세차게 흔들었다. 모두 일방적이고 천진하기 짝이 없는 발상이다. 기회는 없었을 것이다. 그 남자는 너무 셌다. 설령 그와 누나가 힘을 합쳤대도 아무것도 할 수 없었을 것.

"어서 도망쳐!"

그날, 남자에게 잡힌 누나는 스녠에게 먼저 도망치라고 큰 소리로 외쳤다. 하지만 스녠은 완전히 굳어서 누나가 목숨 걸고 그를 위해 쟁취한 기회를 낭비했다. 만약 누나와 역할이 바뀌었다면, 그도 최대한 남자를 막아 보려 했을까? 스녠은 더 이상 생각을 이어 나갈 수 없었다. 시간은 되돌릴 수 없으니 만약은 존재할 수 없다.

기억이 돌아온 후 스녠은 매일 후회 속에서 살며 끊임없이 자신에게 물었다.

"어째서 누나를 구하지 못했을까?"

지난 몇 년간 그를 움직인 큰 힘은 복수심이었지만, 복수심이 전부는 아니었다. 다시는 자기처럼 소중한 이를 잃는 사람이 없길 바랐고, 다시는 누군가가 사이코패스 괴물 집단인 잭에게 처참하게 살해되지 않길 바랐다. 살아남은 사람은 슬픔과 고통을 고스란히 안고 여생을 살아가야 한다. 그것은 평생을 두고 어루만져도 치유될 수 없는 상처다.

"당신을 용서했다는 뜻은 아니야." 스녠은 그렇게 말하고 애써 마음을 돌려 떠나려 했다. '이걸로 됐다. 이걸로……'

하지만 닥터 야오가 그를 불러 세웠다. 그녀는 이하오의 두 손을 잡고 상처를 잠시 스스로 눌러 지혈하라고 속삭였다. "잠깐만 기다려……." 닥터 야오의 부드러운 손길이 이하오의 이마를 쓰다듬었다. 그녀는 성벽처럼 쌓인 책 더미 속으로 걸어 들어가 진녹색 양장본을 한 권 꺼내 왔다.

닥터 야오는 그것을 스녠에게 건넸다. "고마움의 표시야. 물론 사과의 뜻도 있어."

스녠은 의심스럽게 책을 받아 들고 단도로 열어 보았다. 책 속 페이지는 파여 있었고, 그 안에 또 다른 작은 공책이 숨어 있었다. 스녠은 공책을 꺼내 몇 페이지 들춰 보았다. 예상이 맞았다. 확실히 그에게 필요한 물건이다. 잭 조직원의 개인 신상.

"그 해부터 몇 년간 수집한 자료야. 오류는 절대 없어." 닥터 야오가 갑자기 스녠의 손목을 잡았다. "너는 내 예상을 완전히 뛰어넘었어. 고마워."

스녠은 참을 수 없이 구역감이 몰려왔다. 다른 사람과의 신체접촉은 여전히 그에게 극도의 공포심을 일으킨다. 그는 황급히 손을 놓고 불쾌한 시선으로 닥터 야오를 쳐다봤다. "두 번 다시 이하오를 이용하지 마. 당신을 위해서 기꺼이 죽 겠다는 사람을 망가뜨리지 말라고. 그렇지 않으면 오늘 남 겨둔 몫까지 함께 가져가겠어."

더할 나위 없이 명쾌한 협박이니 닥터 야오는 물론 알아들 었다. 그녀는 이하오에게 돌아가 계속 지혈을 해 주었다. 피 를 많이 흘린 이하오는 추위에 떨기 시작했고, 둔한 몸짓으 로 닥터 야오 곁으로 가 그녀의 체온을 나눠 받았다. 스녠은 어쩐지 둘의 교감이 약간 부러웠다. 지금까지 단 한 번도 느 껴 본 적 없는 괴이한 느낌이었다.

스녠은 자신과 이하오가 많이 닮았다고 생각했고, 이하오 를 통해 그가 품은 한을 어느 정도 해소한 듯한 기분이 들었 다. '여기까지만 하자.' 스녠은 여기서 멈추기를 택하고 소리 없이 떠났다. 임무는 아직 끝나지 않았다. 잭 조직원을 모두 소탕하기 전까지 스녠의 여정은 끝나지 않을 것이다.

집 안에는 닥터 야오와 이하오 둘만 남았다.

이하오는 허약한 목소리로 숨을 헐떡이며 말했다. "아 직…… 모르는 것 같네요……."

닥터 야오는 더 말하지 말라는 뜻으로 집게손가락을 펴 이하오의 입술에 가져다 댔다. "이 일은 우리 둘만의 비밀로 하자. 우리 둘만 아는 얘기니까 다른 사람은 절대 알 수 없 을 거야. 그래 줄 거지?"

이하오는 닥터 야오의 손가락을 살며시 거뒀다. "이젠 내가 제일 특별한 한 사람인가요?"

"그래." 닥터 야오가 대답하자 이하오는 흡족한 듯 미소 지었다.

스넨은 진작 멀리 사라졌다. 닥터 야오는 아무도 없는 현관문을 바라보며 가만히 중얼거렸다.

"잘 가. 09013."

24

끝

커린은 남자아이와 작별하고 무사히 현장을 빠져나왔다. 그녀는 멈추지 않고 잭 조직원과 계속 접촉했다. 하지만 다크웹은 이제 더 이상 매력적이지 않았다. 잭 조직도 시시하긴 마찬가지였다. 그녀는 예전보다 더 독서에 빠져들었지만, 곧 또다시 밀려오는 허무함을 어쩔 수 없었다.

커린은 사람을 시켜 그 남자아이를 수소문했다. 돈만 있으면 모든 일이 쉬웠기에 원하는 정보를 쉽게 얻을 수 있었다. 그녀는 주소를 들고 보육원을 찾아갔다. 젊은 여자가 혼자 방문하는 일은 거의 없어서 안내데스크의 직원은 퍽 놀랐다. 직원은 떠보듯 물었다. "직접 입양을 원하세요? 아니면 공익단체에서 나오신 분인가요?"

커린은 깍듯한 미소를 지어 보였다. "원장님을 뵈러 왔어요. 사전에 약속하진 않았지만 오늘 꼭 원장님을 뵈어야 합니다." 커린은 상대방이 도저히 거절할 수 없게 만드는 기질을 타고났다. 보통 사람들은 어쩐지 그녀의 뜻에 따르지 않으면 안 될 것 같은 느낌을 받는다. 안내데스크 직원도 그에 이끌려 기다리라고 친절하게 안내한 후 원장에게 그녀의 방문을 통보했다.

"이쪽으로 오시죠!" 직원이 원장의 지시를 받고 그녀를 집무실로 안내했다. 원장은 노부인이었는데, 인상이 사나워 보이는 세모꼴 눈을 가지고 있었다. 원장은 얕잡아 보는 말투로 커린에게 앉으라고 했다. 커린이 세상물정 모르는 철없는 아가씨라고 생각했을 것이다.

물론 커린은 그런 무례한 태도에 분노하지 않았고, 여유 있게 자리에 앉아 하고 싶은 말을 전했다. "원장님과 독대하고 싶습니다." 한쪽에 우두커니 선 직원이 원장에게 의견을 구하듯 시선을 마주쳤다. 원장은 귀찮다는 듯 손을 휘휘 저었고, 직원은 밖으로 나갔다.

"대체 무슨 일이시죠?" 원장이 물었다.

커린은 거두절미하고 요점만 말했다. "이 보육원에서 무슨 장사를 하는지 압니다. 인신매매와 장기 매매로 얻는 수익이 얼마나 되시죠?"

원장의 안색이 싹 변했다. 경호원이 썩은 고기를 지키는 대머리독수리처럼 경계의 눈으로 커린을 쳐다봤다. 원장은 책상 아래 호출 벨을 만지작거렸다. 커린의 입을 막기 위해서는 적시에 경호원을 불러야 할 터였다.

커린은 원장의 움직임을 눈치 챘을 뿐 아니라 동작도 더 빨랐다. 그녀는 원장이 호출 벨을 누르기 전에 먼저 수표 한 장을 내밀었다. "영업을 방해할 생각은 없습니다. 오히려 제가 후원해 볼까 하는데요."

수표에는 원장이 거절할 수 없는 액수가 적혀 있었다. 하지만 이 젊은 여자가 이곳에 온 목적을 아직 몰라 원장은 점점 어찌할 바를 몰랐다. 원장의 불안과 공포가 팽창해 터지기 직전에 커린이 말을 이었다. "제 목적을 추측하실 필요는 없어요. 제가 바라는 건 많지도 않고 아주 간단합니다." 커린은 휴대전화를 꺼내 원장에게 화면 속 사진을 보여 주었다. 그날의 그 소년이었다.

"이 아이를 주세요." 커린이 말했다. "거래의 대가로 이 수표는 원장님께 드릴게요."

원장은 조금도 망설이지 않고 거래를 받아들였다. 그녀는 냉큼 수표를 품 안에 집어넣은 뒤 싱글벙글하며 고개를 세차게 끄덕였다. "물론이죠! 문제없습니다. 이쪽으로 오세요!"

원장은 커린을 이끌고 봉쇄구역인 좌측 건물 2층으로 향했다. 차단문을 밀자 쭉 뻗은 단 하나의 긴 복도가 나타났고, 그 끝에 세 개의 방이 있었다. "이곳은 개방하지 않는 구역입니다. 출생신고를 하지 않아 호적도 없는 아이들을 키우죠. 선생님께서 원하시는 아이도 그중 하나입니다. 예전에 도망친 경력이 있는 아이라 각별히 엄격하게 감시하고 있습니다."

원장의 말대로 차단문 뒤로 건장한 체구의 경비가 둘 서 있었다.

긴 복도를 통과하면서 커린은 신선한 흥분을 느꼈다. 그 아이는 어떻게 변했을까? 커린이 분부하듯 말했다. "아이와 둘이서만 얘기하고 싶습니다. 그리고 아이가 제 얼굴을 봐서는 안 됩니다."

"물론 문제없습니다. 어려운 일도 아니죠." 원장은 혼자서 우측 방으로 들어갔다. 복도 쪽으로 창이 나 있지 않아 안에서 무슨 일이 일어나는지는 전혀 알 수 없었다. 커린은 벽에 기대 참을성 있게 기다렸다. 방문이 다시 열렸을 때 원장은 어린 남자아이를 이끌고 나왔다. 커린은 뒷모습만으로도 그때 그 아이가 맞는다고 확신할 수 있었다.

원장은 아이를 중간 방으로 데려가더니 문밖으로 고개를 내밀고 음흉한 눈초리로 두리번거렸다. "준비됐습니다. 들어오시지요."

커린은 원장의 안내에 따라 방으로 들어갔다. 방 안에는 철제 침대 하나만 덩그러니 놓여 있고, 남자아이는 헝겊으로 눈을 가린 채 침대에 누워 있었다. 게다가 실오라기 하나 걸치지 않은 상태였다. 커린은 원장이 무슨 오해를 한 건 아닐까 하고 생각했다.

원장이 문을 닫고 나가자 방에는 커린과 남자아이만 남았다.

그녀는 가벼운 발걸음으로 침대 곁에 다가갔고, 아이는 누군가 다가오는 소리가 들리자 불안한 듯 소리가 나는 쪽으로 고개를 돌렸다. 하지만 당연히 다가오는 사람의 모습은 볼 수 없었다. 커린은 침대 옆에 앉았다. 바닥에 아무렇게나 내던져진 유니폼이 보였다. 명찰에 숫자가 자수로 놓여 있었다. 09013. 남자아이의 일련번호인 것 같았다.

아이는 입술을 직선이 되도록 앙다물고 불안한 듯 어깨를 잔뜩 움츠리고 있었다. 커린의 시선이 소리 없이 아이를 훑었다. 코에서 입술, 울대뼈부터 배꼽, 음경에서 무릎까지. 아이의 피부는 병적으로 창백했다. 아마도 햇볕을 쬘 기회가 거의 없기 때문일 것이다.

커린이 사전에 수집한 정보에 따르면 그 일이 있은 뒤 지나가는 행인이 아이를 경찰서에 데려다줬고, 보육원의 수색 인원이 직접 아이를 데려갔다. 경찰도 꼬치꼬치 캐묻지 않았다. 보육원은 대개 자선단체라는 이미지가 있어 경찰도 굳이 그들을 곤란하게 하지 않았다. 게다가 아이는 친구가 살해당하는 장면을 목격한 직후라 심하게 놀라 말도 제대로 하지 못했으니, 보육원에서 나온 사람의 주도로 짧았던 자유를 잃게 되었다.

커린의 손끝이 아이의 쇄골 쪽으로 미끄러지다 오른쪽 가슴팍에 머물렀다. 거기엔 그날 커린이 직접 새겨 넣은 J가 울퉁불퉁 튀어나와 있었다. 그녀가 직접 남긴 흔적에 손가락이 닿자 아이의 떨림이 뚜렷하게 전해졌다. 반감을 품은 것일까? 아이의 반응을 보자 커린은 더욱 공을 들이고 싶어졌고, 곧 마음대로 남자아이의 몸을 더듬으며 구석구석을 빠짐없이 어루만졌다. 아이의 몸이 팽팽하게 경직되었고, 두 손은 으스러질 듯 주먹을 쥐었다.

'만약 그날 내가 없었더라면 너도 배가 갈릴 운명을 피하지 못했을 거야.' 커린이 생각했다.

그녀가 아이의 주먹을 억지로 펴자 손톱이 손바닥에 깊이 박혔던 흔적이 보였다. 커린은 손가락으로 아이의 손바닥에 무언가를 적었다. 아이는 그게 무슨 말인지 알 수 없었다. 마침내 커린은 만족스러워하며 아이의 곁을 떠났고, 아이는 혼자 방 안에 남겨졌다.

'지금부터 넌 내 것이야.'

그게 커린이 아이에게 남긴 말이었다.

줄곧 방 밖에서 기다리던 원장은 커린이 나오자 지나치게 친절한 모습으로 달려왔다. 꼬리를 흔들며 주인의 환심을 사려는 충견 같은 모습이었다.

"다시 오겠습니다. 아이는 여기 맡겨 두죠. 저 아이는 반드시 살아 있어야 합니다." 커린이 지시하자 원장은 지극히 공손하게 응했다. 거대한 물주 앞에서 원장은 백점짜리 예의를 발휘했다.

그때부터 커린은 비정기적으로 보육원에 찾아왔고, 매번

아이와 단둘이 시간을 보냈다. 그녀는 남자아이의 몸을 계속해서 탐색했고, 점차 성장해 가는 모습을 관찰했다. 아이는 어깨가 벌어지기 시작했고, 키가 컸고, 이목구비는 점점 입체적인 모양을 갖췄다. 하지만 단 한 번도 아이의 눈동자가 어떻게 생겼는지 볼 수 없다는 게 아쉬웠다. 하지만 커린은 그를 점유했다. 그 남자아이, 09013은 이미 그녀의 소유물이 되었다.

시간이 더 흐르자 커린은 어느 날 갑자기 아이에게 강제로 입을 맞추고 싶다는 충동이 들었다. 그녀의 뇌리에 남자들의 얼굴이 여럿 스쳤다. 커린에게 구애하는 남자들은 하나같이 그녀의 외모에 반했거나 집안을 보고 달려든 자들이다. 하나같이 꿍꿍이가 있었고, 침을 질질 흘리는 멍청한 돼지 같은 놈들이었다. 당연히 커린은 그들을 거들떠보지도 않았다. 그들에 비하면 남자아이는 조금도 오염되지 않은 순수하고 정갈한 물건이다.

커린은 아이의 얼굴을 두 손으로 잡고 키스했다. 혀가 뒤엉킬 때 그녀는 이런 돌발적인 행동을 통해 자신이 아이에게 품은 감정이 무엇인지 뚜렷하게 밝히고 싶었고, 답을 얻을 수 있을 줄 알았다. 하지만 아이는 두 주먹을 꽉 쥐고 몸을 팽팽하게 경직하는 단 하나의 반응을 보일 뿐이었다. 아이의 깡마르고 군살 하나 없는 몸에서 근육 선이 유난히 도드라졌다. 이 아이는 이제 아이가 아니다. 정말 달라졌다.

커린은 09013 이외에 보육원의 다른 아이들도 만났다. 하지만 신체접촉은 전혀 없는 단순한 관계였다. 그들은 커린이 선택한 아이와 필경 달랐다.

아니. 딱 하나 예외인 아이가 있었다. 이하오였다. 이하오는 다른 겁 많고 연약한 아이들과 달리 열악한 환경에서조차 호쾌하고 대범했다. 총명해서 원장의 손아귀에 놀아나지 않는 몇 안 되는 아이 중 하나였다. 하지만 그 누구보다 경계심이 강했다.

커린이 보육원 사람이 아니라는 점이 이하오의 호기심을 끌었다. 잭 조직원의 마음도 움직이게 했던 커린에게 어린 남자아이의 마음을 얻는 일이 대수일까? 결국 이하오는 죽을 때까지 커린을 따르는 존재가 되었다. 이하오 후에도 아이들 몇이 선택되었고, 그들은 건반의 직원이 되었다. 이하오는 이렇게 팀의 리더가 된 것이다. 커린에게 선택받지 못한 아이들은 팔려가거나 장기가 적출되거나, 원장에게 세뇌당해 꼭두각시가 되었다.

커린은 선 넘기를 멈추지 않았다.

학위를 취득하고 귀국한 어느 날이었다. 그녀는 오랜만에 보육원을 찾았고, 몇 년 만에 만난 아이는 거의 다른 사람이 되어 있었다. 커린은 그 아이가 틀림없는지 확인하고 싶어 허둥지둥 그를 애무했고, 그 아이라는 확신이 들자 비로소 안심했다. 하지만 뭔가 부족했다. 커린은 뭔가 모자란다고 느

껐다. 황당한 생각이 뇌를 점령할 때까지, 그녀는 침대 옆에서 소년을 내려다봤다.

커린은 아이의 음경을 잡았다. 다섯 손가락에 힘을 주어 움켜쥐자 소년의 여린 신음이 새어나왔다. 금세 입을 다물었지만, 이런 수치심의 표현은 그녀를 미소 짓게 했다. 커린은 언제나처럼 우아한 모습을 유지하며 가볍게 소년에게 올라타 체중을 실었다. 차가운 그의 피부와 커린의 허벅지가 찰싹 달라붙었다.

커린은 높은 곳에서 지배하는 시선으로 그를 내려다봤다. 검은 천으로 눈을 가린 아이의 얼굴이 창백했다. 한껏 힘이 들어간 남자아이의 어깨를 그녀의 손끝이 함부로 스치자 아이는 더욱 팽팽하게 긴장했고, 깡마른 가슴팍은 멈추지 않고 떨렸다.

그걸로는 만족스럽지 않았던 커린은 치마를 걷었다. 이것으로 그녀는 돌아올 수 없는 선을 넘었다. 손가락의 움직임을 따라 음경이 천천히 그녀의 몸 안으로 들어왔다. 살이 찢기는 아픔이 밀려왔지만 커린은 비명이 터지지 않도록 아랫입술을 잘근 깨물었다.

칼에 베이는 듯한 통증이 지나가자 곧 설명할 수 없이 기묘한 느낌이 밀려왔다. 그때 커린은 자신이 남자아이와 섞여 하나가 되었다고 생각하면서도, 자신이 모든 상황을 완벽하게 리드하고 있다고 느꼈다.

'너는 내 것이야.' 커린이 아이의 얼굴을 잡고 막무가내로 입을 맞췄다. 몸이 천천히, 규칙적으로 움직이기 시작했다. 꽃잎처럼 곱고 붉은 핏자국이 소리 없이 번져 나갔다.

* * *

"선생님이 나를 선택했고, 우리 모두를 보육원에서 탈출할 수 있게 했어요." 이하오는 그의 상처를 누르고 있는 야오커린의 손을 쥐었다. 보드랍고 여린 손가락 사이로 그의 따뜻한 피가 배어 나왔다. "선생님이 나를 다시 살게 했어요."

야오커린은 아이들을 보육원에서 직접 매수하는 방법으로 빼내지 않았다. 먼저 계획을 세운 뒤 이하오에게 알렸고, 그가 선택받은 아이 몇을 데리고 스스로 도망치게 했다. 스넨이 보육원에서 다시 한 번 탈출할 수 있었던 것도 그녀의 계획 중 일부였다.

두 사람의 그림자가 점점 길어지다 무수히 많은 책장들 사이로 사라졌다. 집 안은 쥐 죽은 듯 조용했고, 오직 야오커린이 이하오의 귓가에 가만히 속삭이는 소리만 들렸다.

"그러니까 너는 나를 위해 비밀을 지켜 줘. 스넨이 영원히 모를 수 있도록."

***

며칠 후 맥도널드.

드물게 다비도프가 스넨에게 먼저 만나자고 청했다. 지금까지는 스넨이 먼저 단서나 정보를 얻기 위해 연락하곤 했다. 벌써 9월이라 평일 손님이 눈에 띄게 줄었다. 대학생보다 어린 학생들이 모두 학교에 갇혀 있으니 빈자리가 많았다.

다비도프는 플라스틱 숟가락을 들고 딸기잼과 선데 아이스크림을 섞어 분홍색 회오리를 만들었다. 스넨은 차가운 스프라이트를 마셨다. 쟁반 위에는 이름을 기억할 수 없는 새로 출시된 햄버거가 놓여 있었다. 맥도널드에서는 소독용 알코올을 제공하지만 스넨은 직접 준비한 것을 사용하는 편이다. 심리적인 이유에서다. 그의 인지 속에 맥도널드의 알코올은 깨끗하지 못하다.

"닥터 야오를 죽이지 않았더군." 다비도프는 이미 난도질된 딸기 아이스크림을 숟가락으로 휘저었다.

"나중에 후회할지도 모르죠." 스넨이 대답했다. 하지만 이하오가 막는 한 절대 그녀를 죽이지 못할 거란 사실을 스넨도 알고 있었다. 그것은 '동종'인 이하오에게 그가 베풀 수 있는 최대한의 관용이었다. 이하오가 닥터 야오의 목숨줄인 셈이다.

"너는 너무 착해서 탈이야. 물론 그 점이 놀랍긴 하지만 조금 실망스럽기도 해. 나는 네가 훨씬 깔끔한 성격인 줄 알았는데 이렇게 마음이 약할 줄이야……. 장린칭 사건이 네게 큰 교훈을 주지는 못했나 봐? 그놈의 두 자식이 멀쩡히 살아 있으니 어쩌면 어느 날 걔들이 찾아올지도 몰라. 그땐 네가 사냥감이 되는 거지." 다비도프는 오늘 날씨를 이야기하듯 대수롭지 않은 말투로 설교했다.

"저는 상관없어요." 스넨은 정말 괜찮았다. 잭 조직을 적수로 둔 그가 꼬맹이 둘을 두려워할 이유가 있을까?

"왜 만나자고 했는지 안 궁금해?"

"일부러 안 물었어요." 이럴 때는 스넨도 다비도프의 속내를 꿰뚫어 봤다. "어차피 말하고 싶어 안달일 테니까요."

다비도프가 손가락을 튕겼다. "아주 정확해. 당분간 너와 작별해야 할 것 같아. 당장 처리하지 않으면 안 되는 일이 생겨서 좀 멀리 다녀와야 하거든. 내친김에 휴가도 길게 다녀오려고. 그동안 내 대리인이 네게 직접 연락할 거야. 정보나 지원이 필요하면 그 사람에게 물어봐."

말은 그렇게 했지만 다비도프는 어서 빨리 재미있는 새 장난감을 갖고 싶어 하는 아이의 얼굴을 하고 있었다. 이미지와 전혀 맞지 않는 천진함에 스넨은 잠시 솜털이 쭈뼛 솟았다.

"오랫동안 못 볼 거야. 비록 지금은 재미없어졌지만, 다시 만날 때는 내게 또 다른 서프라이즈를 주길 바란다." 다비도프는 라이터를 꺼내 손에 쥐고 만지작거렸다. 뚜껑을 반복적으로 여닫자 '짤깍'하는 금속 부딪히는 소리가 났다. "아…… 어쩐지 좀 외로운걸? 물론 농담이야. 그래. 이걸로 됐다. 나 잊으면 안 돼!"

다비도프는 한입도 먹지 않고 엉망으로 헤집어 놓기만 한 딸기 아이스크림을 두고 유유히 계단을 내려갔다. 스넨은 창으로 거리의 풍경을 내려다봤다. 수트를 차려입은 다비도프는 길모퉁이를 돌아 사라졌다. 햇살이 눈부시다. 빨강 불과 초록 불이 규칙적으로 바뀌었고, 행인들은 삼삼오오 횡단보도를 건넜다.

스넨은 문득 다비도프가 입도 대지 않은 딸기 아이스크림을 집어 들었다. 장난이 심한 정보 판매상이 헤집어 놓은 통에 끔찍한 모양이 되었지만 침은 조금도 닿지 않았다.

분홍색과 흰색의 아이스크림이 플라스틱 숟가락에 덕지덕지 묻어 있었다. 스넨은 망설이다가 혀를 내밀어 아이스크림을 조금 먹어 보았다. 딸기 아이스크림의 맛이 입안에 천천히 퍼져 나갈 때, 그는 비로소 다비도프가 단 음식을 편애하는 이유를 깨닫게 되었다.

닥터 야오와의 갈등도 끝났다. 다비도프의 개입 덕분에 스넨은 정교하게 설계된 함정에서 먼저 발을 뺄 수 있었다. '정말 형편없군.' 스넨은 그렇게 생각하면서 아이스크림을 또 한입 먹고는 숟가락을 내려놓았다.

스녠은 주머니에서 작은 수첩을 꺼냈다. 수많은 잭 조직원의 정보가 상세히 적혀 있었다. 닥터 야오는 이 정보들을 수집하려고 꽤 많은 시간과 돈을 썼을 것이다. 스녠은 정보를 하나하나 확인했다. 이미 그의 손에 죽은 자도 있고, 아닌 자도 있었다. 하지만 상관없다. 그들이 어디에 숨어 있든, 어떤 교묘한 수단으로 위장하든 스녠은 전부 찾아낼 것이다. 그들이 뒤집어 쓴 인두겁을 벗겨 내고, 죽일 것이다.

임무는 아직 끝나지 않았다.

* * *

건반에서 벌어진 살인 사건은 결국 세간에 알려졌다. 샤오쥔은 피해자 신분으로 경찰서에 출두해 차를 마시며 조서를 꾸몄다. 건반에서 있었던 일들을 낱낱이 털어놓았지만 스녠에 대한 부분만은 숨겼다. 자신은 범인이 한눈을 판 사이에 요행히 탈출했다고 진술했다.

카페 주변에는 CCTV가 거의 없었고, 겨우 있는 몇 개는 하필 모두 고장 나 스녠과 샤오쥔이 함께 현장을 떠나는 모습은 잡히지 않았다. 그 소식을 들었을 때 샤오쥔은 어떤 예감이 들었다. 누군가 미리 손을 썼을 것이다. 그게 아니라면 이렇게 교묘한 우연이 존재할 수 있을까?

경찰은 무척 친절했고 더 이상 그녀를 추궁하지 않았다.

샤오쥔의 예상과는 전혀 달랐다. 사실 위증이 발각돼 갇혀
지낼 각오도 해 뒀지만, 어디에 갇힐지는 상상할 수 없었다.
경찰서는 처음 와 보는 데다 구속 과정도 잘 몰랐다. 아무튼
아무 일 없으니 상관없게 되었다.

샤오쥔은 경찰에게서 살인 사건을 해결해야겠다는 의지
보다는 어떤 필수적인 절차를 밟는다는 듯한 느낌을 받았
다. 누군가 상황을 좌지우지하고 있다는 생각도 들었다. 하
지만 배후의 누군가가 어떤 의도를 가졌든 샤오쥔과는 하
등 상관이 없고, 설령 간섭하고 싶어도 그럴 방도가 없었다.

진술조서를 작성한 방 밖에서 갑자기 시끌벅적한 소리가
들렸다. 어디서 냄새를 맡았는지 기자들이 벌떼같이 몰려와
단독 기사거리를 쟁취하려 했다. 친절한 경찰은 샤오쥔을 보
호하며 뒷문으로 나갈 수 있게 배려해 줬고, 덕분에 기자들
과 부딪히지 않을 수 있었다.

눈부신 햇살을 맞으며 경찰서를 나설 때 샤오쥔은 전혀
다른 두 세계를 넘나든 것 같다고 느꼈다.

두 세계. 그녀는 스녠을 생각했다. 샤오쥔은 스녠이 사는
세상에 비하면 자신은 평범하기 그지없는 보통 세상을 살
고 있다고 생각했다. 물론 이것은 한탄이 아닌 안도다. 그의
세계는 너무도 고통스러워서 보통 사람은 감당할 수 없다.

다만 자신의 처지도 별반 다를 바 없다. 지금 다니는 직
장은 그만둘 수밖에 없게 되었다. 상사와 동료들은 세 여자

의 실종을 샤오쿤이 꾸민 일이라고 생각하는 눈치다. 떠도는 유언비어는 사람을 죽이는 무기가 될 수 있다. 이런 불리한 환경에선 하루라도 빨리 벗어나는 게 좋다. 다시 구직할 생각을 하니 여지없이 두통이 밀려왔다. 하지만 인육까지 강제로 먹은 마당에, 구직 따위는 정말 하찮은 일 아닐까? 아마 그럴 것이다.

오렌지색 얼룩고양이 두 마리가 길가 주택의 돌담에 앉아 꾸벅꾸벅 졸고 있었다. '스녠은 대체 어디 있을까? 그날 밤 녹음 파일에는 무슨 내용이 들어 있었을까?' 샤오쿤은 생각에 잠겼다. USB는 내내 스녠이 가지고 있어서 몰래 들어 볼 기회가 없었고, 그는 이제 실종되기까지 했다. 샤오쿤은 문득 스녠은 제멋대로인 고양이처럼 곁에 잡아 둘 수 없는 존재라는 생각이 들었다.

그때 멀리서 익숙한 실루엣이 나타나 샤오쿤의 잡생각을 멈추게 했다. 어째서 저 녀석은 항상 이렇게 절묘한 타이밍에만 나타나는 걸까? 그것도 개미 새끼 한 마리 못 죽일 것 같은 순한 얼굴을 하고, 단번에 호감을 느끼게 하는 모습으로 말이다. 정말 얄밉다.

저 녀석…… 정말 얄미워 죽겠다.

스녠이 다가왔고, 샤오쿤은 또다시 익숙한 그 인사말을 듣게 되었다.

"배고파 보인다."

에필로그

날이 밝았다.

교복 차림의 장페이야張培雅가 살금살금 거실을 가로질렀다. 둘째 고모네 가족들은 아직 잘 시간이다. 현관문 손잡이를 살며시 돌려 불필요한 소음을 줄였다. 열린 문틈을 빠르게 통과해 밖으로 나가 최대한 소리를 내지 않도록 조심하며 문을 닫았다.

조금 쌀쌀한 아침 공기는 아직 자동차 배기가스에 자리를 내어 주지 않았고, 전봇대에 앉은 참새들은 수다스럽게 지지배배 울었다. 교과서와 참고서가 든 가방도 무거웠지만 장페이야의 발걸음은 더 무거웠다.

할 수만 있다면 학교에 가지 않았을 것이다. 하지만 무단결석을 할 만한 재주가 없었다. 지난번에 몰래 수업을 빼먹었을 때에는 담임이 큰고모에게 이르는 바람에 몇 날 며칠을 모욕적인 말에 시달려야 했다.

버스가 아침의 차량 행렬을 따라 정류장에 도착했다. 장페이야는 생기라고는 조금도 없는 다른 학생들을 따라 버스에 몸을 밀어 넣었다. 차 안에서 각종 냄새가 섞여 풍겨 왔다. 의자의 괴상한 고무 냄새, 디젤 냄새, 옆에 선 여자의 머리칼에서 나는 기름 냄새, 하품하는 출근족의 입 냄새, 과하게 바른 헤어 왁스의 역겨운 향내……

장페이야는 책가방에서 마스크를 꺼내 착용했다. 코를 찌르는 온갖 냄새를 어느 정도 막아 주고, 얼굴도 반쯤 가릴 수 있으니 꽤 좋았다. 그 일을 겪은 후 그녀는 줄곧 자신을 가리고 싶어 했다.

오전 7시. 학생들이 줄지어 교문으로 들어갔다. 체육 담당인 생활지도부장 선생님이 꼿꼿하게 서서 등교하는 학생들을 주시했다. 인간 감시카메라가 따로 없었다. 장페이야는 학생들을 잠재적 범죄자로 취급하는 불신의 눈초리가 불편해 최대한 시선을 피하며 곧장 교실로 갔다.

교실에 들어서자 먼저 등교한 몇몇 친구들이 볼륨 조절을 전혀 하지 않은 채 한담을 나누고 있었다. 여학생 몇이 둘러앉아 근처 베이커리에서 사온 샌드위치와 밀크티를 마시며 어느 반 누구에 대한 험담을 열심히 주고받았다.

무리 중 한 명이 장페이야를 보고 팔꿈치로 옆에 앉은 친구를 쿡쿡 찌르자 그녀들의 시선이 장페이야에게 몰렸다. 그렇게 몇 초간 정적이 유지되다 그녀들은 또다시 수다를 떨기 시작했다. 하지만 수시로 시선이 날아왔다. 가볍고 자연스러웠던 웃음도 작위적으로 변했고, 곱지 않은 시선과 기운이 느껴졌다.

장페이야가 막 자기 자리에 앉아 아직 가방도 내리지 않았을 때, 앞머리를 똑바로 내려 자른 여학생이 건들거리며 다가와 손바닥으로 책상을 쾅 내리쳤다. "야, 1교시 끝나고 화장실로 와. 안 오면 죽는다!" 불량해 보이는 그 여학생은 용건을 뱉어내고 다시 무리로 돌아갔다. 무리는 뭐라 속닥대며 쌤통이라는 시선을 보냈다.

장페이야는 그 여학생의 손자국이 남아 있기라도 한 듯 책상을 가만히 바라봤다. 고개를 숙이자 곧게 뻗은 앞머리가 두 눈을 가렸다. 마스크까지 썼으니 거의 모든 얼굴 부위가 가려졌다.

"음침한 년. 쟤년 아빠 죽었대." 아까 그 여학생이 오직 장페이야에게 모욕을 줄 목적으로 크게 말했다.

장페이야는 말없이 가방을 내려놓고 교과서를 꺼내 예습했다. 아무 일도 일어나지 않은 것처럼. 하지만 억지로 감정을 참느라 마스크 밑으로 아랫입술을 꽉 깨무는 바람에 거의 피가 날 지경이었다.

1교시는 수학이다. 수학 선생님이 이차방정식을 설명하는 동안 학생들은 대부분 휴대전화를 만지작거리거나 웹툰을 봤다. 쪽지를 전달하거나 아예 대놓고 떠들어 선생님과 목소리 경쟁을 하는 학생도 있었다. 볼 꼴 못 볼 꼴 다 봐 온 수학 선생님은 눈 하나 깜짝하지 않았다. 어차피 야단쳐서 들을 놈들이 아니니 기계처럼 진도만 나갔다. 장페이야는 학교를 좋아하지 않았고 이 교실에 있는 건 더욱 짜증났지만, 수업은 절대 허투루 듣는 법이 없었다. 어릴 때부터 길러 온 습관이다.

수업이 끝나는 종이 울리자 수학 선생님은 1초도 이곳에 더 머물고 싶지 않다는 듯 물건을 챙겨 교실에서 나갔다.

"장페이야." 그녀를 부른 사람은 담임이었다.

장페이야는 어리둥절했다. '사고 친 적 없는데? 설마 둘째 고모가 담임한테 뭐라고 일렀나? 하지만 아무 잘못도 하지 않았는데…….' 지난번에 도저히 참을 수 없어서 거의 도망치듯 무단결석을 한 뒤로는 학생의 도리를 다하며 지내고 있다.

마음이 바뀌었는지 장페이야를 직접 화장실로 끌고 가려고 다가온 불량 여학생도 멈칫하며 무슨 일인지 상황을 살폈다.

"교무실로 와라." 담임은 설명해 주지 않았고, 장페이야는 담임을 따라 교실을 나설 수밖에 없었다. 하지만 왜인지 담임이 교무실이 아닌 다른 쪽으로 방향을 잡아 장페이야는 점점 더 불안해졌다.

두 사람은 상담지도실 앞에서 멈췄다. 담임은 그제야 장페이야를 부른 이유를 설명했다. "상담실에서는 외부기관과

연계해 정기적으로 청소년 심리상담사를 교내로 모셔 필요한 학생에게 상담을 제공해. 선생님이 너 대신 신청했는데 기회가 닿은 거야."

담임은 장페이야의 어깨를 두드렸다. "너는 아주 성실한 학생이야. 전학 온 지 얼마 되지 않아서 낯설고 적응하느라 힘들지? 게다가 그런 일까지 당했으니……. 장린칭 선배와 나는 같은 사범대학교 출신이야. 선생님의 지도교수님도 네 아버지가 가장 자랑스러운 제자라고 하셨어. 휴…… 아무튼 무슨 고민이든 의사 선생님께 털어놓으렴. 마음이 좀 가벼워질 거야."

그렇게 장페이야는 상담지도실 선생님에게 넘겨져 그 안에 별도로 마련된 작은 방으로 들어갔다. 실질적으로 상담이 이뤄지는 그 방에는 팔걸이 달린 큰 의자 두 개가 서로 직각을 이룬 채 놓여 있었고, 벨벳으로 싸인 쿠션이 여러 개 있었다. 장페이야는 그중 하나를 껴안았다. 촉감이 생각보다 거칠었지만 지금은 그녀가 유일하게 의지할 수 있는 물건이다.

장페이야는 조금 긴장한 채 조용히 기다렸다. 의사 선생님께 무슨 말을 하면 좋을까? 상담이 정말 효과가 있을까? 다시는 악몽에 시달리다 놀라 깨지 않게 해 줄 수 있을까? 괜히 아빠가 죽은 모습과 그 살인범의 얼굴을 다시 떠올리게 되진 않을까?

상담실 밖에서 말소리가 들렸다. 의사 선생님이 도착한 것 같았다. 대화를 나누는 사람들이 문 쪽으로 다가오는 소리와 예의 바른 노크 소리가 들렸다. 문이 열리고 들어온 여자의 모습을 보고 장페이야는 조금 놀랐다. 상상 속의 흰 가운을 입은 엄숙한 표정의 의사가 아니었다. 이 선생님은 모델 뺨치게 예뻤다.

과하지도 모자라지도 않은 의사 선생님의 따뜻한 미소가 장페이야의 마음을 흔들었다.

"안녕? 야오커린이라고 해. 그냥 닥터 야오라고 부르렴. 앞으로 잘 부탁한다!" 닥터 야오는 그렇게 말하며 손을 내밀었다.

마법 같은 흡입력에 이끌려, 장페이야는 망설임 없이 야오커린과 악수했다. 그녀의 손은 부드럽고 따뜻해 안심이 되었다. 장페이야는 경계심을 풀고 조금 망설이다 마침내 마스크를 벗었다.

'어쩌면 이 사람이 날 구제해 줄 수 있을지도 몰라.'

그때의 장페이야는 그토록 천진난만한 야망을 품었다.

번외 1

:

더러운 건 먹지 않아.

"이렇게 하면 안 됩니다." 스녠이 차갑게 말했다. 새까만 앞머리 아래엔 칠흑 같은 두 눈동자가 있다. "맹물로는 기름 때를 지울 수 없습니다. 반드시 베이킹소다를 섞어야 하죠."

옥상이다. 요즘은 밤바람이 제법 쌀쌀하다.

짙어지는 먹구름이 먼 하늘의 석양을 삼켜, 해는 수명이 얼마 남지 않은 잔빛을 겨우 뿜었다. 스녠은 야외에 설치된 물탱크 옆에 서 있다. 잔뜩 유린당한 프라이팬에는 오래 묵은 기름때가 믿을 수 없는 두께로 쌓여 있었다. 스녠에게는 유난히 거슬리는 장면이었다.

"아⋯⋯." 미약한 숨을 헐떡이는 사람은 간편한 옷차림의 남자다. 스녠의 단정하고 짧은 머리와 달리 그는 어깨까지 닿는 장발이었다. 머릿결이 거칠고 모발 끝이 제멋대로 뻗쳐 볏짚을 연상케 했다. 그것도 굶주려 기절 직전인 소조차 거들떠보지 않을 것 같은 형편없는 볏짚.

초췌한 남자의 봉두난발이 반쪽 얼굴을 가렸다. 나머지 반쪽 얼굴에 극도로 피곤해 보이는 홑꺼풀 눈매가 드러났다. 입술이 몹시 얇아 매정하고 이기적인 인상을 주었다. 남자는 목을 세게 누르며 살고자 하는 집착을 드러냈지만, 손바닥에서 끊임없이 흐르는 선혈은 남자가 살아남을 확률을 자꾸만 줄였다.

짜증을 유발하는 무더위가 드디어 물러갔기 때문일까? 출혈과다로 추위가 엄습해 오는 것일까? 남자의 머릿속은 혼란스러웠고, 생각은 흐르는 피만큼이나 무질서했다.

옥상에는 스넨과 남자뿐이었고, 아래층으로 통하는 철문은 단단히 잠겨 아무도 함부로 들어올 수 없었다. 옥상 한쪽에 철판으로 세운 가건물의 표면이 적갈색으로 녹슬어 있었다. 녹은 남자가 홀로 지낸 세월만큼 철판 위를 점령하고 있었다.

"뒤처리 작업은 매우 중요합니다. 청결에 더 유의했어야 합니다." 스넨은 남자를 나무라면서 수도꼭지를 돌려 단도를 세척했다. 붉게 물든 물이 프라이팬 가장자리에 고였다가 천천히 하수구로 흘러 들어갔다.

스넨은 마른 수건을 꺼내 칼 표면에 맺힌 물방울을 조심스레 닦고는 곧 사라질 석양의 빛에 칼을 비춰 유심히 살펴봤다. 먼지도 물때도 남아 있지 않고 거울처럼 빛났다. 완벽하다. 스녠은 만족스러운 표정으로 단도를 칼집에 넣었다.

스녠이 느린 걸음으로 남자에게 다가갔다. 남자의 눈동자는 무력하게 뒤집어졌고, 손아귀의 힘도 풀려 더는 목을 단단히 누르고 있지 못했다. 피에 물든 티셔츠는 사라져 가는 해처럼 마침내 원래의 색을 찾아볼 수 없는 검은색으로 변했다.

"하지만 당신은 그런 걱정을 할 필요가 없겠군요."

남자가 마지막으로 들은 말이다. 이런 부류의 생물이 세상을 떠나기 전에 듣는 말은 절대로 가족이나 친구의 작별 인사가 아니다. 그런 건 잭 조직원 몫의 최후가 아니다. 작별을 누릴 자격이 없다기보다, 운명이 정한 갈림길에서 그들이 이 길을 스스로 선택했기 때문이다.

남자가 마지막 숨을 삼키는 모습을 확인한 뒤 스녠은 언제나처럼 업자에게 연락했다.

업자를 기다리며 스녠은 계속 시간을 확인했다. 그러면서 싱크대 안의 프라이팬을 자꾸만 돌아보며 불안한 듯 서성였다. 그는 결국 참지 못하고 빠르게 철제 가건물로 들어갔다. 다시 나올 때 스녠의 손에는 유리병에 담긴 식초가 들려 있었다. 식초만으로는 부족해 베이킹소다 한 봉지를 배낭에서 꺼냈다. 모든 도구를 갖춘 후 비장하게 싱크대로 걸어가는 스녠의 뒷모습에서 어쩐지 장인의 기운이 느껴졌다.

그는 싱크대 옆에서 손을 더듬어 형광등 스위치를 찾아냈다. 이 잭 조직원은 야외에서 작업하는 습관이 있었을까? 그런 추측을 하면서 파티셰가 케이크에 슈가파우더를 얹듯 프라이팬에 베이킹소다를 뿌리고 그게 효능을 발휘할 때까지 참을성 있게 기다렸다.

갑자기 바람이 불며 물체가 바람에 가볍게 날리는 소리가 들렸다. 뒤를 돌아보니 바비큐 소스가 묻은 종이 접시가 스넨의 눈앞에서 날아가고 있었다. 바닥에는 흩어진 이쑤시개, 남은 콜라병이 뒹굴었다. 스넨은 미간을 바짝 찌푸렸다. 앞으로 성큼성큼 걸어가 종이 접시를 주워 차곡차곡 포갰고, 눈에 거슬리는 이쑤시개도 물론 그냥 지나치지 않았다. 그는 동시에 여러 가지 요리를 한 번에 만드는 셰프처럼 머릿속으로 정교하게 시간을 계산했다. 쓰레기를 한 봉지 가득 모을 때쯤이면 베이킹소다가 충분히 효과를 발휘할 것이다. 스넨은 곧장 싱크대로 향해 흐르는 물에 프라이팬을 닦았다.

완전히 몰입한 스넨이 문 두드리는 소리도 듣지 못하는 바람에 업자는 문밖에서 한참 기다리는 수고를 해야 했다. 마침내 안으로 들어온 업자는 언제나 그렇듯 무표정한 얼굴로 아무 말 없이 작업에 열중했다. 스넨은 업자에게 사과하고 시체를 말끔히 처리해 떠나는 그를 눈인사로 배웅했다. 그러고는 아래층 거주자가 딱히 별다른 동정이 없자 다시 입구를 잠근 뒤 새 장난감을 집에 두고 온 초등학생처럼 재빨리 싱크대 앞으로 돌아왔다.

과연 오랫동안 누적된 기름때였다. 스넨은 속으로 감탄했다. 베이킹소다와 식초를 한꺼번에 썼는데도 씻어낼 수 없었다. 스넨의 전문가적 판단에 따르면, 이런 경우 반드시 같은 작업을 수차례 반복해야만 기름때를 말끔히 벗길 수 있다. 적수가 까다로울수록 스넨의 투지는 불타오르고 절대 나태해지는 법이 없다. 오히려 젖 먹던 힘과 정신력을 다해 전쟁을 치르고 만다.

그러다 정신이 번쩍 들었다. 꼭 처리할 일이 떠올라 부랴부랴 손을 씻고 휴대전화를 꺼내 현재 시간을 확인했다.

"아……." 그는 짧은 탄식과 함께 이미 지각했음을 깨달았다.

스넨은 아직 기름때가 완전히 벗겨지지 않은 프라이팬을 멍하니 바라봤다. 시간이 조금만 더 있으면 분명 해 낼 수 있을 텐데……. 그는 곤란한 듯 이마를 짚고 프라이팬에 다시 시선을 주지 않으려 애썼다. 놓아야 한다. 그래. 놓자. 아니야. 마주하자. 받아들여야 한다. 처리해야 한다. 아니야. 놓자……. 하지만 기름때가 지워진 부분은 마치 새 생명을 얻은 듯 저리도 윤이 나고 빛나는데, 어찌 놓을 수 있을까? 어찌 저대로 방치할 수 있단 말인가?

마법에 걸린 듯 스넨은 다시금 싱크대 앞에 섰다. 작업을 끝내야만 손을 놓을 수 있다.

* * *

혹자는 성격이 운명을 결정한다고 하지만, 어쩌면 운명이 사람의 성격을 만드는지도 모른다.

스녠의 경험은 그에게 결벽증과 복수심을 안겼다. 일련의 뒷이야기들이 펼쳐지며 스녠은 억지로 각종 생사의 갈림길에 선 사람이나 인두겁을 쓴 괴물들 주위를 맴돌아야 했다.

지금 이 순간 어떤 사람은 스녠만큼 복잡한 처지는 아니었지만, 똑같이 고난을 마주하고 있었다.

"후아……."

김빠지는 외침이 불빛 환한 어느 사무실에서 들려왔다. 연휴 기간이라 사무실은 텅 비었다. 썰렁한 공기와 머리를 싸매고 홀로 울부짖는 직장인 여성이 한 명 있을 뿐이다.

'세상에서 제일 재수가 없음'을 담당하고 있는 샤오쿼은 휴일에도 급히 사무실로 불려 나와 일을 처리하는 재수 옴 붙은 상황을 면치 못했다. 약속한 시간이 코앞으로 다가와 그녀는 거의 무너져 내릴 지경이었다. "어떡하지? 아직 멀었는데……. 다 못 할 것 같아!"

그녀는 울부짖으며 자신의 머리칼을 엉망으로 헝클었다. 커피가 기적을 일으켜 일의 진도를 비약적으로 뺄 수 있게 되길 바라며 머그잔에 남은 식은 커피를 단숨에 비웠다. 하지만 안타깝게도 이상과 현실은 세상에서 가장 멀리 떨어져 있는 법. 마치 내가 좋아하는 여자는 꼭 내가 아니라 내 친구를 좋아하는 상황과 비슷하다. 두 글자로 표현하자면 '절망'이다.

"때려치우고 싶다. 때려치우고 싶다……." 샤오쥔이 중얼거렸다. 작업 진도는 여전히 웅덩이에 고인 물처럼 흘러나갈 기미를 보이지 않았다. 그녀의 시선은 컴퓨터 화면 속을 오갔고, 손가락은 자판을 끊임없이 두드리고 있다. 구인 사이트를 열고 싶은 충동은 아무래도 참는 게 좋겠다.

"사랑은 새 세상에 가득해. 당당한 이 느낌이 난 좋아……." 휴대전화가 울렸다. 벨소리는 S.H.E*의 '제네시스'다.

샤오쥔은 순진하게도 벨소리를 밝고 긍정적인 노래로 바꿔 두면 기분 좋게 전화를 받을 수 있을 줄 알았다. 하지만 역시 아무짝에도 쓸모가 없었다. 그녀는 당장 벨소리를 ChthoniC**의 '좀비가 날뛰는 숲半屍橫氣山林'으로 바꾸겠다고 마음먹었다. 낙관과 긍정은 개뿔. 역시 좀 날뛰어 주는 게 제맛이다.

"여보세요." 샤오쥔이 볼과 어깨 사이에 휴대전화를 끼고, 눈은 모니터에 고정한 채 양손으로는 여전히 바쁘게 밀린 작업을 처리하며 전화를 받았다.

---

* 2001년 데뷔한 타이완의 3인조 걸그룹.
** 1995년 결성된 타이완의 헤비메탈 밴드.

"린샤오췐 씨 되시죠? 예약하신 시간이 지나서 연락 드렸습니다. 오는 중이신가요?" 휴대전화 저편에서 상냥한 직원의 목소리가 들려왔다.

"아! 아아……. 벌써 시간이 그렇게 됐나요? 아…… 그게…… 제가 지금……." 샤오췐이 허둥댔다. 스녠에게 먼저 도착하는 사람이 고깃집에 들어가 있으라고 말하고 점원에게 자신의 이름과 전화번호를 남겼었다. 그럼 스녠도 아직 도착 전이란 말인가?

"죄송합니다. 정말 죄송해요! 예약 시간을 미룰 수 있을까요?"

점원이 곤란한 듯 대답했다. "추석 연휴라서 만석이네요. 시간 맞춰 오실 수 없으면 예약은 취소됩니다."

"그렇군요……." 샤오췐은 머리가 복잡했지만 결국 이를 악물고 말했다. "죄송합니다. 그럼 취소해 주세요. 정말 죄송해요."

통화를 끝내고 샤오췐은 스녠에게 전화를 걸었다. "여어! 결국 너도 지각이야? 뭐 하느라 그렇게 바쁘……."

스녠이 '바쁘다'면 무엇을 하고 있을지 짐작할 수 있어서 샤오췐은 눈치껏 더 묻지 않았다. "어떡하지? 네가 먼저 식당에 가서 줄 서 있을래? 근데 추석 연휴라 분명 미어터져서 우리 차례 안 돌아올 거야. 일 잘 되냐고? 진도가 너무 안 나가서 저녁이 아니라 야식이나 먹을 수 있을 것 같아. 그래도 기다릴래? 일 끝나면 바로 갈게. 미안해……."

샤오쥔은 전화를 끊고 양 볼을 찰싹 때려 정신을 가다듬고 다시 일에 열중했다.

드디어 사무실을 떠날 수 있게 되었을 때, 샤오쥔은 거의 탈진 상태였다. 엘리베이터를 타고 1층 로비에 도착하자마자 바깥에 장대비가 퍼부었다. 을씨년스럽고 처량한 분위기 때문에 추석이 아니라 청명절* 같았다.

샤오쥔은 침통하게 눈을 감았다. 저 비를 다 맞으며 오토바이를 타고 갈 생각을 하니 벌써 고통스러웠다. 하지만 그녀는 결국 운명을 받아들이고 우비를 걸친 뒤 약속한 고깃집을 향해 달렸다.

비 내리는 거리는 미끄러웠지만 꽤 많은 차들이 함부로 질주했다. 샤오쥔은 조심조심 오토바이를 몰았다. 지금 그녀는 꼬리를 무는 차들로 혼잡한 타이베이시 한가운데에 있다. 도로는 언제나 막혔고, 경찰들은 귀신도 모르게 숨어 있다가 어디선가 갑자기 나타나 딱지를 끊었다. 무탈하게 집에 돌아가는 것만으로도 복이었다.

그녀는 고깃집 근처를 몇 바퀴 돌고 나서야 겨우 주차할 자리를 찾았다. 우비를 벗자 영혼도 반쯤 벗겨져 나간 것 같

---

* 양력 4월 4일, 5일 중 하루로 24절기의 다섯 번째 절기다. 중화권 사람들은 이 날 조상의 산소를 돌보거나 묘자리 고치기, 집수리 같은 일을 한다.

왔다. 몹시 피곤했다. 일하는 추석 연휴는 연휴도 아니다. 제일 속상한 건 야근비도 안 나온다는 점이다.

샤오쥔은 좀처럼 해소되지 않는 피로감을 안은 채 발을 질질 끌며 고깃집 앞에 도착했다. 구석에서 기다리던 스넨은 사람들이 오가는 회랑*을 벗어나 있었다. 지저분한 회랑 옆에 선 스넨은 유난히 티 없이 깨끗해 보였다. 저 녀석은 자가 청정이 가능한 인간 같았다.

"미안해. 오래 기다렸지?" 샤오쥔이 기운 없이 사과했다.

"30분만 더 기다리면 자리가 난대." 스넨은 샤오쥔의 지각을 나무라지 않았다. 오히려 아주 만족스러운 듯 안색이 화사했다.

샤오쥔이 일에 잔뜩 치이다 와서 집중력이 풀어지지만 않았다면 무슨 일인지 끝까지 추궁했을 것이고, 그 성가신 프라이팬이 스넨에게 얼마나 큰 희열을 줬는지 들었을 것이다. 하지만 지금 샤오쥔은 이렇게 빨리 자리가 난 걸 의아하게 여겼다. "웬일이야? 오늘 같은 날은 예약이 꽉 찼을 텐데."

"폭우 때문에 외출하기 싫은 사람들이 취소했대." 스넨이 점원에게 들은 내용을 전했다.

"너무 잘됐다! 이 집 닭 연골 끝내줘! 우설牛舌도!" 샤오쥔이 찬탄하며 말했다. 고생스럽게 출근하며 근근이 살아온 일상

---

* 비가 자주 오는 타이완은 거의 모든 상가 건물에 지붕이 달린 긴 회랑이 있다.

에 마침내 작은 보상을 얻는 것 같았다. 사람이 이렇게 힘들게 사는 것도 다 먹자고 하는 일 아닌가?

"추석은 어떤 명절이야?" 스녠이 불쑥 물었다. 어린 시절이 없는 그는 평범한 사람들에겐 예삿일인 명절도 낯설었다.

"어떤 명절이냐고?" 샤오쥔은 질문을 받는 동시에 멍해졌다. 그녀는 머리를 긁적이며 한참 생각하다 설명했다. "가족이나 친구와 모여서 고기 먹고 월병 먹으면서 달구경하는 날이지!"

'살찌겠군.' 스녠은 약간 거부감이 들었다. 그러니까 추석은 달구경하면서 살찌는 날이군. 그래서 샤오쥔이 고기를 먹으러 오자고 한 모양이다.

"우리 차례가 거의 다 온 것 같은데?" 샤오쥔이 유리창 너머로 식당 안을 들여다봤다. 손님들은 스테인리스 집게로 그릴 위의 고기를 연신 뒤집었고, 그럴 때마다 하얀 연기가 피어올랐다. "진짜 맛있겠다……."

샤오쥔이 목을 빼고 기다릴 때 흰색 시박이 고깃집 앞 길가에 섰다. 운전석 문이 열림과 거의 동시에 투명한 우산이 펼쳐졌다. 우산 아래에 키가 훤칠하고 잘생긴 청년이 종이봉투를 들고 스녠과 샤오쥔이 있는 쪽으로 다가왔다.

"스녠, 너 소고기 돼지고기 양고기 중에 가리는 거 없지?" 잔뜩 신난 샤오쥔이 뒤를 돌아보며 물었다. 과중한 업무로 지극히 염세적이었던 샤오쥔은 고기 냄새의 마력 덕분에 발랄해져 있었다. 하지만 방금 차에서 내린 청년의 모습이 시야에 들어오자 기겁하며 펄쩍 뛰었다.

"저…… 저…… 저 사람은……." 놀란 그녀는 반벙어리가 되었다.

"안녕?" 이하오가 그들 사이로 다가와 아무 일도 없었던 것처럼 담담하게 인사를 건넸다. "오래 방해 안 할 거야. 금방 가야 하거든."

이하오는 손에 든 종이봉투를 스넨에게 건넸다. "오래 보관하지 말고 바로 먹어."

스넨은 봉투 안을 들여다본 뒤 다시 이하오를 쳐다봤다.

이하오도 그의 염려를 알고 퉁명스럽게 말했다. "모든 조리과정에서 마스크와 장갑을 착용했고, 도구도 고온 살균 소독했으니까 마음 푹 놔. 네 상상보다 훨씬 청결하게 만들어졌어."

겁을 먹고 의심의 눈길을 보내는 샤오쥔을 발견하고는 친절하게 부연설명도 곁들였다. "인육 안 넣었어."

"그럼 뭔데요?" 샤오쥔은 여전히 겁에 질려 물었다.

"월병. 신선한 재료로 방부제도 넣지 않고 만들었어. 당분과 칼로리는 시중에 파는 것들의 절반 수준이야. 핵심은 소금에 절인 오리알을 넣지 않았다는 점이지!" 이하오는 당당하고 차분하게 말했다. 자신의 솜씨에 자신감이 넘쳐 겸손할 생각은 전혀 없는 듯했다.

"절인 오리알은 왜 안 넣었어요? 팥이랑 찰떡궁합입니다만……" 샤오쥔이 항의하듯 말했다.

이하오는 눈을 가늘게 뜨고 진지하게 말했다. "야오 선생님이 절인 오리알을 싫어해."

야오 선생님? 그게 누구지? 샤오쥔은 머릿속이 뒤죽박죽이었지만 더 물을 엄두가 나지 않았다. 이하오는 그녀의 정신세계에 상상할 수 없을 만큼 커다란 검은 그림자를 드리운 사람이니까.

이하오는 월병을 스녠의 손에 직접 쥐여 주고는 바로 작별 인사를 했다. 그는 빨리 돌아가 닥터 야오 곁에 있고 싶다는 생각뿐이었다. 닥터 야오는 오늘 저녁 회식이 있고, 아마도 고급 레스토랑에서 고기 요리를 대접받을 것이다. 그러니 어서 그녀를 위해 느끼함을 해소할 만한 음료를 준비하러 가야 한다…… 이하오는 벌써 모든 계획을 세워 두었다. 이하오는 이제 그녀의 몸과 마음에 가장 잘 맞는 집사가 되었다.

"왜 저 사람이랑 약속을 잡았어?" 이하오가 스녠에게 나쁜 짓을 할까 봐 두려운 샤오쥔이 걱정스럽게 물었다. 샤오쥔은 비슷한 어린 시절을 보낸 두 사람 사이에 모종의 화해가 있었음을 알지 못했다. 서로 평화롭게 지내는 게 그들에겐 큰 문제도 아니다.

"쟤가 줄 거 있다고 불렀어. 난 식당 자리를 맡아야 하니까 여기로 오라고 했지." 스녠은 종이봉투를 조금 벌려 안에

든 직사각형 월병 상자를 힐끗 보았다. 두꺼운 크라프트지에 심플한 디자인이고, 별다른 도안은 없었다.

"진짜 괜찮을까?" 샤오쿤은 그날의 인육 파이의 기억을 떨쳐내지 못해 지금도 이따금 속이 메슥거린다.

"아마도." 단것이라면 질색인 스녠은 별로 먹고 싶지 않았다.

"두 분 손님! 이쪽으로 들어오세요!" 점원이 두 사람을 식당 안으로 안내했다.

샤오쿤은 신이 나서 스녠을 끌고 자리에 앉아 콧노래를 흥얼거리며 메뉴판을 뒤적거렸다. "혹시 안 먹는 거 있어?"

"더러운 건 안 먹어." 샤오쿤의 물음이 끝나기 무섭게 스녠이 대답했다.

"그걸 묻는 게 아니잖아! 가리는 육류나 채소 있냐고."

"깨끗한 건 다 먹어." 스녠의 대답은 무응답과 차이가 없었다.

샤오쿤은 메뉴판 너머로 어찌할 도리가 없다는 눈빛을 보내며 아이 달래듯 말했다. "스녠 동생님, 걱정 마세요. 고기도 채소도 구우면 세균이 싹 죽어서 깨끗해진답니다. 잠깐만……. 너 뭐 하는 거야?"

스녠은 언제부터인지 물티슈와 소독약을 꺼내 테이블 위의 식기를 닦고 있었다. 지나가는 점원이 멈칫하더니 이해할 수 없다는 표정으로 그를 쳐다봤다.

"그…… 그만해 스녠! 이러지 말라고!" 샤오쿤은 머리가 아팠다. 이 녀석의 결벽증은 정말 심각했다. 잔소리 몇 마디로는 당연히 막을 수 없을 테니 차라리 마음대로 하게 내버려 두기로 하고, 그녀는 메뉴 고르기에 열중해 그저 신나게 먹기로 했다.

첫 번째 음식이 테이블에 올랐고, 테이블은 눈 깜짝할 사이에 각종 육류가 담긴 접시로 가득 찼다. 흥분한 샤오쿤은 집게를 들고 고기를 그릴에 가지런히 펼쳤다. '치지직' 소리와 함께 육즙이 흘렀고, 맛있는 고기 냄새가 퍼졌다.

"자! 이건 삼겹살이야." 샤오쿤은 신선한 육즙이 뚝뚝 떨어지는 고기 조각을 스녠의 앞접시에 덜었다. 스녠은 뭔가를 확인하듯 젓가락으로 고기를 한참동안 뒤적거린 후에야 조심스럽게 입에 넣었다.

"어때? 알맞게 익었지? 자랑이 아니라 나 대학교 다닐 때 아르바이트 하느라 너무 지겹고 힘들었거든. 그래서 3개월에 한 번은 꼭 고기를 배 터지도록 먹었어. 나한테 주는 상 같은 거지. 고깃집 점원한테 굽는 법도 배웠어. 그래서 내 굽기 실력이 퍽 만족스러운데 다른 사람이랑 먹어 본 적은 없거든. 그래서 평가가 궁금해. 먹을 만해?" 샤오쿤은 입으로 얘기하면서도 손은 쉬지 않고 자신이 특별히 칭찬했던 닭 연골을 그릴에 얹었다.

"혼자 먹는다고?" 스녠이 물었다. 그는 준비해 온 티슈로 입가를 꼼꼼히 닦는 것도 잊지 않았다.

"응. 수업이 없는 시간에는 거의 아르바이트를 했거든. 그래서 친구 사귈 시간도 없었어. 요즘 말로 '경지에 오른 아싸'였지. 혼자서 고기도 구워 먹을 수 있는 그런 레벨." 샤오쿤은 숙련된 동작으로 고기를 뒤집으면서도 뜨거운 불씨가 있는 부분을 잘 피했다. 확실히 고기 굽는 태가 남달랐다. "너는?"

"뭐가?"

"혼자서 배 터지게 먹어 본 적 있어?"

"이런 데 처음 와 봐." 스넨은 샤오쿤이 초대하기 전에는 이런 고깃집에 발도 들인 적이 없다고 했다. 잭 조직원을 추격하는 일이 아니라면 십중팔구 앞으로도 그런 일은 없을 것이다. 남들과 다른 어린 시절을 보낸 그는 평범한 사람들에게는 자연스러운 여러 가지 습관들이 낯설다. 어린 시절이 지난 후로는 정상적으로 생활한 적이 없었다.

"그럼 다음에 또 데려올게. 고기 말고도 훠궈, 피자, 치킨…… 배 터지게 먹을 음식들이 얼마나 많은데. 아! 지금 딱 알맞게 익었다. 닭 연골은 진짜 대박 맛있어. 한번 먹으면 너도 배 터질 때까지 먹게 될 걸?" 샤오쿤은 웃으며 잘 익은 닭 연골을 스넨에게 집어 주었다.

"과식하면 어떡하지?" 스넨이 쭈뼛거리며 물었다. 추석은 살을 찌우는 날이라는 점은 잊지 않았다.

"뭐 어때? 오늘은 추석인데!" 샤오쿼은 그렇게 말하고는 점원을 향해 손을 번쩍 들고 승세를 타고 추격하는 장군처럼 힘차게 외쳤다. "여기 고기 한 접시 추가요!"

번외 2

⋮

햄러윈 사탕

밤의 클럽이다.

외로운 영혼들과 환락을 찾아 헤매는 야수들이 여기 모여 있다. 그들은 방탕하거나 굶주렸고, 관망하거나 사냥하며 각자의 욕망에 집중한다. 어둑어둑한 스테이지엔 음악에 맞춰 몸을 흔드는 남녀가 가득하다. 그들은 서로 가까이 다가가고, 가끔 장난치듯 서로의 몸을 만지거나 가볍게 입을 맞춘다. 입술은 나그네처럼 가까이 있는 이성의 볼을 스친다.

간호사 복장의 댄서가 무대에서 열정적으로 춤을 춘다. 사방에서 눈부신 오색 조명이 쉴 새 없이 번쩍거렸다. 그녀의 얼굴에 벌어진 상처와 핏자국이 보였지만 아무도 놀라지 않았다. 분장이기 때문이다. 오늘 밤은 햄러윈 테마로 광란의 파티가 열리는 날이다. 상상할 수 있는 모든 햄러윈 코스튬이 모두 등장했다. 강시가 해골의 어깨에 손을 올리고, 흡

흡귀와 바니걸이 담소를 나누고, 좀비 하녀와 프랑켄슈타인 괴물이 함께 춤을 췄다.

클럽 구석의 바에 오페라의 유령 차림의 남자와 캣우먼이 어깨를 맞대고 있다. 연미복을 입은 오페라의 유령은 모델처럼 키가 훤칠하고 가슴팍이 단단해 보이는 매력적인 남자다. 칵테일을 마시는 유령에게 캣우먼이 불쑥 다가와 양팔로 그의 어깨를 잡더니 장밋빛 입술을 내밀었다. 캣우먼은 열정적으로 입을 맞췄고, 유령의 입술도 그녀를 받아들였다.

뜨거운 키스를 나누는 두 사람은 어두운 구석에서 그들을 엿보는 사신死神을 보지 못했다. 물론 진짜 사신이 아니라 역시 핼러윈 분장이었다. 그는 후드가 달린 검은색 망토로 몸을 완전히 감싸고 있다. 얼굴은 코 아랫부분만 밖으로 드러났다. 그는 워낙 조용하고 교묘하게 숨기를 잘 해서 거의 어둠과 혼연일체가 되었다. 그의 곁을 지나가는 다른 남녀도 그를 발견하지 못하거나 장식품인 줄 알았다.

사신이 이따금 후드 밑으로 눈을 드러내는 모습은 아무도 보지 못했다. 그의 눈은 암흑 속에서도 사람을 꿰뚫어 볼 수 있을 만큼 맑았다. 사신이 처음부터 끝까지 주목한 대상은 바로 유령과 캣우먼이다.

기나긴 키스 후 캣우먼은 장난스럽게 유령의 가면을 벗겼다. 햇살이 가득 내린 듯한 청량한 이미지가 유령의 잘생긴 이목구비를 한층 더 빛나게 했다. 이하오였다. 그는 미소 지으며 가면을 되찾아 왔지만, 다시 쓰지는 않고 반격하듯 짓궂게 캣우먼의 검은 마스크를 살살 건드렸다. 캣우먼도 대범하게 마스크를 벗고 이하오를 스테이지로 끌고 가 그에게 몸을 밀착시킨 채 춤을 췄다. 이하오가 다정하게 여자의 허리를 감싸 안자 캣우먼은 그의 단단한 가슴팍을 어루만졌다.

사신이 여전히 지켜보고 있었다.

이하오와 캣우먼은 지칠 때까지 춤추다 바로 돌아왔다. 이하오가 부드럽게 캣우먼의 머리칼을 쓰다듬으며 귓가에 뭐라고 속삭였다. 캣우먼은 흔쾌히 고개를 끄덕이고 이하오를 따라 출구로 걸어갔다. 이때 이하오가 고개를 돌렸고, 사신과 눈이 딱 마주쳤다.

사신은 말없이 후드를 내렸고, 이하오와 캣우먼이 떠나자 몰래 둘을 미행하기 시작했다.

이하오는 캣우먼을 따라 승용차에 올랐다. 둘은 운전석과 조수석에 나란히 앉아 긴 대화를 나눴고, 캣우먼은 입을 헤벌리고 연신 깔깔 웃었다. 그제야 이하오는 차를 몰아 클럽을 떠났다. 차는 한밤중의 도로를 달렸고, 몇 개의 거리를 지나 어느 좁은 골목에 천천히 섰다. 약속이라도 한 것처럼 가로등이 하나도 켜져 있지 않아 칠흑 같은 어둠뿐이었다.

이하오가 시동을 끄고 유령 가면을 벗었다. 차분했던 그의 표정이 어둠 속에서 천천히 변해 갔다. 조수석에서 잠든 캣우먼은 물론 이상징후를 느끼지 못했다. 이하오가 검지로 핸들을 두드리며 무언가를 기다렸다. 10분 후, 사람 그림자가 차 뒤편으로 다가와 운전석 창문 밖에 우두커니 섰다.

이하오가 차창을 내리고 불쾌하다는 티를 팍팍 내며 말했다. "다시는 나한테 이런 거 도와달라고 하지 마."

차창 밖에 선 사람은 예쁘장한 얼굴에 검은 머리칼을 가진 소년이다. 그가 담담하게 말했다. "난 너무 내성적이라 그런 일 잘 못 해."

"누구는 얼굴에 픽업 아티스트나 클럽 죽돌이라고 써 있냐?" 이하오는 미간을 잔뜩 찌푸리며 불만을 표했다. "아까 그 여자 혀까지 넣었다고! 너 가글액 있냐?"

"없어." 소년이 말했다. "왜 나한테 그런 게 있을 거라고 생각해?"

이하오가 핸들을 세게 두드리며 당연하다는 듯 말했다. "소독용 알코올 가지고 다니는 사람한테 가글액 정도는 합리적인 휴대품 아니냐?" 그가 짜증을 내며 운전석 수납 포켓에서 뜯지 않은 생수를 재빨리 돌려 땄다. 물을 크게 한 모금 머금어 입을 헹군 이하오는 운전석 문을 열고 골목길의 하수도에 다시 물을 뱉었다.

"저 여자가 매일 밤 다른 남자를 꾀어내 집으로 유인해서 작업이 쉽지 않았어. 그래서 너한테 부탁할 수밖에 없었다." 소년은 말하면서 조수석 쪽으로 몸을 굽혀 캣우먼의 마스크를 벗겼다. 목표물이었다. 캣우먼으로 변장한 여자는 잭 조직원이다. 여자는 자주 클럽을 전전하며 하룻밤 유희 대상이자 배를 가를 사냥감을 고른다.

소년의 정체는 잭 조직원 전문 사냥꾼이자 지독한 결벽증 환자인 스녠 말고 또 누구일 수 있겠는가?

이하오는 생수를 세 통이나 비워 입을 헹구고 나서야 멈췄다. 시간을 돌릴 수 있다면 절대로 스녠의 부탁을 들어 주지 않을 것이다. 술에 약을 타고 여자를 밖으로 유인해 약효가 퍼질 때까지 시간만 끌면 되는 줄 알았는데, 여자가 이렇게 적극적일 줄 누가 알았겠나?

이하오는 정말 그 순간 머리칼이 쭈뼛 솟고 온몸에 소름이 돋아 여자를 밀쳐 버리고 싶어서 마음속으로 최면까지 걸었다. "야오 선생님이라고 생각해. 야오 선생님이라고 생각하란 말이야……" 안타깝게도 자기최면은 전혀 효과가 없었고, 이하오는 분노의 절규를 삼키며 바보 같은 자신을 원망할 수밖에 없었다.

"이 여자 어떻게 처리하게?" 이하오가 혐오스러운 시선으로 잠에 빠진 캣우먼을 쳐다봤다. 이 여자는 닥터 야오의 만분의 일도 못 따라간다. 이하오의 머릿속에는 이 여자를 죽일 방법이 백 가지쯤 동시에 떠올랐고, 직접 죽이고 싶은 충동까지 일었다.

"목 졸라 죽이려고." 스녠은 오늘의 날씨 얘기하듯 가볍게 말하며 배낭에서 노끈을 꺼냈다. 커다란 검은 천 뭉치도 보였다. 아까 클럽에서 사신 변장용으로 쓰던 망토다.

"아니. 나한테 맡겨." 이하오가 차갑게 코웃음을 쳤다. 목을 졸라 죽이다니, 너무 간편하다. 이 여자한테 그런 호사를 누리게 할 수는 없다. 바지를 걷자 보호 가죽을 씌운 예리한 송곳이 이하오의 종아리에 걸려 있었다. 그는 송곳을 뽑아 들고 운전석에 다시 올랐다. 몇 분 후 이하오의 분풀이를 고스란히 받은 캣우먼은 창백해졌고, 온몸이 피 구멍으로 뒤덮였다. 이하오는 생수로 얼굴과 양손에 묻은 혈흔을 씻어 내고 송곳을 연미복에 깨끗이 닦은 뒤 옷까지 차에 던져 넣었다.

스넨은 옆에서 통화 중이었다. 상대는 업자였다. "한 구. 주소는……."

"차도 같이 처리해." 이하오가 귀띔하며 차 문을 세게 닫았다. 다시는 저 여자를 보고 싶지 않았다. 절대로.

업자를 기다리던 스넨은 자동차 앞 유리 쪽에서 캔디가 가득 든 호박 모양 상자를 발견했다. 그는 잠깐 생각하다 캔디 상자를 챙겼다.

"사탕을 좋아하는 줄은 몰랐네." 이하오는 그렇게 말하면서 닥터 야오에게 곧장 돌아가지 말고 이 여자가 조금 전 그에게 드리운 음험한 그림자를 털어 내야겠다고 생각했다. 다른 여자와 키스한 일을 닥터 야오가 알면 어떻게 반응할까?

화낼까? 그렇다면 강제로 키스당한 부분은 숨기는 게 좋겠다…….

아니야. 그럴 수는 없다. 선생님을 속여서는 안 된다. 티끌 하나 남기지 말고 다 털어놔야 한다! 이하오는 고개를 세차게 흔들며 자신의 부정한 생각을 자책했다. 무수히 많은 상황극이 이하오의 머릿속에서 펼쳐졌다. 과하게 침착한 스녠과는 극단적으로 반대되는 모습이었다.

업자가 소리 없이 나타났다. 여전히 택배기사 유니폼 차림에 야구 모자를 푹 눌러쓴 모습이다. 그는 말 한마디 하지 않고 운전석에 올라타 문을 닫고 떠났다.

이하오와 스녠은 업자가 저렇게 데려간 시체를 어떻게 처리하는지 생각해 본 적도 있지만, 유감스럽게도 직접 목격한 적은 없었다. 다양한 상상만 존재할 뿐이었다.

* * *

두 눈에 다크서클이 드리워진 샤오쿤은 드러눕고 싶은 충동을 억제했다. 벌써 새벽 2시지만 아직도 야근 중이다. 요 며칠 회사가 주관하는 박람회를 준비하느라 밤낮 없이 바쁘게 일했다. 정상적인 수면 시간은커녕 삼시 세끼를 제시간에 챙겨 먹는 일도 상상할 수 없었다.

일은 한참 더 남았고, 그녀와 똑같이 눈동자에 핏대가 잔뜩 서고 수면부족에 시달리는 동료들을 보자 샤오쿤은 갑갑했다. 나는 정말 사축 신세를 벗어날 수 없는 운명일까? 그때 주머니 속 휴대전화에서 진동이 울렸다. 이렇게 늦은 시간에 걸려오는 전화는 절대 희소식일 리 없다. 샤오쿤은 부디 제조업체나 상사가 나쁜 소식을 전하지 않기를 빌고 또 빌며 떨리는 손가락으로 화면을 터치했다.

"뭐야, 그 녀석이잖아." 샤오쿤은 혀를 차면서도 미소를 감추지 못했다. 그녀는 화장실에 가는 척하고 회사를 나왔다. 멀지 않은 가로등 아래 고집쟁이 고양이를 닮은 흑발 소년이 기다리고 있었다.

"갑자기 웬일이야?"

"바쁜 일 끝나고 지나던 길이라." 스넨은 얼렁뚱땅 넘어가며 맥도널드 포장 봉지를 내밀었다.

"그랬구나……." 샤오쿤이 억지로 웃어 보였다. 스넨이 '바쁜 일을 끝냈다'라는 뜻에는 여러 의미가 있을 수 있지만, 무엇 하나 보통 사람이 받아들일 수 있는 종류는 아닐 것이다. 봉지를 받아 들자 따뜻한 온기가 느껴졌다. 마음 깊은 곳에서 감동이 밀려왔다. "보답으로 바쁜 일만 지나가면 내가 밥 살게. 너…… 너 왜 그런 표정으로 날 쳐다봐? 엄청 깨끗하고 위생적인 식당으로 찾을 거거든!"

샤오쿤은 습관처럼 스넨의 어깨를 꼬집었다. 그러다가 그가 또 다른 손에 든 호박 모양 캔디 상자를 발견했다. 스넨은 샤오쥔의 시선을 파악하고 캔디 상자를 슬쩍 내밀었다.

"이것도 너 가져."

"우와! 너무 좋아! 안 그래도 당 충전이 필요했거든. 아직 저녁도 못 먹어서 혈당이 뚝 떨어진 참인데." 샤오쥔은 싱글벙글하며 사탕 한 알을 집어 포장을 벗겨 입으로 집어넣었다. 새콤달콤한 블루베리 맛이 썩 마음에 들었다.

달콤한 간식이 주는 환희에 빠진 샤오쥔은 포장지를 주머니에 넣었다. 사무실에 올라가서 버릴 생각이었다. 하지만 축축하고 기분 나쁜 감촉이 손끝에 전해졌다. 얼른 손을 빼서 보니 손가락에 붉은 얼룩이 묻어 있었다. 이내 스넨이 '막 바쁜 일을 마쳤다'고 한 말이 생각났다…….

"왜 나한테 피 묻은 사탕을 주는 거야?" 기겁한 샤오쥔이 사탕을 뱉어내고 연신 헛구역질을 했다.

"아!" 스넨은 놀라 짧게 소리쳤다. 이하오가 송곳을 들고 분노를 실컷 발산하느라 캣우먼을 벌집으로 만든 일이 그제야 생각났다. 그 때 뿜어져 나온 피가 공교롭게도 사탕에 튀었을 것이다.

"다음엔 미리 체크할게." 여전히 평온한 목소리로, 자기와 무관한 일을 말하는 듯한 태도에 샤오쥔은 더욱 화가 났다.

"다음에는 절대 네가 준 음식 안 먹어! 잠깐…… 맥도널드 햄버거도 이상한 거 아니지?" 샤오쥔은 종이봉투를 찢어 모든 음식을 신경질적으로 구석구석 살폈다. 하지만 자기 손에 피가 묻은 걸 잊고 만지는 바람에 그 피를 햄버거 포장지에 묻히고 말았다. 감자튀김도 같은 운명을 피할 수 없었다. 샤오쥔은 또 한 번 무너졌다.

스녠이 소독용 알코올과 티슈를 꺼냈다. "닦으면 돼."

"되긴 뭐가 돼? 피가 묻었잖아! 너라면 이걸 먹겠어?" 샤오쥔은 정말 울고 싶었다. 아니, 벌써 울고 있었다.

"아니." 스녠은 망설이지 않고 대답했다.

"으아아앙!" 세상에서 제일 재수 없는 사람 포지션을 맡은 샤오쥔이 할 수 있는 건 또다시 무너지는 것뿐이었다.

무너지는 샤오쥔과 무너지는 그녀를 바라보는 스녠은 이렇게 핼러윈 분위기 따윈 전혀 없는 핼러윈을 보냈다고 한다.

번외 3
:

야근 없는 주말

샤오췬이 엘리베이터에서 내렸다. 회사를 나서자 석양이 그녀를 맞이했다. 그녀는 오랫동안 우두커니 서서 하늘을 바라봤다. 하마터면 볼을 꼬집어 지금 이 광경이 환각이 아닌지 확인할 뻔했다.

야근이 당연했던 날들이 지나갔다. 주말을 앞둔 금요일 정시퇴근이 샤오췬은 아직 어색했다.

직장에 다니며 사축이 된 이후로 이토록 아름다운 순간을 경험하긴 처음이다. 기지개를 켜고 심호흡을 했다. 입으로 들어오는 공기는 도시의 매연이지만, 어쩐지 폐를 깨끗이 씻어주는 듯한 느낌이 들었다. 몸이 가벼워 하늘로 두둥실 떠오를 것만 같았다.

정시에 퇴근하는 기분이란 이렇게도 엄청나게 아름답구나! 샤오췬이 저도 모르게 환호성을 지르는 바람에 행인들이 그녀를 곁눈질로 쳐다봤다. 샤오쥔은 무안해서 고개를 푹 숙이고 잰걸음으로 떠났다.

낡은 오토바이에 올라탄 샤오쥔은 바로 시동을 걸지 않고 어렵사리 얻은 여가를 어떻게 보낼지 고민했다. 그녀는 턱을 괴고 도로에 꽉 막힌 자동차 행렬을 바라보며 영감을 얻길 바랐다. 각양각색의 자동차가 빽빽이 들어찬 데다 맞은 편 거리에 바삐 움직이는 사람들 때문에 시야가 어지러웠다. 머리는 점점 텅 비어 갔다.

뭘 해야 할지 정말 모르겠다! 샤오쥔은 머리를 감싸 쥐고 고뇌했다. 오랫동안 새장에 갇혀 살았던 새처럼 별안간 찾아온 자유에 적응하지 못한 것이다. 그녀는 한참을 고민하다 결국 얌전히 집에 돌아가기로 했다. 원룸에서 편의점 도시락을 까먹으며 한국 드라마에 빠져들기로 마음먹었다.

집에서 빈 도시락 상자를 쓰레기통에 쑤셔 넣고 나니 이상하게도 알 수 없는 공허함이 밀려왔다. 드라마의 남자 주인공이 마침내 오해를 풀고 여자 주인공과 눈물의 입맞춤을 나누던 그 흥미진진한 장면도 평범하게 느껴졌다.

시계를 보니 놀랍게도 고작 8시밖에 되지 않았지만 더 하고 싶은 일이 없었다. 샤오쥔은 형광등 불빛 아래 홀로 서서 다시 한 번 깊은 생각에 잠겨 진지하게 마음의 소리를 들었다.

그녀는 침대로 폴짝 몸을 던져 이불 속으로 기어 들어갔다. 역시 잠을 자야겠다.

***

야근으로 인한 체력소모가 없어서 그런지 샤오쿼은 오랜만에 푹 잤다. 다음 날 정오가 되어서야 눈을 뜬 그녀는 주린 배에 훠궈를 채우며 아름다운 주말을 자축하기로 했다.

날씨가 쾌청했다. 오토바이를 운전하는 샤오쿼은 콧노래를 흥얼거리며 살랑살랑 불어오는 미풍을 만끽했다. 기분이 딱 좋은 그녀는 훠궈 솥에서 모락모락 피어오르는 열기, 보글보글 끓는 육수와 적당한 식감으로 익은 오리 창자를 상상했다……. 오토바이 시동이 꺼질 때까지.

"설마 기름이 없어?!" 샤오쿼이 청천벽력 같은 현실을 깨닫고 소리를 꽥 질렀다.

뒤로 다가오는 차들은 일말의 동정심도 없는지 신경질적으로 경적을 울려대며 그녀 곁을 스쳐 지나갔다. 샤오쿼은 조심조심 오토바이를 갓길로 끌어다 놓고 후회에 빠졌다. 어제 정시퇴근으로 흥분해 남은 기름을 확인하지 않은 게 화근이었다.

샤오쿼은 제일 가까운 카센터를 검색한 뒤 운명에 굴복하듯 오토바이를 손으로 끌며 걸어서 앞으로 나아갔다. 그토록 아름다웠던 맑은 날의 풍경이 갑자기 잔혹하게 느껴졌다. 파란 하늘에 떠다니는 흰 구름, 여유롭게 산책하는 사람들이 모두 그녀의 경솔함을 비웃는 것 같았다.

어느새 땀이 줄줄 흘렀다. 샤오쥔은 숨을 헐떡이며 적색 신호등 앞에 멈춰 섰다. 도로가 무한대로 길어 보였다. 수많은 간판이 어지럽게 늘어서 있지만 오늘따라 카센터는 하나도 보이지 않는다.

"이게 뭐야……." 샤오쥔은 벽에 머리라도 박고 싶은 심정이었다. 모든 게 순조로웠다면 지금 그녀는 식당에서 고기를 휘귀 육수에 담그고 있을 터였다.

"고장인가?" 누군가 불쑥 물었다.

샤오쥔은 길게 생각도 하지 않고 대꾸했다. "아니요! 기름 똑 떨어진 것만으로도 충분히 비참한데 고장까지 나면 절대 안 되거든요?"

저도 모르게 밉살스럽게 말하고선 퍼뜩 깨달았다. 이렇게 화낼 일이 아닌데……. 샤오쥔은 상대에게 얼른 사과하려고 뒤돌아본 순간 깜짝 놀라 말문이 막혔다. 이 녀석이 왜 여기서 나타나지?

고양이처럼 고집이 세고 언제나 방랑하는 그 소년이다. 지나치게 태연한 두 눈동자는 오늘도 티 없이 순수해 보인다.

"너…… 네가 왜 여기 있어?" 샤오쥔이 놀라서 물었다.

"지나가다." 스녠이 짧게 대답하고 귀띔했다. "초록 불이야."

"응? 아!" 샤오쥔이 얼른 오토바이를 끌자 마음 착한 스녠은 기꺼이 뒤에서 밀어 힘을 보탰다. 그녀가 뒤를 돌아보며 무심코 물었다. "쉬는 날이야?"

"원래 출근 안 해." 스녠이 대수롭지 않게 대답했지만 샤오
쥔은 반사적으로 부러운 마음이 들었다.

하지만 이내 상처에 소금을 뿌린 듯한 아픔이 밀려왔다.
이 녀석은 평범한 사람이 아니니 당연히 평범한 사람들의 리
듬으로 살지 않는다. 부러운 마음 너머로 샤오쥔은 생각했
다. '스녠은 사축으로 살 필요는 없지만 꼰대 상사보다 훨씬
독한 놈들을 상대하겠지⋯⋯. 죽어 마땅한 미치광이 살인마
들 같은⋯⋯.'

스녠이 도와주자 샤오쥔은 혼자 분투할 때보다 한결 마음
이 가벼워졌고, 썩 비참하지도 않게 되었다. 그녀는 무사히 카
센터에 도착해 주유를 했지만 마음이 놓이지 않아 주유량을
자꾸만 확인했다. "아이고, 아가씨! 빵빵하게 채웠으니 안심
해요. 걱정하지 말래도." 보다 못한 카센터 사장님이 말했다.

샤오쥔은 멋쩍게 웃으며 다시 헬멧을 쓰고 훠궈를 즐기러
갈 준비를 했다. 아직 작별인사도 하지 않았는데 스녠은 벌
써 소리 없이 먼저 가 버렸다. 샤오쥔이 재빨리 시동을 켜고
스녠의 옆으로 오토바이를 몰았다.

"이렇게 그냥 가는 게 어디 있냐?"

"오토바이 잘 가잖아."

"야! 무슨 말을 그렇게 서운하게 해? 내가 훠궈 사 주려고
했단 말이야!" 샤오쥔은 스녠의 반응이 궁금해 일부러 그렇
게 말했다. 하지만 아쉽게도 스녠에게 음식이 주는 유혹지수

는 '0'이다. 그가 무표정하게, 하지만 부드럽게 거절했다. "괜찮아."

샤오쿤은 크게 실망했다. 스녠은 가끔 빙산보다 차갑고 단단해서 전의를 완전히 상실하게 만든다. 그러다 갑자기 궁금해졌다. 스녠이 어쩌다가 이렇게 사람들이 몰릴 시간에 거리에 나타나게 되었을까? 산책이라도 한 걸까? 아니면 다른 목적이 있어서?

스녠은 확실히 대낮보다는 달밤에 걷는 모습이 어울리는 사람이다. 샤오쿤은 답을 얻기 위해 끈질기게 묻기 시작했다. "어디 가는데?"

"어디 안 가." 스녠은 아랑곳하지 않고 더 빨리 걸었다. 하지만 보행자가 오토바이 운전자보다 빠를 수는 없어서 샤오쿤과의 거리를 얼마 벌리지 못했다.

오토바이를 타고 스녠을 졸졸 따라가는 샤오쿤은 자기 모습이 영락없이 소년을 희롱하는 변태 누나처럼 보인다는 사실을 몰랐다. 지나가는 사람들이 의심스러운 눈으로 그들을 바라봤지만 그것도 눈에 들어오지 않았다.

"스녠! 스녠! 스녠~ 어디 가는데? 응?" 샤오쿤은 굴하지 않고 따라가면서 큰 소리로 외쳤다.

결국 스녠은 더 이상 참을 수 없어 고개를 확 돌렸다. 그가 갑작스레 반응하자 샤오쿤이 무의식중에 급제동을 걸었고, 날카롭고 귀에 거슬리는 브레이크 소리가 났다.

"아주 먼 곳." 평소의 스녠답지 않게 그는 무례한 상대에게 불쾌한 감정을 솔직하게 표현했다.

"아주 먼 곳?" 샤오췬은 알쏭달쏭한 그의 말을 곱씹어 보았다. 어쩐지 모종의 예고처럼 들린다. 영화에서 이런 대사는 대부분 불길한 결말을 암시한다. 그렇게 말한 사람은 사라지거나…… 죽는다.

"바보 같은 짓 하지 마!" 샤오췬이 버럭 꾸짖자 스녠은 머릿속이 의문으로 가득 찼다. "네 생명은 소중한 거야. 허튼짓은 생각도 하지 마. 잭 조직에 관한 일이 잔인한 거 알아. 하지만 네 목숨을 가지고 장난치지 말란 말이야! 네 희생으로 속죄할 가치가 없는 놈들이라고!"

"아니…… 그게……." 샤오췬은 스녠에게 설명할 기회도 주지 않고 쉴 새 없이 쏘아붙였다. "그놈들이 복수하겠대?"

아무래도 샤오췬을 멈추게 할 방법이 없을 것 같아, 스녠은 쪽지 한 장을 그녀의 코앞에 내밀었다.

"에?" 샤오췬이 고개를 갸웃하며 쪽지에 적힌 글자를 읽었다.

그건 어딘가의 주소였다.

***

'잃어 봐야 소중함을 안다.' 지금 샤오췬의 심정을 가장 잘 설명하는 말이다. 오토바이를 끌고 수백 미터를 걸어 보니 오토바이를 모는 일이 얼마나 통쾌하고 편리한지 깨닫게 되었다.

주말이라 도로 정체는 더욱 심각하고, 운전자들은 차간거리를 충돌 직전까지만 유지했다. 함부로 차선을 바꾸는 택시들에 대해 말하자면 입이 아프다. 하지만 샤오췐은 이제 오토바이에 시동이 걸리는 것만으로도 행복하다.

뒷좌석에 탄 스녠은 검은 반모 헬멧을 쓰고 있다. 샤오췐이 가진 여분 헬멧이 그것뿐이었다. 모양은 좀 우스꽝스럽지만, 다행히 검은색은 스녠과 최고로 잘 어울린다.

다리를 지나갈 때 바람이 둘의 몸을 휘감았다. 습한 강물 냄새가 났다. 다리 아래 흐르는 지룽基隆강 표면에 촘촘한 물결이 퍼져 물에 비친 그림자를 흩어 놓았다. 요동치는 물결이 튕기는 빛은 물고기의 반짝이는 비늘 같았다.

"되게 먼 곳인데 왜 가려는 거야?" 샤오췐이 물었지만 대답을 들을 수는 없었다. 그녀는 바람이 세서 스녠의 말을 듣지 못했다고 생각하고 다리에서 내려와 다시 물었다.

"그냥 가 보고 싶어서." 스녠이 짧게 대답했다.

"에이, 거짓말." 샤오췐은 볼멘소리를 냈지만 더 이상 추궁하지는 않았다. 스녠이 말하지 않는다면 그대로 두는 게 낫다. 게다가 그녀는 오늘 충분히 까불었다.

샤오췐은 때때로 주행을 멈추고 길을 잘못 들지 않았는

지 확인했다. 생전 처음 와 보는 곳이라 길 이름도 낯설었다. 번화한 것과는 거리가 먼, 대부분 아파트나 독채로 이루어진 주택가였다. 가끔 개와 산책 나온 주민들이 보였다. 시베리아허스키가 주인에게 억지로 이끌려 나왔는지 내키지 않는 모양으로 햇살을 받으며 어슬렁어슬렁 걸었다.

마침내 목적지에 도착했다. 샤오쿤은 주소와 구글맵을 번갈아 확인했다. 스넨이 여기 온 의도를 도무지 알 수 없었다. 정말 그냥 와 보고 싶었을까?

오토바이에서 내린 두 사람은 헬멧을 벗어 안장에 얹었다.

눈앞에는 제법 오래돼 보이는 연립주택이 줄지어 있었다. 대각선으로 들어오는 햇빛 아래 베란다에 걸린 빨래들이 오후의 미풍에 살랑거렸다.

"여기 아는 사람이라도 있어?" 샤오쿤이 물었다.

아는 사람이라……. 스넨의 검은 눈동자가 천천히 주변을 훑었다. 자갈과 깨진 기왓장이 뒹굴던 공터는 어디에도 없었다. 그때의 작은 폐가는 철거되어 흔적도 없이 사라졌다.

여기 무엇이 있었는지 아는 사람은 없다. 오직 스넨만 안다. 이곳은 그가 너무 어려서 무력하던 시절 유일하게 마음 편히 보호받은 장소였지만, 아이러니하게도 동시에 악몽 같은 곳이기도 하다.

스넨은 기억을 완전히 찾고 나서 오랫동안 마음의 준비를 했다. 포기하고 싶은 생각도 몇 번이나 들었지만, 가까스로

극복해 겨우 이곳에 오기로 결정한 것이다.

하지만 이제 아무것도 남지 않았다.

"이제 없어." 스녠이 대답했다. 오늘 샤오췐에게 했던 대답 중 몇 안 되는 진실이었다. 이제 없다. 그가 보고 싶어 하는 사람은 오래전에, 아주 오래전부터 세상에 없었다.

스녠 혼자만 남았다.

스녠은 갑자기 걷기 시작했다. 직감과 맞은편 길에 희미하게 남은 인상에 의지해. 처음에는 길이 낯설었지만, 어느 순간부터인지 알 것 같았다. 이 길모퉁이에서 오른쪽으로 돌면 어디가 나오는지, 왼쪽으로 가면 어디로 연결되는지. 그는 점점 빨리, 더 빨리…… 그네가 있는 마당이 시야에 들어올 때까지 걸었다.

스녠이 갑자기 걸음을 멈췄다. 그곳을 스치는 어린 시절의 자신을 어렴풋이 본 것 같았다.

"넌 누구니?" 그때 그 고집스럽고 새침한 목소리가 물었다.

그때 스녠은 대답할 수가 없었다. 그리고 지금의 그도 아직 답을 알지 못했다. 그 사람에게 하고 싶은 말이 무척이나 많지만, 그 대답은 할 수 없었다.

스녠은 앞으로 다가가 울타리 앞에 섰다. 그네에는 아무도 없었고, 고무 안장의 한쪽은 쇠사슬에서 분리돼 누런 흙바닥에 떨어져 있었다. 그네가 걸린 쇠기둥은 적갈색으로 녹슬었다. 황폐한 기운이 온 마당에 퍼져 집까지 처량한 색채로 뒤덮여 있었다.

집주인은 스녠처럼 소중한 사람을 잃었을 것이고, 그건 형언할 수 없는 아픔일 터였다.

샤오쵠은 스녠이 마음껏 추억에 잠기도록 내버려 둔 채 그를 방해하지 않았고, 모든 장면을 눈에 담았다. 그녀는 스녠에게 숨겨진 이야기를 예상할 수는 없었지만, 이곳이 스녠에게 중요한 장소라는 것만은 알 수 있었다.

샤오쵠은 스녠의 곁을 지켰다. 자신의 과거를 애도하는 소년이 예전의 냉정한 모습을 찾을 때까지 묵묵히.

"가자." 스녠이 먼저 입을 열었고, 샤오쵠을 이끌고 왔던 길로 돌아갔다.

돌아가는 길에도 개와 산책하는 주민을 만났다. 시베리아 허스키가 다가와 호기심 어린 눈으로 냄새를 킁킁 맡았지만 스녠은 무관심한 듯 살짝 피했다.

그는 이제 더 단단해졌다.

헬멧을 쓰고 다시 오토바이에 올라타는데 샤오쵠이 키득거리며 웃는 소리가 들렸다.

"그 먼 데서 여기까지 데려다줬는데 보답은 해야 하는 거 아냐?"

"뭘 원하는데?" 스녠은 왜인지 머리칼이 쭈뼛 서는 것 같았다.

"별거 아냐. 아주 쉬운 일이지. 네가 협조해 줄 거라 믿어."

샤오쥔이 해맑게 웃자 스녠은 어쩐지 오토바이에서 내리고 싶은 충동이 들었지만, 결국 항복하고 한숨을 뱉었다. "알았어……. 뭔지 말해 봐."

"훠궈 먹으러 가자! 배 터지게 먹으면 기분이 좋아진다고. 날 믿어도 좋아!" 샤오쥔은 스녠이 거절하기도 전에 시동을 걸고 앞으로 질주했다.

스녠은 얼굴로 덮쳐 오는 시원한 바람을 맞다가 뒤를 돌아 점점 멀어지는 풍경을 바라봤다. 겨우 알아봤던 그 거리는 신축건물들에 가려지더니 이내 저 멀리 사라졌다.

스녠은 잘 알고 있었다. 많은 세월이 흘러도, 더 많은 변화가 일어나도 그는 아무것도 잊을 수 없을 것이다. 영원히 잊을 수 없을 것이다.

"안녕."

스녠은 그 고집스럽고 새침한 목소리의 주인에게 나지막이 작별인사를 건넸다.

역자 후기

『살인마에게 바치는 청소지침서』를 번역하는 수개월 동안
에도 여러 '묻지마 범죄'들이 사회면을 장식했다. 그런 소식
을 접할 때마다 나는 '역시 신은 없나?' '대체 법은 뭘 하나?'
라며 한탄하곤 했다. 특히 잘못을 뉘우치기는커녕 대중의 관
심을 즐기는 후안무치한 범죄자들을 볼 때면 직접 달려가
벌을 주고 싶다는 생각도 했다. 하지만 문명사회에서 사적
제재는 허용되지 않는다. 얼마나 화가 났든, 얼마나 억울하
든 사람이 사람을 해쳐서는 안 된다. 이를 잘 알기에 결국은
법이 정의를 구현해 주기를 다시 한 번 기대하며 마음을 달
랬다.

그런 답답함 때문인지 나는 살인마인 스넨을 응원하며
번역에 임하게 되었다. '무해한 미소'를 지닌 고양이상 미소
년이라는 점도 나를 설레게 했지만, 망설임 없이 불의를 처
단하는 그의 행적을 따라가며 대리만족의 카타르시스를 느
끼기도 했다. 스넨은 마치 만화에서나 볼 수 있는 히어로가

평범한 인간의 모습으로 강림한 것 같았다. 물론 안티히어로겠지만.

그는 태어나자마자 버려진, 지금 당장 세상에서 사라진다 해도 아무도 모를 공기 같은 존재다. 이토록 공허한 운명의 소년은 살면서 단 며칠 동안 온기를 느낄 수 있었지만, 그에게 온기를 가르쳐준 소녀는 비뚤어진 쾌락을 위해 살인을 자행하는 집단에 무참히 살해되고 만다. 이런 배경이 조금씩 드러나면서 나는 대리만족을 넘어 소년의 상실을 애도하며 그를 응원하게 되었다.

주인공 스녠의 행동이 결론적으로는 악행임을 알면서도 그에게 감정이입할 수밖에 없었던 이유는 스녠이 살인마로 거듭난 과정이 설득력 있게 그려졌기 때문이다. 섬세한 과거와 현재 묘사를 통해 스녠은 여러 가지 면모를 지닌 입체적인 캐릭터로 표현되었다. 예를 들어 스녠의 상징인 '결벽' 코드는 살인 후 현장을 말끔히 청소하는 장면에서는 섬찟하게 다가오지만, 자신을 혐오한 나머지 피가 나도록 몸을 닦는 장면에서는 애처롭게 느껴진다. 샤오쿼의 집에 방문했을 때 더러운 집에 질색하며 홀린 듯 청소하는 모습은 귀엽기까지 하다.

나는 독자로서 충분히 즐기며 이 이야기를 번역했고, 내가 느낀 다채로운 감정을 한국 독자에게도 고스란히 선사하고 싶었다. 그래서 모든 인물의 말투를 생생하게 옮기고, 끔찍한 살인이나 사체 훼손 장면 묘사 역시 작가가 의도한 자극의 강도와 등가성을 유지하려 노력했다. 부디 내 의도가 독자들에게 조금이나마 전해지길 감히 바란다.

물론 현실 세계에서는 스녠 같은 '청소부'가 있어서는 안 될 것이다. 다만 사람이 사람을 구하는 마지막 보루는 결국 스녠과 소녀가, 스녠과 샤오쥔이 나누는 그런 온기가 아닐까 하는 생각을 해 본다.

2020년 겨울
진실희

살인마에게 바치는 청소지침서

1판 1쇄 발행 2021년 1월 8일
1판 2쇄 발행 2021년 8월 10일

지은이 쿤룬
옮긴이 진실희
펴낸이 김기옥

문학팀 김세화 | **마케팅** 김주현
경영지원 고광현, 김형식, 임민진

표지디자인 공중정원 박진범 | **본문디자인** 고은주
인쇄·제본 (주)민언프린텍

펴낸곳 한스미디어(한즈미디어(주))
주소 (04037) 서울시 마포구 양화로 11길 13(서교동, 강원빌딩 5층)
전화 02-707-0337 | **팩스** 02-707-0198 | **홈페이지** www.hansmedia.com
출판신고번호 제313-2003-227호 | **신고일자** 2003년 6월 25일

ISBN 979-11-6007-554-0 03830

한스미디어 소설 카페 http://cafe.naver.com/ragno | 트위터 @hans_media
페이스북 www.facebook.com/hansmediabooks | 인스타그램 @hansmystery